TAKE
SHOBO

愛玩調教
過保護すぎる飼い主の淫靡な企み

青砥あか

Illustration
天路ゆうつづ

MOON DROPS

愛玩調教
過保護すぎる飼い主の淫靡な企み

Contents

イラスト／天路ゆうつづ

愛玩調教

過保護すぎる飼い主の淫靡な企み

MOON DROPS

プロローグ

最初に、懐かしい曲が耳に届いた。船上のデッキで夜会が開かれているから、窓ガラス越しだろうか。ぼやけた音だ。

閉じたままの重い瞼《まぶた》がぴくりと痙攣《けいれん》した。

あれはたしか、彼女と初めて顔を合わせた夜に流れていたワルツ。それは春の甘く柔らかい夜風に乗って、きらびやかなホールから二人がたたずむ花園へ、舞うように入ってきて闇に溶けていった。

二人を照らすのは、自分が持つランタンだけ。淡く揺れる炎に照らされた彼女はまだ幼く、汚らしい襤褸《ぼろ》を頭からすっぽりかぶり、傷付くのもかまわずに棘《とげ》の鋭い薔薇《ばら》の生け垣に身を潜めていた。

かがみこむと、小さな体がびくっと震え、襤褸からひと房の髪がこぼれ落ちた。光沢のある濃い赤色。夜に咲く赤い薔薇のような色をした髪だった。

誘われるように手を伸ばし、襤褸をそっと脱がす。あふれでた深紅の髪は、花びらのように柔らかい曲線を描き、そばかすが散る白い頬を包みこんでいた。

灰色がかった碧眼《へきがん》が、じっと自分を見上げる。表情はない。

なにを考えているのかわからない、ガラス玉のような目をしていた。

本当にこんな子供が私の……？

もしかして機械人形《オートマタ》なんじゃないのか？

信じられない気持ちで少女を見下ろしていると、背後の闇がゆらりと揺れる。唐突に現れた気配に、自分も少女も緊張した。

――彼女があなたの狗《いぬ》です。さあ、契約を。名を与えてやってください。

闇から這《は》い出《で》てきたような気配が、耳元でそう囁《ささや》く。こみ上げてきた不快感を噛《か》み殺《ころ》し、一目見た瞬間から頭に思い浮かんでいた名を口にした。


「……ローズ。私の愛《いと》しいローズ」


沈んでいた意識が、自身の唇の動きにつられてふっと浮上する。過去の思い出と闇の中でまどろんでいた体の隅々に、神経の糸が張り巡らされて力が入る。

体を支える椅子の柔らかさと、手の下のゴブラン織りの感触。少し指を動かすと、蔦《つた》の彫刻をほどこされたらしいマホガニーの肘掛けの手触り。おそらくペルル国製のソファだろうか、感触から高価なものだとわかる。他の家具も同じだろう。

スイート以上のランクの部屋だ。そんな部屋を借りられる人間は限られている。犯人は正体を隠す気がないようだ。

乗客名簿の名前を思いだしながら、瞼を開いた。

幸いなことに縛られてはいなかった。服装も、夜会に参加した時のまま。黒のテールコートに白のベスト。蝶《ちょう》ネクタイもしめられたままで、乱れも汚れもない。

けれどここまで連れてこられた記憶はなかった。

微《かす》かに鼻孔に残る刺激臭。そうだった。夜会から離れて一人になったところで、薬をかがされたのだ。

「これはまた……手荒な歓迎だ」

額に落ちかかっていた一筋の金髪をかき上げ、辺りに視線を巡らせる。

背後の窓から差し込む月明かりだけで、部屋の隅は真っ暗だ。その中に、闇の濃い場所がいくつかある。きっと向こうからは、こちらがよく見えているのだろう。

「お前の女もさらった。隣の部屋にいる」

ニヤついた、下品な声がした。バオユ王国あたりの訛《なま》りがあるが、覚えのない男の声だ。

「我々は和平派の者だ。言うことを聞かないならどうなるか、わかっているよな?」

自ら名乗るとは、嘘《うそ》ですと言っているようなものだ。バレてもかまわないのか、安い人間を雇ったせいなのか。和平と言いながら、こんな手荒な真似《まね》をするのもおかしい。

声の主が、コンコンと隣の部屋のドアをノックする。それに応えるように、女の悲鳴みたいな喘《あえ》ぎ声が聞こえた。

「お楽しみみたいだな。完全に無事にとはいかないが、二人とも生きて返してやってもいい。まあ、あんた次第だけどな――オースティン・レオ・ロレンソ」

脅しているつもりなのか、男の声が低くなる。

だが、名を呼ばれたオースティンは、くっと喉の奥で小さく笑った。

「下手くそだな……」

「あ？　なんて言った？」

思っていたのと違う反応をしたオースティンに、男の声が苛立《いらだ》つ。

「演技が下手だと言ったんだよ。なあ、ローズ」

オースティンがすべてを言い終わる前に、ばんっとドアが乱暴に開き、飛び出してきた影が部屋を駆け抜ける。

「なんだ!?　どういうことだ！」

男たちは手下の名前を叫び、影に向かって発砲する。だが、それよりも早くオースティンの背後にある窓のカーテンが引かれ、部屋が闇に包まれた。

耳元でひゅんっ、となにかが飛ぶ音がしたのと同時に、誰かが明かりをつける。小さな燭台《しょくだい》の明かりが数個。それを天井にむかって掲げた男が、驚愕《きょうがく》の声を上げた。

「あそこだっ！」

高い天井に、燭台の淡い光を反射する豪奢《ごうしゃ》なシャンデリア。その後ろに、深紅のドレスを着た女がいた。腕を左右に大きく伸ばし、まるで天井から吊《つ》るされているかのように。

そのしなやかな肉体の美しさに誰もが息をのんだ。オースティンは、ほうっと感嘆の溜《た》め息《いき》をもらす。

何度見ても不思議だ。あれは、どういう身体能力をしているのか……？

だが、見惚《みと》れていられたのも一瞬だった。彼女の手首から伸びる、蜘蛛《くも》の糸のような鋼線がきらりと光って、空を切る。先程の暗闇の中、オースティンの耳元でした音の正体はこれだった。

ふわっ、と彼女のドレスの裾が舞い、踵《かかと》の高いパンプスの先がシャンデリアにかかった。微動だにできず、成り行きを見ていた男たちの一人が恐怖に震えた声で叫んだ。

「赤狗だ……！　あいつはロレンソの番犬だ！」

男たちに緊張が走り、戦闘態勢に入る。だが、もう遅い。

彼女が天井からシャンデリアへと伸びる鎖を素早く引くと、無数のガラス飾りがシャラシャラと音をたてて大きく揺れ、男たちが固まっている辺り目掛けて下降する。

シャンデリアを蹴った彼女は、視線の先でくるんっと回転し、腕から伸びるワイヤーをぎゅっと引き絞って壁に足をつく。オースティンの背後でカーテンが開き、月明かりが彼女を照らしだす。

重力を無視した彼女の動きから目が離せなかった。

ひらひらとドレスの裾が踊り、花びらのように広がる。ずっと見つめていたいような優雅さだった。

だが、シャンデリアが床に激突する寸前、オースティンの視界は暗転した。

第一章

軽やかな曲を奏でる機械人形《オートマタ》のオーケストラ。船のダンスホールから続く外のデッキには、紳士淑女が踊りながらあふれていく。

それを横目に、深緑色のドレスを着て栗色《くりいろ》の髪を高く結ったローズは、差し出された腕に動揺して瞬きした。

「どうしました？　エスコートのされ方を忘れてしまいましたか、キャロライン・プレスコット夫人？」

偽名で呼ぶ主《あるじ》に戸惑う。慣れない名に緊張しているわけではない。そもそも、戸籍上のローズ・ベネディクトという名前も、本当の名ではなかった。

ローズは自分の本名を知らない。忘れてしまったのだ。

そんな自分に今の名を与え、「主人」になってくれたのが目の前にいるオースティンだった。

「プレスコット夫人、恥じらっていらっしゃるのかな？　亡くなった夫以外とは手を繋《つな》いだこともない、なんてことはないでしょう？」

からかうような物言いに視線を上げると、オースティンがアイスブルーの瞳を細める。春風が吹き抜けていくような甘さを含んだ微笑《ほほえ》みに、オースティンを盗み見ていたご婦人方がざわめいた。

感情をほとんど表にださないローズもたじろぐ。胸のあたりがざわざわざして、視線が泳いだ。

主として仕えるようになって十四年、笑顔でいることの多いオースティンの微笑みなんて見慣れていた。だが、こんな女性を落とすための笑みを向けられたのは初めてで、言葉がなにもでてこない。声だっていつもの数段甘ったるい。ローズは頭が真っ白になっていた。

今年で三十四歳になる主は、まるでどこかの王侯貴族のような、優雅な容姿をしている。出会ったばかりの、彼が二十歳の頃は、絵本から抜け出てきた理想の王子様そのものだった。初対面でローズはその美しさに言葉を失い、自分はもう死ぬのだ、と思った。天使がお迎えにきたと思ったのだ。

そんな天使のような軽やかな美しさをまとっていたオースティンも、今では渋みが増し、大人の色気をかもし出すようになった。高貴な雰囲気はそのままで、老若男女問わず視線を集めるのも変わらない。

「つれないですね、プレスコット夫人」

彼から視線をそらしたまま、返事も行動もできずにいると、急に耳元に唇を寄せられた。

「ローズ、自分の役目を忘れたのか？」

いつものローズを呼ぶ声だ。甘く柔らかいのに、背くことを許さない圧がある。

緊張にすっと背筋が伸びると、雫《しずく》形の大きなダイヤのピアスが揺れた。普段けっしてつけることのない装飾品の重みに、任務を思い出す。

そうだった。今、自分は夫を亡くしたばかりの未亡人という設定だった。

年齢は今のローズと同じ二十四歳。亡き夫は二十歳以上も年上の金持ちで、政略結婚。やっと夫から解放され、侍女だけ連れて船旅に出かけたところをオースティンに声をかけられ、エスコートされることになったという流れだ。

「失礼しまし……っ！」

いつものように返事をしかけると、オースティンが耳朶《じだ》に口づけ甘噛《あまが》みした。

一瞬の出来事だったが、感じる場所を的確に刺激され、ローズは耳朶を押さえてオースティンの傍《はた》から飛びのいた。

「初々しいですね。未亡人とは思えない」

くすくすとオースティンが楽しそうに笑う。だが、視線は冷たくて「きちんと役柄を演じろ」と言っていた。

「いやですわ……からかわないでください。亡き夫以外の男性から誘われることに、慣れていないだけです」

得意ではないが、任務で役柄を演じることは今までもあった。素では感情を露《あらわ》にしないローズだが、演技ならば感情豊かな振りもできる。そう教育されてきた。

プレスコット夫人役についても、事前に設定を頭に叩《たた》き込《こ》んできた。なのにうまくいかないのは、主人を相手にしないといけないからだ。オースティンから女性扱いされて、こんなに動揺するとは思わなかった。

「プレスコット夫人、まいりましょう」

意を決して、オースティンの腕に手を置く。主人にエスコートされるなんて、普段なら恐れ多くて絶対に拒否する。

やりにくいと思いながら、うながされるままダンスホールの中心に躍りでてステップを踏む。ダンスは得意だが、変な緊張感に躓《つまず》いてしまいそうだ。

「ぎこちないな。でも、そのほうが若くして政略結婚し、籠の鳥のような生活をしていた夫人らしい」

ローズを巧みにリードしながら、オースティンが囁《ささや》く。体が密着し、吐息のかかる距離に首をすくめた。

「私相手はやりにくいか？」

「そのようなことは……」

「別に、気を遣わなくていい。本当のことだろう。まあ、これから一ヵ月かけて慣らしていけばいいさ」

グラナティス共和国最大の商港。クリスタロス港を今日出港した豪華客船キクノス号は、一ヵ月かけて各地に寄港しながら、最後にバオユ王国のシャンフ港に到着する。そこからはまた、航路を逆にクリスタロス港へと戻っていくのだが、オースティンたち一行はシャンフ港で下船して商談をする予定になっている。

その取引相手の手下が、バオユ王国へ到着するまでの一ヵ月間に、船上でなにか動きを見せる可能性があるという。

「あの、お客様がいらっしゃるのは、いつ頃になるのでしょうか?」

誰が聞いているかわからないので、オースティンに危害を加える可能性のある取引相手を濁して「お客様」と呼ぶ。彼らから主人を守ることがローズの任務なのだが、実は詳しい話をまだ聞いていなかった。危険のある取引相手だとわかったのが急なことだったからだ。

「さあね。出港したばかりの今夜は野暮だろう。いらっしゃるなら、港から一番離れた海上ではないかな? 邪魔者もやってこない」

たしかに陸からの救援を期待できない場所のほうが、相手は好都合かもしれない。それなら、二週間後に寄港するイティア港を出港してからとなるだろう。

「では、イティアをでたら……ッ!」

腰に添えられていた手が急に動いて、背中を撫《な》でた。ドレスの背中は、薄い透ける素材の布が使われていて、指の感触が直《じか》に伝わってくる。ローズの官能を誘うように、背筋に沿って指先が優しくすべっていった。

わざと弱い場所を愛撫《あいぶ》され、息を詰める。この体はオースティンに隅々まで知り尽くされている。深い部分でも彼を受け入れ服従した。彼から与えられるものに、逆らえるわけがなかった。

快感を散らそうとしても、すぐにまた敏感なところに触れられて唇を噛む。腰からうなじへと駆け抜けていく淫らな痺《しび》れに、吐息が甘くなり足元がよろめく。オースティンはローズを胸で受け止めて言った。

「おや、どうしました？　プレスコット夫人」

演技の再開だというように、オースティンの声が甘ったるくなる。その奥に冷たさも含んでいて、なにか不愉快になるようなことをローズは言ってしまったらしい。胃の底がひやりとした。

「もっとダンスを楽しみましょう。深い話はいずれ部屋で」

「ええ……失礼いたしました」

体勢を立て直し、オースティンから距離をとろうとする。けれど、腰に回った腕は強く、ローズを逃がす気がないようだ。

この程度の力なら押し返せる。だが、ローズは今、か弱い女性を演じている。それにオースティンをこれ以上不快にさせると、また悪戯《いたずら》に愛撫をされるだろう。

主相手では抵抗もできないので、オースティンの胸にすがるようにうつむき、ローズは大人しくリードされ続けた。

これから一ヵ月、いや、イティア港までの一週間。主人からの悪戯に耐えながら演技をするのかと考えると、気が重くなった。

官能に弱いこの体がもどかしい。自分をこんな体のままにしている主人を少しだけ恨めしく思った。

それに、オースティンからはこの任務以外に、奇妙な『課題』というものまでだされていた。

「今夜のドレス、とてもお似合いですね。あなたの魅力をよく引きだしている」

オースティンが耳元で囁き、透ける背中を撫《な》で下《お》ろす。素肌を露出しているより人の目を引くらしく、会場に入ってからいろんな男性の視線を背中に感じていた。

「こういった大胆なデザインがお好みで？」

おそらく、『課題』について聞いているのだろう。

『そうそう、下船するまでに好みのファッションを探しておきなさい。課題だ』

乗船前、唐突にそう言われた。意図はわからないが、主人からだされた『課題』を無視することはできない。任務をこなしながら、ローズは「好みのファッション」とはなんなのかずっと考えていた。

肩甲骨の間を行き来するオースティンの指に背筋をぞくぞくさせながら、少し乱れた息で答える。

「ありがとうございます。侍女が選んでくれましたが、しょせんは借り物です。こういったドレスは落ち着きませんわ」

　長旅に余計なものは持ち込めない。特にかさばるパーティー用のドレスなどは、厳選しなくてはならない。

　普通の女性でないローズは、そもそもそんなドレスは持ってきていない。客船内に入っている貸衣装屋からの借り物だ。長旅になる船上では珍しくもないので、恥ずかしいことではなかった。

　それにこの船に入っている貸衣装屋は、ペルル国にあるスフェールという有名店の支店だ。ペルルはファッションの流行を生む、華やかで優美な国と言われている。他にも同国からの支店が多く入っていて、ペルルの雰囲気が濃厚だった。乗客の中には、皮肉をこめて「まるでペルルの植民地だな」と言う者までいる。

　先の大戦で、グラナティス共和国はペルル国とも戦っていた。途中から戦況が不利だと寝返って味方になったペルル国は、狡猾《こうかつ》なところがある。魅力的な文化を餌にグラナティスに侵食し、いつか寝首をかくのではと危惧する国民は今も多い。

「スフェールで借りられたドレスでしたか。美しく着こなしているので、てっきりご自身のものかと。実はあの店、うちが出資したのですが、ご存知でしたか？」

「まあ、そうなのですか？」

　周囲に聞こえているかもしれないので驚いてみせるが、そんなことロレンソ家では常識だった。

ロレンソ家は、先祖をたどっていくとペルル国にいきつくと言われている。オースティンの容姿は、ペルル国人に多い金髪に青い目なので、ペルルの血が濃いと言われることがある。

では、ペルルからグラナティスに移民したのかというとそうではなく、いくつもの国を転々とし、現地で子孫を残しながら大きくなり、現在、グラナティス共和国に根を下ろしている。

ペルル国で最大の貸衣装屋とドレス店を営むスフェールは、ロレンソ家の血を受け継いだ者が経営していた。この船に入っている、他のペルルに本店のある店も、実はロレンソ家の近縁が経営にかかわっている。

「そんなこと、私に話してよいのですか？」

「ふふっ……まあ、知っている者は知っている話です。ロレンソ家は、各国に拠点を持つスパイの家柄だなんて言われたりもしますね」

「まあ、本当ですの？」

ローズが上目遣いで見ると、「どうでしょう？」と言ってオースティンはいたずらっぽく笑った。

実際、ロレンソ家は各国に拠点を持ち情報を収集し商売をしている。スパイというのも間違っていない。

今は、各国のいろいろな品物を扱い流通させる商社と医薬品開発会社が主流だが、もとは武器商人の家系だ。その時代の強国や新興国に武器を売り歩いて巨大化し、裏社会を仕切り、ロレンソ家が味方した国が勝つとまで言われた。

そして先の大戦で、資源も人材も豊富で、発展が顕著だった大陸の新興国、グラナティス共和国の味方をしたのだった。戦中、功労者として叙勲し男爵位を賜っている。お飾りの貴族位だがそれなりに役立つと、先代から男爵位を引き継いだオースティンは言っていた。

「ところでロレンソ卿《きょう》は、どういったドレスがお好きですか？　好みなどはございますか？」

ローズに好きなファッションなどない。あるとすれば、オースティンが望む服装だ。彼からそれを聞ければ、課題はこなせたようなものだ。

だが、「私は女性のファッションには疎いもので」と肩をすくめられ、はぐらかされてしまった。その後の会話はとりとめのないもので、『課題』のヒントを得られぬまま夜会はお開きとなった。

「お帰りなさいませ、奥様」

プレスコット夫人としてオースティンに部屋まで送ってもらうと、出迎えた侍女が恭《うやうや》しく頭を下げる。

曲がった背中にしわがれた声。半分以上が白髪になった彼女は、初老にさしかかったぐらいに見える。だが実際は、ローズより五歳上なだけだ。

彼女もまた、ロレンソ家に仕えている者で、今は変装してプレスコット夫人の侍女を演じていた。本当の姿は、栗色の髪をした豊満で母性を感じさせる美女だ。

「奥様、バッグをお持ちいたします」

「ありがとう。エミリー」

玄関は閉じたが、エミリーの演技は続いていた。ここではまだ、「お客様」こと敵の盗み聞きや盗聴の恐れがあるのだと察して、ローズもプレスコット夫人のふりを続ける。

歩きながら脱いだ絹の手袋をエミリーに押しつけ、絨毯《じゅうたん》が敷かれた廊下を進んで居間に入る。客船の中でも階数が上の広々とした部屋で、丸い大きな窓からは海が低い位置に見える。スイートの一番下のランクぐらい。オースティンはオーナー用の最上級の部屋に宿泊している。

キクノス号の資本は、世界最大の流通網を持つと言われるロレンソ商会だ。オースティンは、その商会の若社長であり、ロレンソ家の現当主でもある。

三年前にあったセラピア教団事件の際、エリエゼルという薬を手に入れ、その功績を評価されて当主だった養父、ダニエル・ロレンソから席を譲られたのだ。

「着替えをお手伝いいたします。お風呂の用意も、できております」

エミリーがローズの背後に回って、ドレスを脱がしにかかる。居間まできても演技をやめないということは、ここになにかあるのだろうか。

部屋を見回すと、夜会に行く前にはなかったものがある。

「あの花束はなに？」

テーブルに、ひと抱えはあるだろう赤い薔薇《ばら》の花束が置かれていた。

「奥様がお出かけになってから届いたものです。おそらく、ロレンソ卿からかと」

コルセットも脱がせてもらい、シュミーズ姿になったローズはほっと息をつき、薔薇の花束を抱え上げた。添えられていたメッセージカードには『美しい君へ』とだけあり、普通なら船上で仲良くなったオースティンからと思っても不思議ではない。

だが、彼がそんな贈り物をするはずがない。意図があって贈るなら、さっきの夜会でなにか言ってくるだろうし、エミリーがこんなに警戒したりもしないだろう。

エミリーは花束を不審に思いながらも、異常を見つけられなかったのだ。彼女は演技や潜入捜査には長《た》けているが、戦闘や探査はあまり得意ではないと聞いている。花束をこのままにしているのは、ローズに後を任せるという意味だろう。

それにしても、明日になってローズがオースティンにお礼を言えば、彼からの贈り物ではないとすぐに判明してしまう。差出人の名前がないのは、それを想定してなのかもしれない。名前がなければ、オースティン以外からの贈り物だったのかと考え、不審がられる確率が下がる。

薔薇もほとんどが蕾《つぼみ》なので、すぐに枯れて捨てられることはない。しばらく部屋で飾られるのも狙っている。よく考えられた贈り物だ。

「いい香りね」

ローズは顔を近づけ、香りや花の形、茎、包み紙やリボンに異物がないか見分していく。一見して不審な点はなにもない。

ただ、蕾の一つが他のものより膨らみが大きいのが気になった。成長が早いだけか、大きな花が咲くだけなのかもしれない。蕾の先、花びらの口が少し乱れているのだって、ほころびかけているだけかもしれないが、違和感があった。

ローズは、まだ解いていない髪からヘアピンを抜いて、蕾の先端を慎重に開いてのぞきこむ。ツヤツヤとした深緑色の虫が見えた。

ハナムグリだ。

二センチぐらいの大きさで、死んでいる。いや、ハナムグリに似せた盗聴器だ。ヘアピンの先でそっとひっくり返すと、腹の部分に機械が仕込まれていた。疑って見ないとわからないぐらい精巧に作られている。

花が開ききるまでの間、見つかることなく盗聴ができる。開花して虫が見つかるか、転がり落ちれば、死骸として捨てられて証拠はなくなり怪しまれることもないだろう。

さて、どうするか……。

捨ててしまえればいいが、そうすると相手に怪しまれるかもしれない。こちらが察知したと思われ、警戒されたら困る。油断させ、怪しまれないためには、花が開ききるまでこの部屋に置いて盗聴させることだ。

「どういたしますか？　分けて寝室にも飾りますか？　それとも居間だけにいたしますか？」

ドレスを片付け終わったエミリーがやってきて、ローズの手元をのぞく。

「そうね、香りが強いから寝室には一輪だけで。この蕾がいいわ……いたっ！」

ローズは選ぶふりをして、わざと棘に触った。

「申し訳ございません！　まだ棘の処理をしておりませんでした」

「いいのよ。私が不注意だったわ」

「今すぐに処理を……」

「待って、あなたにはこれから入浴の手伝いをしてほしいの。一人でこの髪はほどけないもの。だから、棘の処理はメイドに頼んでちょうだい」

プレスコット夫人に随行しているのは侍女のエミリーのみの設定だが、船にはメイドがいる。豪華客船は海上の高級ホテルのようなもので、ほぼ同じサービスを受けられる。

細々とした雑用は、客船従業員のメイドを呼びつけて任せればいい。

「かしこまりました。では、処理を任せたら、すぐお手伝いにまいります」

部屋にある真鍮《しんちゅう》製の電話に向かうエミリーを居間に残し、ローズは浴室に入った。トイレと大きな鏡のついた洗面台。仕切りのガラスの向こうに、猫足のバスタブがある。

「はぁ……疲れた。頭が重いし蒸れる」

盗聴の心配がなくなったのをいいことに、素の抑揚のない声でぼやく。生え際のヘアピンを外し、まだ飾りのついたままの髪を引っぱる。ずるり、と栗色の髪が脱げ、中から豊かな赤毛がこぼれ落ちてきた。

「染められれば手間がないのに……困ったものだ」

明るいオレンジ色に近い赤毛でもなく、皆から憧れられる淡いピンク色に見えるストロベリーブロンドでもない。赤毛の中でも珍しい、濃い臙脂《えんじ》色の髪をひと房摑《つか》んで溜め息をつく。

深紅に闇が混じったような赤毛は、まるで時間がたって酸化した血液のような色をしている。ロレンソ家の養成所に引き取られる前にいた孤児院では、「母親の腹を食い破ってでてきたから、変な髪色をしている」と子供たちに言われ、虐《いじ》められた。いつしか「血濡《ぬ》れ」と呼ばれるようになり、幼かったローズは本名を忘れてしまったのだ。

髪質のせいなのか、この赤毛は他の色に染まりにくかった。黒色をのせても、下から赤がわずかに透けて見えて、かえって目立つ色になる。遺伝子レベルで髪色を変えてしまう医療行為もあるのだが、オースティンが嫌がった。

孤児院では気味悪がられた色なのに、彼は「闇夜に咲く薔薇のようだ」と言って目を細める。あの目で見つめられると、いつも胸がざわめく。思い出すだけでも、そわそわしてきてしまい、ローズはどうしていいのかわからなくなる。

「ローズ、入るわよ」

ノックの音がして、エミリーがタオルと丸い小瓶を持ってやってきた。

盗聴される心配がなくなったからか、声も動きもいつもどおりでしゃきしゃきしている。顔だけは老けた化粧のままなので、変な感じがした。

「これ、化粧落とし。使い方、わかる？」

「一応は……」

普段、陰からオースティンを守っているローズは、滅多に表に顔をださない。化粧をする必要のない生活をしていた。

お礼を言って小瓶を受け取り、化粧を落としていく。

「薔薇はメイドに引き渡しておいたわ。今夜は夜会の片付けがあるから、棘をとってこちらに戻せるのは明日の朝だそうよ。これで、朝まで気兼ねなく今後のことを話し合えるわ」

床に転がったカツラを拾ったエミリーが、こちらを振り返った。化粧を洗い流したローズは、タオルで顔を拭きながら、鏡越しに彼女と視線を合わせる。

「それにしても、よくあれを見つけられたわね。すごいわ」

「別に、慣れているので。いつもしていることだし、すごくありません」

感心するエミリーに向き直ると、首を振られた。

「さすがよ。私なんてあなたより長くロレンソ家にお仕えしているのに、たいしたこともできなくて……」

「そんなことはありません。エミリーは演技や変装がとても上手です。あなたがいなければ、私は夜会に相応《ふさわ》しいドレスやアクセサリーを選べませんし、化粧や髪型を作ることもできませんでした」

「いいのよ、無理に褒めてくれなくても。優秀なあなたにそう言われると、恥ずかしくなってしまうわ」

嫌味なく返してくる彼女に、心からそう思って言ったローズは困ってしまう。お世辞を言えるほど器用でもない。

「いえ、本当に……エミリーの演技は素晴らしいと思っています。今回も、プレスコット夫人役は私ではなくエミリーのほうがよかったのではないかと」

今回、ローズが演技してまでエスコートされることになったのは、長期間の船旅なのと、危険があるかもしれないからだった。普通の女性を連れ出して、なにかあっては困る。だがそれなら、ローズ以外でもいいはずだった。

ローズは、どちらかというと戦闘に特化している。オースティンを守るために、体と技を鍛え抜いてきたと言っても過言ではない。演技にはあまり力を入れてこなかったし、今まで求められていなかったので、長期間誰かになりきるのは難しい。今回の任務も、できることなら別の者に仕事をしてもらいたかった。

代わりに自分は、陰からオースティンを守る。いつもならそういう隠密《おんみつ》行動を任されるというのに、オースティンがなにを思ったのかローズを指名してきたのだ。

船上という閉じられた場所で、違和感を与えず、親密そうに見せる必要があるからだという。乗船前に慌ただしく命じられたので詳細は知らないが、ローズである必要はないはずだ。

「エミリーならもっと自然に演技ができたと思います。私はぎこちなくて……」

オースティンが不機嫌になっていたのを思い出して肩を落とす。

「あら、それは無理よ」

エミリーが驚いたように目を見開いた後、ころころと笑いだした。

「無理ですか？」

「ええ、だってああ見えてオースティン様って、無闇やたらと女性に手をだしたりしないでしょう。特に仕事関係の女性にそういうことはしないし、私たち番犬にもなにもしないわ」

番犬は、ロレンソ家に絶対的な忠誠心で仕えている者たちのことだ。外部の人間は、揶《や》揄《ゆ》してロレンソ家の家畜や奴隷と言ったりする。実際、それに近い扱いを受ける者もいて、慰み者にされる番犬は多い。だが、不平不満を言う者はいなかった。

そう教育されているからだ。

「オースティン様は、自分より弱い立場の人間に無体な要求をなさらないわ。特に、番犬を慰み者にする方を嫌っていらっしゃる。今回の任務では、親密にしている場面や情事を敵に見せないといけないかもしれない。たとえ任務だとしても、オースティン様は嫌がるでしょうね。女性の番犬を仕事で抱くなんて」

「抱く……？　情事を見せるのですか……？」

そんな話は聞いていなかったので、ローズはわずかに目を丸くした。ふりだけでは駄目なのかと。

「その点、あなたは特別だから」

品定めするような、艶っぽい色が混じった目でエミリーから見られ、気後れする。

「オースティン様が抱く番犬はあなただけ。だから未亡人役をできるのもあなたしかいないのよ」

「それは……」

視線をそらし、黙り込む。

オースティンとは、十八歳の時に関係を持った。初めてだった。任務で異性や同性と寝ることもある番犬としては、遅い初体験だ。

オースティンが許さないので、それ以降も、ローズは他の男を知らない。彼が抱いてくれることも滅多にないので、閨事《ねや》は不慣れで、快楽に弱いことに困っている。

「やっぱり首輪付は違うのかしら。大事にされていて羨ましいわ」

番犬の中でも、ロレンソ家の跡継ぎ候補の専属になった者を首輪付という。跡継ぎ候補は、成人すると番犬の中でも優秀な者と契約して、自分の首輪付にする。

ロレンソ家の跡継ぎ候補たちは、内外から命を狙われていた。跡継ぎになってからも、それは変わらない。首輪付は、そういう危機から主人を命がけで守る使命を担っている。

ローズは十歳の頃からオースティン専属の首輪付だった。

うっとりしながら溜め息をつくエミリーは、まるで王子様を夢見る少女のようだ。番犬にとって、首輪付になるのは名誉なことだった。さらに、主人と身も心も強く結びつくのは番犬の憧れ。夢物語だ。

だが、オースティンがローズを抱くのは、そんな素敵なことではない。大事にされているどころか、たぶん迷惑に思っているはずだ。彼はローズのせいで、下の者から性的搾取しないという信念を曲げることになってしまったのだから。

あれは、ローズが望んだことだ。性的搾取でも、慰み者にされたのでもない。だが、オースティンはそう思っていなかった。

無意識に首に手をやる。不安なことがあるとする癖だが、そこにあるべきモノがなくて指先が彷徨《さまよ》う。

「そういえば、首輪をしていないのね」

「目立つし、身分がバレるかもしれないと、オースティン様に外されてしまいました」

枷《かせ》がないのがこんなに落ち着かないなんて……。この任務が終わるまで返してもらえないのがつらい。

「たしかに、首輪がないほうがいいけど。驚いたわ……首輪付の枷を外すなんて」

首輪付になると、主人から金属のチョーカーを貰《もら》う。デザインや装飾は様々だが、それは主人と首輪付を強く結びつける枷となるのだ。

特に、首輪付側からは命を預けるに等しいもので、外されることは滅多にない。自分で外すことはできない造りにもなっている。

ほとんどは死ぬまで、いや……死んでも首輪を外さないのが普通だ。

例外として、年に一度定期メンテナンスがあり、その時に数時間外すことはある。

だが、オースティンはこの枷を割とよく外す。嫌がるローズから、お仕置きだと言って枷を取り上げることもあった。

「旦那様はあなたをとても信頼しているのね。憧れるわ」

茶色い目をきらきらさせるエミリーに、なんと返せばいいのか。

信頼どころか、オースティンはローズの忠誠も求めていない。番犬として働かせるのも嫌がっていて、前に執事のアンヘルに「首輪付になんてしなければよかった」と嘆いているのを盗み聞きした。

「あの、エミリー。ちょっと聞きたいのですが、好みのファッションってなんでしょう？」

これ以上、憧れの視線を向けられるのに耐えられず、強引に話を変える。オースティンからの『課題』について話した。

「オースティン様のことなので、ただの気まぐれか遊びかもしれないのですが、無視はできませんので……でも、よくわからなくて」

「そうね、漠然とした内容だしね」

エミリーは顎に人差し指を当て、少し悩むと言った。

「私、大きく分けてファッションには三つあると思ってるわ。場に合わせて着こなす服、自分に似合う服、そして趣味で選ぶ服かしら」

「要するに、好みのファッションというのは、最後の趣味の服ですか？」

彼女は柔らかく微笑んで首を横に振った。

「いいえ。すべて好みのファッションと言っていいわ。場は、立場や場所に合わせた服装で、礼儀として知っておく必要はあるわね。礼服や制服がここに含まれるわ。自分に似合う服というのは、流行などには囚《とら》われず、体型や肌色、年齢などに合わせて選ぶ服。自分をより引き立ててくれる服装のことね。そして最後の趣味の服。これは、場は関係なく、似合う似合わないも置いておいて、自分が着たいと思う服。憧れる服装などのこと。流行の服装なんかもこれね。この三つのどれを選ぶかは自由だと、私は思ってる。共通するのは、その服装をしていると気持ちが落ち着いたり、気分が上がってくるというところ。その人を幸せにしてくれるファッション、それが好みのファッションじゃないかしら」

エミリーが一気に語る。ファッションに対しての情熱に圧倒され、ローズは少し呆《あき》れてしまった。

潜入捜査や変装、演技が得意な彼女は、お洒落《しゃれ》が好きでいろいろなファッションを着こなす。仕事だからと思っていたが、それだけではないようだ。

「要はその三つの中から、自分にとって落ち着いたり楽しくなったりする服装を選べばいいということですね」

「ええ、そうね。まずは三つのうちのどれが好みかわかったら、好きな色やデザインも自然と決まってくるんじゃないかしら」

「そうですか……」

「それから服に限らず、こだわりのあるアクセサリーの一つがあって、それを常に身につけるのも好みのファッションに入るかしら」

エミリーはまだまだ語りたそうだった。おかげで、課題の輪郭がうっすらと見えてきたような気がする。

「それにしても、なんで課題なんて言い出したのかしら？」

エミリーがじっとこちらを見てくる。潜入が得意な番犬は謎を探るのも好きだ。そこに色っぽいことが絡んでくると、特に食いつきがよくなるのを、長年の付き合いでわかっていた。

「私にもわかりません。あの……汗を流したいので、そろそろ」

詮索されても困るので、話を切り上げた。

「あら、ごめんなさい。じゃあ、あとで任務の打ち合わせをしましょう」

エミリーがでていったドアが閉まる。シュミーズを脱いで鏡に映った裸体を見た。

身長は成人女性の平均ぐらい。胸はやや大きめで、鍛えているので腰は引き締まっている。均整のとれた肉体だと思う。

臙脂色の髪と碧眼の組み合わせは珍しいが、容貌はいたって地味だ。白い肌にはそばかすも散っていて、綺麗《きれい》とはいえない。エミリーは化粧映えする顔立ちだという。

体には、訓練や任務でできた細かな傷跡もたくさんある。

普通の女性とは違う。筋肉のつき方も、手のひらや足裏の皮の厚さも、手袋を脱ぐとタコやマメだらけの手指も。

着飾って化粧をしていれば隠せたそれらは、こうして裸になると如実になる。美しい女性と比べたらその差は歴然で、見劣りするだろう。

エミリーが期待するような、主従の色恋なんて起こりえない。

オースティンの歴代の恋人はみんな、顔も体も美しかった。神に愛されて生まれてきたような人たちばかりで、オースティンと並んでも遜色なかった。

「せめて、普通の女性のような体だったら……」

オースティンを満足させられたのではないか。そんなことをローズはよく考えるのだった。

「……ンッ！」

ガッシャン、と手から滑り落ちたフォークが、食器に当たって派手な音をたて、床に転がる。すかさず歩み寄ってきた給仕が、フォークを拾い上げてくれた。

「すぐにお取り替えいたします」

「……失礼いたしました」

客船のメインダイニング。ローズとオースティンは、その中でも特に眺望がよいと言われるテラス席にいた。数階下の広々としたデッキでは、今夜もパーティーが開かれている。

海に張りだすように作られたテラス席から、昼は太陽を反射した水面が水晶のようにきらめいて見える。夜になった今は、日除《ひよ》けのシェードをどけ、高い建物や明かりのある街では見られない、夜空に散らばった星々の瞬きや、月明かりに輝く幻想的な海を視界いっぱいにおさめることができる。

夜空がよく見えるようにと、灯《あか》りはテーブルの上のキャンドルだけ。ディナーの皿と白いレースのテーブルクロスの上で、キャンドルの灯りが怪しく揺らめく。その下では、ローズとオースティンの攻防が起きていた。

さっきドレスの裾から入ってきた主人のつま先に、膝をぎゅっと閉じる。けれどそれを嘲笑《あざわら》うように、靴下に包まれたオースティンの足の指が器用に動く。足首の隙間から入ってきて、ストッキングをはいたふくらはぎを手で愛撫するように撫でてくる。

絶妙な触れ方に手が震え、膝の力が緩みかける。ローズは漏れそうになる声を堪えながら、ナイフをテーブルに置いた。

「どうしたんだい？　口に合わなかったかな、キャロル？」

ここ二週間で、プレスコット夫人から愛称で呼ぶようになったオースティンが、艶《なま》めいた笑みを浮かべる。

もう、イティア港を過ぎて三日。「お客様」と言っている敵の動きはない。

「あの……おやめください……っ」

給仕が去っていくのを確認して、小声でオースティンに懇願する。だが、彼は笑って悪戯する指先に力を入れた。

「どうして?」

「んンッ……誰かに見られたら……」

暗いテラス席で、他の客とも離れている。だが、テーブルクロスは透け感のあるレースだ。近くに寄ってよく目を凝らせば、なにをしているかわかるだろう。

「ふふっ、馬鹿だなキャロルは……見せつけているんだよ」

身を乗り出したオースティンの目が、キャンドルの炎を映して冷たく光る。背筋がぞくり、と甘く震えた。

視線で、任務を忘れたのかと叱られているのに、体は快感として拾ってしまう。浅ましさに戸惑っていると、緩んだ膝の間にオースティンの足が入ってきて、息をのんだ。

「それに、こんな煽情的《せんじょうてき》なドレスを着ている君が悪い。悪戯したくなるじゃないか。君の趣味かい?」

「ち、ちがいます……ンッ!」

選んだのはエミリーだ。スフェールで借りて、毎日違うドレスを着せられているが、ローズはまだ自分が好きと思えるファッションに出会えていない。

今夜のドレスは赤い絹の豪華なもので、アクセサリーは大粒の真珠でまとめている。ハイネックで背中も胸元も隠れているのに、スカートの正面と真後ろにはスリットが入っていた。それに合わせてパニエにもスリットがあり、歩いたり座ったりするとパニエの間から膝上が露出して、なんともいやらしいのだ。

オースティンはこのスリットを利用して、悪戯を仕掛けてくる。

「んッ……こ、このあと夜会に出席されるのでしょう？　なのに、こんな……」

下のデッキからダンス曲と乗客たちの楽しげな声が聞こえてくる。オースティンは、主催の貴族から直々に招待を受けていて、すっぽかすのは失礼に当たるだろう。

悪戯のせいで着付けが乱れてきている。これでは会場にいけない。

だが、それがどうしたとでも言うように、彼は唇の片方の端をくっと上げて笑う。

「もちろん出席するよ。君もね」

「なら、こんな……んぁ……っ！」

脚の間でもぞもぞと動くつま先に、反論する言葉を奪われる。オースティンはというと、涼しい表情でメインの皿を食べている。

「ああ、フォークがきたみたいだ」

「……ンッ！」

オースティンのつま先が、太ももの間でいやらしく動く。ガーターベルトを弄び、引っ張って外してしまう。

慌ててドレスの上から押さえつけても、内ももをくすぐるつま先に感じてしまって、体に力が入らない。落ちかけたナプキンをきゅっと掴み愛撫に耐えていると、後ろから「失礼いたします」と給仕がフォークを置いた。

機械人形の給仕だったらよかったのに。気になって、そっと後ろを見ると、給仕の男性と目が合う。彼はすぐに視線をそらし、そそくさと去っていった。

カッ、と頬が熱くなる。なにをしているか、わかったのかもしれない。

「彼が気になるかい？」

つま先が、ローズの脚の付け根を撫で、その奥へ落ちていく。下着越しに敏感な部分をつつかれ、とっさに口を押さえた。

「ほら、さっきの彼が気になって、こちらをチラチラ見ている。お客様も見ているだろう」

オースティンはそう囁くと、つま先の動きを強くした。

体がびくんっと震える。甘い痺れが腰からうなじへ駆け抜け、じわりと中心が濡れてくる。そのぬめりを借りて、愛撫が激しくなった。

やめてほしいけれど、やめてとは言えない。お客様に、情事を楽しんでいると信じてもらわなければいけないからだ。彼らがまだ動かないのは、ローズを疑っているからかもしれない。

だからといってこんな場所でしなくても、とすがるようにオースティンを見つめる。

「そんな濡れた目で見つめて、いやらしいねキャロルは。ディナーが終わったら、たっぷり可愛《かわい》がってあげるよ。だから、食事を続けよう」

楽しげな声と愛撫が返ってきて、ローズは目に涙を浮かべた。快感から逃げたい気持ちと任務遂行の責任感との間で、理性ががくがくと揺さぶられ、壊れていく。

ナイフとフォークをとるようオースティンに囁かれ、言われたようにするが手が動かない。官能に震えて一口も食べられずにいると、溜め息をついたオースティンが給仕を呼んだ。

「彼女、食べられないみたいなんだ。下げて、次のを持ってきてくれないか」

なんでもないように言いながら、給仕がローズに近づくタイミングで恥部をつま先で撫でる。くちゅり、と濡れた音が響く。給仕に聞こえたのではと、身がすくんだ。

オースティンはおかまいなしに、濡れた肉芽を押しつぶし円を描くようにこね回す。体の芯を揺さぶられるような快感に、眩暈《めまい》がして息が乱れる。

「彼、君のことを意識していた。気になって仕方がないみたいだ。声でも聞かせてやったらどうだ？」

給仕が去っていくと、オースティンが意地悪を言う。そんなことはできないと首を小さく振る。

愛撫は激しさから、ゆっくり嬲《なぶ》るように変化する。さっき強く乱され敏感になった場所に、つま先が優しく押し付けられ動かない。

じわじわと快感が溜《た》まっていく。激しくされないじれったさが逆に、ローズを追い詰める。

無意識に腰が揺れ、快楽を得ようとしてしまう。それしか考えられなくなり、場所も忘れかけた頃、目の前にすっと次の皿が置かれた。

「……失礼いたします」

横から聞こえた少し硬い給仕の声に、肩が大きく跳ねた。こみ上げる羞恥に、顔をそむける。熱くなってくる首筋に、湿った海風がからみつく。いやらしく粟立《あわだ》つ肌に、給仕の視線を感じた。

ローズの変化に気づいているとしか思えないのに、給仕は淡々と料理の説明をする。その間も、オースティンの悪戯はやまない。

押し付けているだけだったつま先で、肉芽をえぐるように撫でた。

「ひゃ、ンッ……っ！」

上がってしまった声に、口元をナプキンで押さえる。給仕の説明が一瞬途切れるが、すぐに再開した。

恥ずかしさに、涙がにじんでくる。給仕がやっと去っていくと、ほっと全身の力が抜けた。するとその隙をついて、オースティンのつま先が肉芽をしごいた。

「あっ……ひぁ、ン……！」

体が緩んでいたところへの強い刺激に、もう耐えられなかった。目の前が揺れ、背筋がびくびくと痙攣し達する。

あふれた蜜が下着を濡らし、オースティンのつま先も汚す。

「あぁ……うそ、やだ……も、申し訳ございません」

こんな場所でという思いと、主人を粗相で汚してしまった罪悪感にうち震える。

「どうして？　今さらだろう。謝ることはない」

オースティンの手が伸びてきて、ローズの目尻に溜まった涙を指先ですくう。視線が合うと、愛しそうに目を細められる。十八歳で体の関係を持つ前にも時折こんなふうに見つめられ、体中がくすぐったくなった。

けれど今のは演技だ。わかっているのに、胸が甘くうずいて、慌てて視線をそらした。

「だけど、もうその様子じゃ、食事は無理かな？」

オースティンの足が、すっと引いていく。食欲なんてとっくになくなっていたので、弱々しく頷《うなず》き返す。

食事よりも、中途半端に熱を発散され、淫猥《いんわい》な疼《うず》きの残るこの体を鎮めたい。物欲しそうに濡れているだろう目や表情も隠したかった。

「……どこか、人目のない場所に行きたいです」

プレスコット夫人として、そう懇願するのは不自然ではないはずだ。お客様が見ていたとしたら、情事のためにしけこんだと思ってくれるだろう。

これで、敵を釣れるかもしれない。早くこの任務を終わらせたかった。得意でない演技だけでなく、こんな破廉恥《はれんち》な真似を人前でし続けるなんて、身も心ももたない。

「君からの誘いなら仕方ない。行こうか、キャロル」

オースティンの含み笑いが気になったが、差し出された手を取って、よろよろと立ち上がる。このまま彼の部屋に行くのだろうと思ってついていく。さっき外されたガーターベルトとストッキングが、膝のあたりまで脱げている。達した余韻もあって、足元がふらついて歩きにくかった。

部屋に入ったら、どうするのだろう。抱いてもらえるのだろうか？

けれど、これは演技だ。番犬であるローズを抱くのも、愛撫するのも、オースティンにとっては不本意なこと。お客様の目がない場所に入れば、火照った体ごと突き放され、自分で鎮めるしかなくなるだろう。

想像すると虚《むな》しくなって、唇を噛む。主人に慰めを求める権利なんてない。だが、もしオースティンの部屋にも盗聴器が仕掛けられているなら抱いてくれるかもしれなかった。

微かな期待に、体が疼いて息が浅くなる。

「興奮してるのかい？　息が荒い。部屋まで我慢できないみたいだな。いけない子だ」

「え……そ、そんなことは」

カッと頬が火照り、口ごもる。顔をのぞきこんできたオースティンから視線をそらすと、暗くて人気のないデッキが目に入る。部屋へ戻るのとは違う道だった。

「ここは……？」

「巡回の船員がくるのは一時間後。充分だろう？」

「え、そんなっ……待ってくださ……！」

デッキの物陰に連れ込まれ、壁に押し付けられる。すぐに重なってきた唇に言葉を封じられた。

「ん、ンんっ……はぁっ、オースティンさま……ッ」

「君がそんな顔で誘うからだ。私も我慢できなくなってしまったよ」

　熱い視線で見つめられる。まるで本当に愛してでもいるように。

　再び口づけられ、顎を掴まれる。なにもかも奪うような激しさで口中を貪られ、頭の芯までとろけてしまいそうな感覚を味わう。

　ローズは、ただただ翻弄される。力が抜け、オースティンにすがることしかできなかった。

　これでは、なにかあった時に彼を守れない。どこかで見ているかもしれないお客様が、急遽《きゅうきょ》、攻撃に転じてくる可能性もある。

　駄目だ。しっかりしなくてはと、首を振って口づけから逃れた。

「大丈夫だ。アンヘルがいる」

　ローズの心配を察して、オースティンが耳元で囁く。執事で番犬でもあるアンヘルは、違う船でバオユ王国に入ると聞いていた。

　どういうことか問うより早く、体を反転させられて壁に手をつかされる。

「やっ……こんな……っ！」

「駄目だよ。誘ったのは君だろう？」

　ドレスのスリットから手が入ってくる。すぐに下着を引き下ろされ、濡れそぼった中に

指が入ってきた。

「このドレスのスリットは、こういうことのためにあるのかもな」

「あっ！　あぁ……やんッ！」

一気に根本まで入ってきた指に、敏感になっていた中が激しく痙攣する。

「よく湿っている。そんなに欲しかったのか？　これなら準備もいらなそうだ」

「あぁ、おやめくださ……っ、ひぃ……ッ」

「今さら止まらないよ。ここで抱くから、いい子にしてなさい」

囁きが耳を撫でる。睦言《むつごと》のような甘ったるい声だが、それは命令だった。

指が中を抉《えぐ》るように回転して抜けていく。喪失感と背筋を撫でる甘い痺れに膝が震えて、崩れそうになる。オースティンはそんなローズの腰をやや乱暴に掴んで引き寄せた。

「ひ、あ……ンんっ——！」

熱い塊が、強引に押し入ってくる。衝撃で中がびくびくと痙攣し、甘い痺れが全身をかけ巡った。

ローズはとっさに口を押さえ、上げそうになった淫らな悲鳴を飲み込む。

ひと気はなくても、遠くまで声が響いて誰かがのぞきにくるかもしれない。お、お客様に見られるのだって嫌なのに、それ以外の人間まで集まってきたら恥ずかしくて逃げだしたくなる。今だって本当は逃げたかった。

けれどこれは任務だし、主人であるオースティンの命令は絶対だ。

「ふ……ぅんン……ッ」

ぐちゅぐちゅと音をたてながら、熱塊が激しく突き上げてくる。からまろうとする内壁を強く抉られると、走る快感に意識が飛びそうになった。

声を抑えるだけでも大変なのに、背中に覆《おお》い被《かぶ》さってきたオースティンの手がドレスの上から乳房を揉《も》みしだく。布の下で固く立ち上がっていた乳首が擦られ、また別の快楽を生む。

刺激で締まる蜜口を、オースティンのモノがこじ開けるように出入りする。あふれた蜜が、太ももを汚していく。

「キャロル、声を聞かせてくれないか?」

余裕のある声で無理を言ってくるオースティンに、首を振る。それだけはできないと思った。

「命令が聞けないのか?」

低く冷たい囁きに、びくっと体が震えて熱塊を強く締め付け感じてしまう。

「いやらしい子だ」

くっ、と喉の奥で笑うのが聞こえ、恥ずかしさに目に涙がにじむ。

口を塞ぐ手に、オースティンの手が重なる。抵抗などできなかった。

「ひっ!　あっあぁ……!　いやあ……んッ!」

手が外れた途端、オースティンが動きだす。無意識に逃げをうつ腰を捕まえ、荒々しく中をかき回しながら抽挿する。

一度あふれた声は止まらず、オースティンが達するまで夜のデッキにローズの嬌声《きょうせい》が響いた。


あの情事の後、化粧室にエミリーを呼びつけドレスと髪を直してもらい、夜会に参加した。

火照りの残る体を部屋で休めたかったが、我儘《わがまま》も言ってられない。オースティンからも、今夜あたりが罠《わな》にかかりやすいだろうと言われたからだ。

何曲か彼と踊った後、ソファで休むことになった。けれど、飲み物をとりに立ったオースティンが戻ってこない。

異変を感じたローズは夜会会場からでて、オースティンを探すふりをした。しばらくして誰かに後をつけられているのを察知したので、わざと人気のない場所へいき攫《さら》われてやったのだ。

「これで全員だな……」

部屋にいた男たちを失神させ、武器や移動に使う鋼線で彼らを縛り上げる。

鋼線は、ローズの両手首にはまった金の腕輪に仕込まれている武器だ。飾りに見せかけた突起を押すと、針のついた鋼線が射出されたり、巻き取ったりできる。切り離して、縛り上げる道具にもできて便利だ。

今はめている、一見パーティー用の手袋も特別なものだった。鋼線を摑んで圧力がかかっても布地が裂けず、手のひらに負担がかからない素材でできている。

こういった武器は、ロレンソ家の武器開発研究所で作られる。この鋼線は、ローズの身体能力に合わせて開発された。

縛り上げた男たち以外に、不審物などないか辺りを見回す。安全を確認して、主人のもとへ駆け寄った。

「オースティン様、お怪我《けが》はありませんか?」

「ひどいな……なにも見えなかったじゃないか。鑑賞したかったのに」

頭から被《かぶ》せられたカーテンの中から、オースティンがもがきながらぼやく。背の高い窓にかかっていたカーテンは長くて重たい。

「申し訳ございませんでした。ですが、あのままでは飛び散るシャンデリアのガラスで怪我をしてしまうので、やむを得ず」

慌ててカーテンを引き剝がすと、大量のガラスがシャラシャラと音を立てて床に落ちる。怪我はないが、重みと衝撃でオースティンはソファに倒れていた。

「これはまた、派手にやったね。アンヘルに連絡しよう」

「あの……彼も乗船しているんですか?」

部屋の電話に向かうオースティンに、恐る恐る尋ねる。甲板で抱かれた時にも思ったが、アンヘルが乗船しているなら、最初から手伝ってもらえばよかった。

それが顔にでていたのだろう、ダイヤルしながら振り返ったオースティンが肩をすくめて言った。

「あいつが強いのは知れ渡ってるからな。傍にいられると敵が引っかからない。だから同乗はしていないが、別の船で近くまでこさせている」

相手がでたのか、オースティンがくるりと背を向ける。さっきも私たちを見ていたはずだ。ローズは羞恥で頬が熱くなるのを耐えるために、破れたドレスをぎゅっと握りしめた。

抱かれたのは、ひと気がなかったとはいえ甲板で野外だ。別の船からならばっちり見えただろう。

しばらくして、複数の足音と気配がして、部屋にアンヘルとグラナティス共和国海軍の制服を着た男たちが入ってきた。

「オースティン様、ご無事でなによりです」

低い落ち着いた声が響く。戦闘でめちゃくちゃになった部屋ではなく、どこかの高級サロンかと錯覚する静謐な雰囲気を彼はまとっていた。

アンヘル・フローレス。現在はオースティンの執事だが、前は番犬を訓練する教官を務めていた。ローズも彼の世話になった。

初めて会った時から白髪でグレーの瞳を持つアンヘルの年齢はよくわからない。ずっと壮年ぐらいの見た目をしている。番犬として優秀だったが、訓練中の怪我が原因で首輪付にはなれなかったと噂《うわさ》で聞いた。左足を少し引きずるように歩くのはそのせいだろう。

だが、その怪我があっても彼は充分強く、執事を難なくこなせるぐらい実務にも明るかった。

「これだけ部屋がめちゃくちゃなのに、傷一つありませんね」

「お前みたいな悪魔に魅入られているおかげだよ」

オースティンが吐き捨てるように言う。軽口なのか皮肉なのかわからないが、彼は付き合いの長いアンヘルによくこういう態度をとる。

飄々《ひょうひょう》としたオースティンには珍しい。それだけ気を許しているからだろう。自分よりもアンヘルのほうがよっぽど首輪付らしくて、複雑な気持ちになる。

「わたくしではなく、ローズの手腕ですよ」

アンヘルがこちらを向くのに、視線をそらしてうつむく。相手はなにも気にしてないだろうし、任務だと思っているだろうが、どんな顔をして目を合わせればいいかわからなかった。

「ともかく、後始末を頼む」

そう言ってソファから立ち上がったオースティンは、近くのテーブルからレースのテーブルクロスを引き剝がすと、こちらを振り返った。目線で「おいで」と言われたので駆け寄ると、肩にローブのようにテーブルクロスをかけられる。

「あり合わせだが、部屋に戻るまでは誤魔化《ごまか》せるだろう」

戦闘でドレスは破れている。このまま部屋の外にでて、誰かに会ったら驚かれる。こうして隠すのは名案だ。テーブルクロスの生地はしっかりしていて、ローブに見えなくもない。

オースティンは、布が合わさった部分を、ドレスに付いていたエメラルドのブローチで留《と》める。足首の長さまであるテーブルクロスは、ドレスの破れた部分をすっぽりと包んで隠してくれた。

「あの、ありがとうございます。あとは自分で……」

鬘《かつら》を脱いだせいで乱れた髪に、オースティンが手を伸ばす。恐縮すると、「自分でできないだろう」と返された。

ドレスも髪型もすべてエミリー頼りだ。ここには鏡もない。こういうことに疎いローズでは、どうにもできないとあきらめて大人しくする。

任務は終わったが、この調子では『課題』をこなせそうにない。肩を落とし、いつもの癖で首元に手をやるが、目的のものがなくてさらに気が滅入《めい》った。

オースティンはローズの髪をさっと整えると、花瓶から薔薇を一輪とる。葉をむしり、茎を短く折り、結い上げた髪に薔薇を挿した。

今まで付き合った女性たちにしてきたのだろう。あまりに手慣れた様子に、なぜか胸がもやもやした。

少し後ろに引いてローズを見ていたオースティンが、出来栄えに満足したのかうんうんと頷いて微笑んだ。

「よし。じゃあ、戻るか」

「あの、その前に……首輪を返していただきたいのですが」

ローズの手を取り、歩きだそうとするオースティンに恐る恐る切り出す。横顔を見上げると、苛立たしげに、ぴくりと片方の眉尻が上がった。

「申し訳ございません。でも……首輪がないと……」

オースティンは首輪の話題を嫌がる。理由はよくわからない。

緊張しながら待っていると、しばらくして溜め息が聞こえ、オースティンがこちらに向き直った。すかさず歩み寄ってきたアンヘルが、すっと首輪を差し出す。彼が預かっていたらしい。

「仕方ないな。そんなに、これが好きか？　変態だな」

忌々しそうに言いながら、受け取った首輪を振る。

首輪は真鍮製のチョーカーで、ローズの髪色と同じ色のルビーが付いている。留め金にはダイヤルと小さな鍵穴の精密な細工があり、首輪付の主人にしか取り外しができないようになっていた。

オースティンの顔が迫り、首の後ろに手が回る。自分の手元をのぞきこむ主人の息が、耳朶にかかる。首をすくめると、カチンという音がした。留め金のダイヤルが回り、チョーカーの中で歯車が回転し細工が動く。

カチカチカチ……カチンッ、と歯車が止まる。これで留め金がロックされた。

ほっ、と溜め息をつく。やっと安心できた。

ローズは首に戻った重みに微笑み、チョーカーの冷たい感触を指先でなぞる。気持ちが落ち着いてくるのを感じながら、そうかこれかと閃《ひらめ》いた。

「オースティン様、やっとわかりました」

「なんの話だ?」

「課題です。好みのファッションです」

なんだと問うように首を傾《かし》げる主人に、ローズは首輪を撫でながら言った。

「私はこの首輪が好きです。これは私の立場を現してくれるもの。身につけていると安心し、冷静になれます」

これは、エミリーの言っていた場に属するファッションだろう。首輪は、ローズにとって制服のようなものだ。

「私は首輪さえあれば、服装にあまりこだわりはありません。この答えでは駄目でしょうか?」

見上げると、オースティンが難しい顔で嘆息した。

「そうか……まあ、今回は最初だし仕方ないか」

オースティンがどこかあきらめを含んだ声でもらす。それに被さるように、この場に似合わない明るい声が響いた。

「先輩、そちらって番犬さん? それも首輪付さんですか? 俺、初めて見ましたよ首輪付の番犬さん」

海軍の制服に身を包んだ、銀髪、褐色の肌、金色の目という珍しい容姿の男性が立っていた。体格もよく、身長はオースティンより頭一つぐらい高い。小柄なローズは、首をそらして彼を見上げるようになる。

すぐに彼が誰かわかった。シリウス・チャン・スカイ、グラナティス共和国の重鎮スカイ提督の息子で、現在は海軍大佐の地位にある。

セラピア教団事件の折に、ローズは一方的に彼を見知っていた。今は彼の妻であるコーネリアのことも。

「シリウスか。お前もいたのか」

「当然でしょう。俺が指揮する軍艦を呼びつけておいて、なに言ってるんですか?」

オースティンの素っ気ない返答に、シリウスはむすっとした表情を隠さない。

「軍艦を……？　アンヘルもそちらに乗っていたのですか?」

「そうなんですよ。うちの執事を預かってくれ、ついでにこの航路で進め。どうせ向かう先は一緒だろって。しかも、犯罪者を捕まえたから軍で引き取れと厄介ごとまで。人使いが荒くないですか?」

オースティンに投げた質問に答えたのは、シリウスだった。

なんとも馴《な》れ馴《な》れしい彼に戸惑っていると、手を差し出され「初めまして」と自己紹介される。ちらりとオースティンを見るが、なにも言われなかったので、問題ないのだろうとローズも自己紹介しながら握手に応えた。

すると彼は、ローズの赤毛をじっと見た後、なにか納得したように頷いた。

「ああ、それで赤狗《いぬ》って呼ばれてるんですね」

唐突に、無邪気な言葉がぶつかってきた。悪意はないのだろうが、一瞬、身構えてしまう。

ローズはこの髪色のせいで、オースティンに敵対する者から侮蔑的な意味合いで赤狗と呼ばれている。別に気にしてはいないが、そう呼んでくる相手に好印象はない。

「わっ！　そんな怖い顔でにらまないでくださいよ。てか、先輩でもそんな顔するんですね」

「こっちこそ、お前がそういうことを言うとは思わなかった」

「え？　赤狗って駄目なんですか？　あのバオユ王国の犬のことじゃないんですか？」

シリウスが不思議そうに首を傾げる。

「バオユ王国の犬に、そういう犬種がいるのですか？」

「ええ。赤毛といっても、こうオレンジっぽい茶色い毛で、小さくてもふもふしてて、キャンキャン鳴く可愛いワンちゃんです」

シリウスは犬を撫でるように両手を動かし、その感触を思い出したのか目尻を下げてにこにこする。

「あっ、そうか！　赤狗って食用犬だから、それで先輩怒ってるんですね！　すみませんでした！」

オースティンに軽く頭を下げると、すぐにローズにも向き直って頭を下げる。

「失礼しました。食用犬と馬鹿にしたわけではないんです」

「いえ、あの……お気になさらないでください。頭を上げて……」

軍隊式の直角に腰を折るお辞儀をされ戸惑う。ローズの正体を知って、こんな丁寧な対応をする相手は初めてでびっくりする。

「本当にすみませんでした。バオユの赤狗って、とても可愛くて。その雰囲気があなたに似てたので、だから赤狗なのかと早合点《はやがてん》してしまいました」

「か、可愛い……？　私が？」

異性からそんなふうに言われたのは初めてで、驚きすぎて目が回る。邪気のない笑顔を振りまくシリウスは、嘘やおべっかを言っている様子もなかった。

「ええ、可愛いですよ。キャンキャンはしてませんが、柔らかそうな髪とか手触りがよさそうで」

「シリウス！」

突然、オースティンが声を荒げ、咳払《せきばら》いする。名前を呼ばれたシリウスは、ぽかんとしている。

「無駄話はいいから、早くあいつらを連れていってくれないか。詳しいことは追って連絡するから」

鋼線を解いて縄で男たちを拘束し終わった軍人たちが、姿勢よく待機している。シリウスの部下なのだろう。

「ああ、これは失礼しました。では、また。ローズさんも、機会があったらまたお話ししましょう！」

そう言うと部下を従え、大きく手を振りながらシリウスは去っていった。台風のような、なんとも言えない人物だった。

呆気《あっけ》にとられて彼を見送っていると、視線を感じて横を向く。顎に手をあて考えこむオースティンと目が合った。

「たしかに……バオユの赤狗に似てるかもな」

「そ、そうなんですか？」

どういう意味なのだろうか。シリウスと同じように、可愛いと思われてるのだろうか。気になったが聞けるわけがなかった。すると、オースティンが見透かしたような笑みを浮かべて言った。

「まあ、特に可愛くはないな」

言葉に体当たりでもされたような衝撃に、少し肩が揺れた。

当然だ。あらゆる美女を見慣れているオースティンが、ローズを可愛いなんて思うわけがないのに。なにを期待していたのだろう。ショックを受けるなんて、おこがましいにもほどがある。

「さあ、部屋に戻るぞ。明日からは、普通に過ごす。もう演技はしなくていい」

くるりと背を向けて先に歩き出したオースティンは、もうエスコートはしてくれなかった。乗船してすぐの頃は、慣れないエスコートに戸惑い遠慮していたのに、今はどうしようもなく寂しくてみじめな気持ちになる。

ローズは深呼吸して、それらの不可解な気持ちに蓋をすると、すっと表情を引っこめて主人の後を追いかけた。

第二章

今朝到着したバオユ王国、シャンフ港。世界最大の交易都市といわれるシャンフ街は、港から扇状に広がっている。

港を行き交う人々は様々な格好していて、バオユ人は男女とも長袍《チャンパオ》という民族衣装を着ていた。立襟で、裾は足首近くまでの長さがあり、サイドにスリットがある。その下にズボンをはいている。

光沢のある色とりどりの長袍は目に鮮やかで、飛び交うバオユ語には活気がある。十一歳の頃、オースティンの仕事に随行してシャンフ街にきたことがある。まだ見習いで、慣れない隠密の任務に必死だったせいか、記憶がない。

こんな港だったのかと、辺りを見回す。

このままオースティンの仕事先に付いていくものと思って下船した直後のことだった。

「そうそう、アンヘルと話し合って決めたんだが、ローズには課題をこなしてもらうことになった。船上でもだしただろう。あれだ」

港から見える、街の入り口。丸くて赤い、紙でできたランタン。提灯《ちょうちん》というものがたくさんぶら下がった異国情緒たっぷりのシャンフ街を眺めていたローズは、ドレスの裾をひるがえしオースティンを振り返った。

プレスコット夫人の演技をしなくてよくなったローズは、庶民のような格好だ。首輪を隠す立襟に、マトンスリーブのグレーのドレスである。ただ庶民といっても、オースティンの従者として恥ずかしくない、そこそこ質のよい生地だった。

化粧っ気はなく、髪は後ろで一つにまとめ、ネットに入れてお団子にしている。一見すると、女家庭教師《ガヴァネス》っぽく、周囲もそう思っているだろう。

この格好は、ローズの本当の身分を隠すのに役立つ。目立つ髪色も、女家庭教師という記号に飲み込まれ落ち着いて見えてくるのだ。

カモメが鳴く青空のもと、ローズは呆けて聞き返した。港を行き交う人々の喧騒《けんそう》に負けそうになりながら。

「課題……ですか？　でも、あの。警護のほうは？」

あれっきりの気まぐれだと思っていた。

「アンヘルと、他の番犬もいるから大丈夫だ」

オースティンが指差した背後では、先日の騒動から同じ船に乗ってきたアンヘルが、現地で合流した番犬たちに指示をだしている。引き取った荷物をホテルに運ぶ者、情報収集に回る者、護衛につく者と。

ローズはオースティンの首輪付で、いつも隠密行動をとりながら警護に当たっている。

執事のアンヘルは秘書的な立場でついて回り、表向きの護衛を担っていた。その為《ため》、ローズの存在を知らない者は、アンヘルがオースティンの第一の護衛だと思っていて、その強さも世間に知れ渡っている。

だからこそ、ローズの存在は相手の隙をつくことができ、欠かせない護衛となっていた。

「どういうことですか？　私になにか落ち度でもありましたか？　前みたいに、任務をこなしながらでは駄目なのですか？」

重要な役目を担っている自負があったローズは、外される不安に表情を固くした。

「落ち度というより、人として未熟だ。それから任務をこなしながらでは無理な課題だしな」

自覚がある欠点だけに、押し黙る。しかし成熟とはなにか、ローズにはいまいちわからなかった。

「もちろん護衛としての技術は一流だと思うが、それだけだとこれからは困る。アンヘルも年だしな。そのうち、私の執事として連れ歩くにも限界がくるだろう。そうなった時に君を使いたい」

肩を落としていたローズは、主人からの評価に顔を上げる。嬉《うれ》しかった。

「だが、今のままでは駄目だ。自分でドレスを選べないし、似合う髪型も作れない。養成所での勉学の成績もトップで、教養の成績も悪くなかったはずだが、圧倒的に感性が欠けている。腕っ節が強いだけで、補助してくれる人間がいないと使い物にならない」

喜んだのも束《つか》の間《ま》。すぐに叩《たた》き落《お》とされ、しゅんとなった。

「まあ、番犬には多い傾向だがな。それでも多少は、自分の好みや興味を示すものがあったりするものだ。感性はそういうところで磨かれていく」

「はあ……そういうものですか？」

自分以外の番犬たちに好みや趣味などあっただろうか。ぱっと思い出せなくて首を傾げる。それと感性を磨くというのが繋がらない。

オースティンが腕を組んで、大きく溜め息をつく。

「ローズ、好きな食べ物はあるか？　好みの味付けでもいい。甘い物や辛《から》い物が好きとか、そういうことだ」

「え……いいえ、特には。なんでも食べられます」

「なにかないのか？　ぱっと思いつく、食べたい物とか？」

そう言われて考えても、なにも思い浮かばない。

「ちなみに、アンヘルは赤身の肉。エミリーは糖蜜パイが好きだ。ためしに適当な番犬を捕まえて聞いたら、みんなそれなりに食べ物の好き嫌いがあった。君ぐらいだよ、好きな食べ物を言えないのは」

「はあ……そうでしたか」

少しショックだった。同じような環境で教育を受けてきた仲間たちも、自分と似たようなものだと思っていたのに違うなんて。

「健康診断で味覚障害はなかったから、味がわからないわけじゃないよな？」

「はい、辛い甘い苦いはちゃんとわかります。薬物が入ってないか察知するのも仕事ですから」

食べ物に混入した薬物を見分ける成績もよかった。舌先は鋭敏なほうだ。

「じゃあ、とりあえずいろいろ食べてみて、もう一度食べたいと思える食べ物。美味《おい》しいを探すように。これが第二の課題だ」

ローズはわずかに顔をしかめる。

美味しいを探す？

なんて曖昧《あいまい》で概念的な探索だろう。なにから始めればいいかさっぱりわからない。それに気になることがもう一つ。

「あの、この次もあるのですか？」

「そうだよ。好きなファッションや食べ物を見つけるだけで、君に足りないものが補えるとでも？　これから訪問する国々で課題をだしていくから、覚悟するように」

「ですが、それだと本来の私の仕事が……」

「君がどうしても必要な時は呼ぶ。だがそれ以外はアンヘルや他の番犬で事足りる」

自分はいらないと言われたみたいで、さあっと血の気が引いていく。課題と言いつつ、本当は厄介払いをされているのではないか。

「……私は、首輪付として失格なのでしょうか？」

前々から不安に感じていた。いつか首輪付を降ろされるのではないかと。

理由はわからないが、オースティンはローズを首輪付にしたことを後悔している。一度首輪付になったら一生その役目をまっとうする者がほとんどだが、なんらかの理由や怪我で首輪付を外されることはあるのだ。

今回の課題は、そのための布石なのではと悪い方にしか考えられない。

「おい……無表情で、この世の終わりのように落ちこむな。不穏な空気がだだ漏れだぞ」

眉間に深い皺《しわ》を作ったオースティンから、盛大な溜め息がもれる。

感情を隠すことは得意だ。なにを思っていても、周囲の者に気取られたことはまずない。今だって、吐きそうなほど動揺していても、表情はぴくりとも動いていない。声だって平坦《へいたん》だ。なのにオースティンには、いつも気持ちがバレてしまうのはなぜなのか。十歳の頃から近くにいたせいだろうか。

「申し訳ございません。オースティン様にご不快な思いを……」

「そうじゃないっ！」

苛立った声がしたと思ったら、腕を乱暴に引かれ抱きしめられていた。仕立てのよいスーツの胸に、額がぶつかる。

「不快になんて思っていないし、首輪付失格とも思ってない。余計なことばかり考えて……大方、私が君を捨てるとでも勘違いしたんだろう」

まったくその通りで言葉もない。無言で固まっていると、頭をぽんぽんと撫でられる。

「最初に言っただろう。いつかアンヘルの代わりにしたいと。そのための課題だ。これは首切りではなくて、ステップアップだ」

ローズを抱きしめる腕の力が強くなる。密着する体と、ふわりと香るオースティンの匂いに力が抜けていく。ベッドの上で抱かれる時の胸騒ぎとは違う安心感。体の関係を持つ前は、ローズが落ちこんでいると、よくこうして慰めてくれた。

久しぶりの優しい抱擁に、思いがけず鼻の奥がツンとする。

オースティンはしばらく、大丈夫だと言うように背中を何度も撫でてくれた。どんな優しい言葉より安堵《あんど》できる。

「少しは落ち着いたか？　変なことは考えず、仕事は忘れて、美味しいものをたくさん食べておいで。ここは美食の街でもある。君が気に入る味もあるだろう」

そう言ってゆっくりと体を離したオースティンが、エミリーを呼んだ。

「君もローズと観光してきてくれないか。これはお小遣いだ。美味しいものをたっぷり食べて、お土産も買いなさい」

「ええっ！　こんなによろしいのですかっ？」

渡された封筒をのぞいたエミリーの声が裏返る。バオユ王国のお金に両替された紙幣は、かなりの厚みがあった。

「気にするな。全部使ってしまってもかまわない。二人で楽しむのが今日の任務だと思ってくれ」

「あ、ありがとうございます！」

感激して声が上ずるエミリーに続き、ローズも淡々とお礼を言う。だが、お金や観光よりも、オースティンの傍にいるほうがいい。エミリーのように喜べなかった。

するとまた、オースティンから溜《た》め息《いき》がもれた。

「まったく。そういう顔をするな」

「そういう顔？　無表情ですよ……？」

ローズを横目で確認したエミリーが首を傾げる。やっぱり、オースティン以外にはわからないらしい。

「夜にはホテルに帰るから、その時に報告してもらうからな。課題をサボるなよ」

「……御意」

ひと呼吸あけて返事をする。嫌々なのがやはりオースティンにだけはわかるらしい。

苦笑し、彼はローズの頭をくしゃりと撫でると踵《きびす》を返《かえ》した。アンヘルと数人の番犬を連れ、用意されていた車に乗り込む。

「私にはわからなかったけど……オースティン様は、本当にローズのことをよく理解されているのね」

走り去る車を見送りながら、エミリーが感心したようにつぶやく。ローズは複雑な気持ちで「そうなのかもしれません」と小さく返した。

「うっ……苦しい」

部屋に入ってすぐ、ベッドに倒れこむ。続いて入ってきたエミリーが、バッグとお土産をソファに投げ、駆け寄ってくる。

「そのまま寝たら、いつまでもつらいでしょ。脱がしてあげるわ」

横になったローズの背後にまわり、ドレスの後ろボタンを手早く外す。コルセットの紐《ひも》もほどいてもらうと、さっきよりは楽になった。

だが、まだ苦しい。お腹《なか》が……。

エミリーとは、シャンフ街で有名な高級料理店を数軒と、地元で美味しいと噂の屋台を数軒回った。間で土産物屋ものぞき、エミリーは目を輝かせて装飾品を買っていた。

「食べすぎよ！　なにも、入ったお店全部で全メニュー食べなくても」

そう言うエミリーも、けっこう食べていたが余裕そうだ。見た目に反して大食いらしい。

「シャンフでの滞在期間は、最低四日。延びても六日ほどです。その間に課題をこなすには必要なことです」

「だからって……食べては吐いての繰り返しは違うと思うのだけど」

エミリーが呆《あき》れたように言いながら、ドレスを脱がしにかかる。ローズもよろよろと起き上がり、脱ぐのに協力する。さすがにコルセットは自分で脱いだ。

明日からはブラジャーにしよう。

昨今では古風な下着と言われるようになったコルセットを、無造作に床に置く。ドスッと鈍く重い音がした。

いつも着用しているコルセットは、戦闘を想定した防具でもある。金属を糸にして織り上げた防刃素材で、重くて硬いのだ。

「ほら、これを着て。それから胃薬」

エミリーがだしてくれたネグリジェを着て、薬を飲む。

「お手間をとらせて、申し訳ございません」

「気にしないで。それより、私は明日から別件があるから一緒にいけないけれど、無理はしないでね」

「はぁ……善処いたします」

「たぶん、オースティン様はすべてのメニューを食べろって意味で課題をだしたんじゃないと思うわ」

「それは私もわかっているのですが……」

「なにが好きかわからないから、全メニュー食べて判断しようとしてるのよね？　でも、そうじゃないのよ。違うの」

エミリーが困ったように、うーんと唸《うな》る。

「朝や夜や、お腹が空いた時にね、ふっとなにか食べたくなる気持ち。その瞬間に頭に思い浮かんだものとか、口の中にじゅわって味が広がって我慢できなくなるとか。あとは、匂いにつられてお腹が空いたり、食べたことのないものを食べたいと思ったり。オースティン様はそういう好きをローズに感じてほしいんじゃないかしら？」

いまいちぴんとこない。空腹時にそんな気持ちになったことはないし、食べてもいないのに口の中に味が広がるとはどういうことなのか。そもそも食べ物なんて、空腹が満たされ栄養がとれればいいとしか思えない。

「意味がわからないって顔をしてるわね。まあ、いいわ……今日はもうゆっくり休みなさい。私は仕事があるからでかけるわ」

エミリーはどこかの夜会に潜入する任務があるらしい。ささっと身支度をすませると、部屋からでていった。

ホテルの部屋割りは、エミリーと同室だった。オースティンは隣の部屋で、アンヘルがついている。隣は従者部屋があるタイプだ。

ローズはごろりと寝返りを打ち、オースティンの部屋と接している壁に身を寄せ、目を閉じて耳をすます。

なんの音も聞こえない。気配もない。

まだ帰ってきていないのだろう。

従者部屋があるなら、そこにローズを置いてくれればいいのに。護衛もしやすい。邪魔にならないよう気配を消すし、アンヘルのように主人の世話をしろというならなんでもする。

一度そう頼んだことがあったが、一言「駄目だ」と言われ、それっきりだ。

昔は、オースティンと同室だった。同じベッドで寝てもいた。

いくつまでだったか……十二歳？　ああ、そうだ。人より遅い初潮を迎えてから、別の部屋に宿泊させられるようになった。

アンヘルはよくてローズは駄目。幼い自分はよくて、今の自分では駄目。

男で子供だったなら、ずっとオースティンの傍にいられたのだろうか？

じりっ……、と胸を焼くなにかに顔を歪《ゆが》め、壁に額をこすりつけた。祈るように、すがるように。

＊　＊　＊

「今日の商談で、君のことを話したらバオユ王国の絵本を貰った」

枕を背にベッドに寝転んだオースティンは、ホテルの窓から夜景をじっと見つめているローズに声をかける。十一歳になったばかりの少女は、大きなエメラルドみたいな目を瞬きさせ、こちらを向いた。

ここはバオユ王国のシャンフ街にあるホテル。仕事でしばらく滞在する予定だ。

オースティンは何度かきたことのある国だが、ローズは初めての外国だ。船旅も初めてで疲れがでたのか、シャンフ港に着いた今朝に発熱し、食べたものをすべて戻してしまった。

本当はかなり前から気分が悪かったらしい。だが、オースティンに迷惑をかけたくない一心で隠していた。

しっかりしてそうに見えても、まだまだ子供だ。書類仕事が溜まっていて、ローズの様子を気にかけてやれなかったのが悔しい。まだ守られていて当然の年齢なのにと、やり場のない怒りにむかむかしてくる。

おいでと手招くと、ローズは無言でベッドの横にやってきた。

「ローズはバオユ語は話せるけど、まだ字は読めなかったな」

「はい。養成所では、五ヵ国語習得しましたが、読み書きはまだです。アンヘル教官から、それは後でもいいと」

養成所とは、ロレンソ家に引き取られた子供が入る施設だ。いつから始まったことか知らないが、ロレンソ家は昔から優秀そうな子供たちを孤児院からもらってきて、家の役に立つように育てていた。

特に頭脳や身体能力に優れた子供は護衛や間諜《かんちょう》にし、それ以外で優秀な子供はロレンソ商会の様々な機関で働かせる。際立った才能が芽生えなかった子供でも、一般の社員や使用人にして一生食うに困らないよう面倒を見る。

恵まれない子供たちにチャンスを与える慈善事業と、表向きは謳《うた》っている。実際は、長い年月をかけ、ロレンソ家に逆らわない人間を育てているだけだ。

彼らを総じて番犬と呼ぶ。人間だと思っていない証拠だろう。

最近、問題視されてきているセラピア教団とやっていることは同じ。洗脳だ。

「その外国語の読み書きだが、私が君に教えることになった」

オースティンは七ヵ国語話せる。読み書きも、人に教えられるぐらいには堪能《たんのう》だ。

「え……でも、オースティン様に教えてもらうなんて畏れ多いです」

ローズの子供らしくない返答に苦笑する。

「遠慮しなくていい。そのほうが都合がいいからなんだ。ほら、私は出張が多いだろう」

ロレンソ家では跡継ぎ候補が二十歳になると、一人の番犬と首輪付の契約をする。それから仕事を与えられる。飛び級で学院を卒業していたオースティンは、首輪付と契約する前から仕事を与えられ、各地を転々とする生活をしていた。

一年の半分は出張している。ほとんどホテル暮らしで、ロレンソの本邸に戻ってきても挨拶回りや夜会、接待などで、滅多に邸《やしき》へは帰らない。

「今はまだ国内が多いが、来年には外国にいくことが増える。それまでに、ローズが外国語の読み書きができるようになっていると助かる。君は首輪付として、私と行動を共にしているしね」

普通の番犬は、十五歳まで養成所であらゆる教育を受けることになっている。だがローズは、頭脳、身体能力、戦闘技術など、ほとんどの面においてずば抜けていたため、十歳で仮卒業となった。仮なのは、十歳ではまだ学べないこともあるからだ。

学べない内容については、適性年齢になったら養成所に戻る予定だった。それまでは、実際に首輪付の仕事をして学ぶことになった。指導は、養成所でもローズの担当教官をしていたアンヘルだ。

「だから今のうちに、私が教えたほうが効率がいい。後ででは、いつになるかわからないだろう」

「ですが、それならアンヘル教官でもいいのでは？」

そのアンヘルは、隣の部屋で執事として控えている。彼は以前から、教官のかたわらオースティンの補佐や護衛などを暇な時にしていた。今は、ローズの教育のために、正式にオースティンの執事となって傍についている。

「アンヘルは私の執事と護衛だけでなく、見習い護衛であるローズの指導もある。仕事が多すぎるだろう？　だから頭脳面に関しては私が協力することにしたんだ」

本当のところは、ローズをかまいたいオースティン自ら語学教育を横取りしただけだ。

「そういうことでしたら、私に異論はありません。けれど、オースティン様も仕事でお忙しいのに、申し訳ないです」

「寝る前に、君に外国語の絵本を読んでやるくらい、なんてことないよ」

「左様ですか……でも、お疲れの時は先にお休みください。オースティン様の負担になりたくはありません」

恐縮し続ける十一歳少女に、オースティンはそっと溜め息をつく。養成所がほどこした教育の成果が憎い。

「ローズが早く読み書きを憶《おぼ》えてくれたら、私の負担にはならないだろうね」

皮肉をこめて返すと、滅多に感情を露にしないローズの瞳がぱっと輝く。

なぜ、そこで喜ぶのだろうか。もっと違う、子供らしいことでその目をきらきらさせてやりたいのに。自分の無力さを見せつけられているようだ。

「わかりました。早急に読み書きを習得できるよう善処いたします」

力の入った返事だった。

子供らしさを期待するのはあきらめ、オースティンは絵本を開く。

この絵本を貰った時、お粥《かゆ》の美味しい屋台を紹介された。胃に優しく、持ち帰りができ、具合が悪くてホテルで寝ている子供にうってつけだと。今日は忙しくていけなかったが、明日、仕事帰りにお粥を買って帰ってやろうと考えながら、無言で自分の横をぽんぽんと叩《たた》いた。

意図を察したローズがベッドに上がる。その背中に腕を回し、すっぽりと抱きこんだ。

小さな体温が、腕の中で少し固くなる。いつもより体が熱い。

相変わらず無表情だが、主人に失礼がないようにと緊張しているのが手に取るようにわかった。

「楽にしていいんだよ」

ふふっと笑いながら抱き寄せ、わざと密着する。無表情で、困ったように身じろぐのが愛しくて面白い。もっとからかってやりたくなるが、嫌われたくないのでやめておく。

まあ、首輪付のローズが私を嫌うなんてあり得ないが……。

ふっと過ぎる焦燥感と罪悪感。喉に苦いものがこみ上げてくる。

「オースティン様？」

主人のわずかな変化を察知したローズが、心配そうにこちらを見上げる。やっぱり表情は乏しいし声も平坦だが、不思議と彼女の心の機微はわかる。

「なんでもないよ。それより、漢字を教えてあげよう」

「カンジ？」

「そう、この絵みたいな文字のことだよ。バオユ語はもう喋《しゃべ》れるなら、すぐに読めるようになる。書き方も追々教えよう」

表紙の題名を指でなぞりながら、バオユ語で読み上げる。ローズが続いて発音する。それを繰り返しながら、絵本を読み進めていった。

恋愛や性欲とは関係なく、オースティンはローズが愛しかった。

ローズの臙脂《えんじ》色の髪を見ていると、亡くなった年上の幼馴染《おさななじ》みを思い出す。助けてやれなかった幼馴染みの彼女も、同じ髪色をしていた。

ローズはあと三年したら、幼馴染みが亡くなった年齢と同じになる。

幸せにしてやりたかった。それができなかった後悔が、今もオースティンを苦しめている。

ローズを同じようにはしたくない。番犬なんていう非人道的な役目から解放してやりた

かった。

首輪付にしてしまったことは後悔している。番犬や首輪付、養成所の内情を、当時のオースティンはよく知らなかった。情報を与えられてなかったせいもあるが、子供の頃は勉学が異常なほど忙しく、働くようになってからは仕事ばかりの毎日だった。

番犬や首輪付に興味を持ったのも、ローズと契約してからだ。それまでは、ロレンソ家の慈善事業という建て前を愚かにも信じていた。

内情を知っていたら、ローズと契約はしなかったかもしれない。けれど、自分以外の首輪付にされなくてよかったとも思っていた。

腕の中で、真剣に絵本を見返すローズの赤毛を指ですく。ぶつぶつと口中でバオユ語を発音している彼女は、されるがままだった。

すごい集中力だ。これだと、あっという間に読み書きを習得してしまうかもしれない。

「……なあ、ローズ」

「はい、なんでしょうか？」

こちらを見上げる彼女に微笑む。

「私の妹にならないか？」

本気の誘いだった。

養子縁組という形になるが、ロレンソ家の戸籍に迎え入れるぐらい、今のオースティンなら造作もない。両親を説得する自信もある。

ローズも嫌とは言えないはずだ。主人からの誘いを、断れないものと思っていた。

だが、ローズは硬い表情で首を横に振った。

＊　＊　＊

シャンフ街は、交易で集まる様々な食材を活《い》かした料理店がたくさんある。どこもしのぎを削っていて、美味しいと評判だ。交易だけでなく食べ歩き目的の観光客も多く、高級店が並ぶ大通りは美食通りとも呼ばれていた。

課題をこなすために食べ歩きを始めて三日目。その美食通りの外れにある店から出てきたローズは、胃のあたりを押さえながら横道に入っていった。

「うっ……気持ち悪い」

口元を押さえ、路地裏の階段に座りこむ。狭いながらも日当たりのよい場所で、ぽかぽかと暖かい。人通りもないからか、数匹の猫が階段で春の陽気と戯れながら欠伸《あくび》をしたり、微睡《まどろ》んだりしている。

「今日はそんなに食べていないのに……でも、これで大通りの料理店はすべて回ったはず」

ローズは馬革のサッチェルバッグから地図を取り出す。シャンフ街で無料配布されている観光地図だ。美食通りの地図には、料理店がずらりと並ぶ。その店名一つ一つにはバツ印。ローズが訪れた店だ。

鉛筆で最後の一つにバツをつけ、嘆息する。

特別食べたいと思える料理には、まだ出会えていない。

初日のような、全メニューを食べるようなことはしていない。あの夜、ホテルに帰ってきたオースティンに呆れられ、体を壊すようなことはするなと叱られたからだ。

翌日からは、知らない料理やお店のお勧めメニュー、お客の間で評判になっている食べ物を頼むだけにしている。それだけでも、結構な量だ。

大食いでないローズは、やはり初日と同じように食べては吐くという行為を繰り返していた。オースティンには内緒にしている。

「はぁ……困った。あと半日しかない」

オースティンの仕事は順調なようで、明日の夜にはシャンフ港を旅立つ予定になっている。政治的なことはよくわからないが、船上でバオユ人の手下を拘束できたことが交渉を有利にしているらしい。

明日は荷物をまとめたり、出港の手続きをしたりで半日潰れるだろう。食べ歩きなんてしている暇はない。

揉《も》め事《ごと》を回避するために、夜の街で食べ歩くのも禁止されている。グラナティス共和国の都心と違い、この国では夜に女性が一人で飲食店に入るのは珍しいそうだ。

残り半日、なんとかして課題を達成したい。美食通りが駄目なら、あとは横道にそれたところにある飲食店だ。名店と噂の店はまだある。

吐き気は少し落ち着いた。ローズがふらつきながら立ち上がったその時だった。

ドンッ、と背後から男にぶつかられる。課題で頭がいっぱいで、油断していた。

「あ……盗《と》られた」

大通りのほうへ走り去る男の背中を見つめながら、ぽつりとこぼす。あせりはなかった。

スカートのポケットに入れていた現金入りの封筒を盗まれてしまったのは間抜けだったが、あの程度の相手ならすぐに追いついて取り返せる。一瞬だったが、顔も体格も服装も憶えた。瞬時に対象を記憶するよう訓練されているローズには、スリ一人捕まえるのなんて造作もない。

その傲慢《ごうまん》さが油断に繋《つな》がったと反省しながら、大通りに戻る。

さて、男はどこかと首を巡らせる。腹ごなしによい運動になりそうだ。

通りは人でごった返していたが、男はすぐに見つかった。長袍が多い中、洋装なので目立つ。人混みをかきわけながら、小走りで追いかける。

騒ぎにはしたくない。捕まえないで、お金だけ取り返そうと算段する。幸い、ローズはスリの技術も持っていた。

男にはすぐ追いつき、気配を殺しながら後をつける。封筒を隠していそうな場所に当たりをつけ、すっと背後から近寄り、人波に乗って横をすり抜ける。

服をかすったぐらいの衝撃しかなかったはずだ。指先にはすられた封筒の感触。ローズは中身を確認したりせず、そのままスカートのポケットに落とす。

これでお終《しま》い。何食わぬ顔で雑踏に紛れようとした時だ。

「待てよ！　お前すっただろ！」

背後で上がった声に、思わず足を止めて振り返ってしまう。目が合った男が、一瞬にやりと笑うのを見て、無視して逃げればよかったと後悔した。

バレないと思ったが、相手は盗まれたとすぐ気づけるぐらいに、手練のスリだったらしい。

「スリだ！　そいつが俺の金をすった！」

「は？　なにを言っているのですか？」

あきらかにわざとだ。ローズを犯人にして、お金を取り戻そうというところか。

『おいっ！　どうした！』

黒い長袍の憲兵が駆け寄ってきた。

観光客の多いこの街には、当然、スリや詐欺の犯罪が横行している。取り締まりの憲兵もたくさん配置されていて、異変があるとすぐに駆けつけてくる。

『こちらの男性に言いがかりをつけられています』

男も憲兵も、ローズの流暢《りゅうちょう》なバオユ語に驚いているようで、一瞬黙りこむ。これが悪い方に働いた。

『この女、スリです！　言葉、怪しい！』

男が片言のバオユ語で話すのに、ハッとした。ローズを見る憲兵の目が厳しくなる。

洋装の男は一見して外国人観光客にしか見えない。さっきまでローズとはグラナティス語で流暢に喋っていた。そしてこの片言のバオユ語。外国人観光客として自然だ。

習得が難しいバオユ語を流暢に話すローズはかなり怪しい。

失敗した。

力技で逃げ切ることを考えるが、ここは外国だ。ロレンソ家の権力が及ばない地である。法に触れたりしたら、オースティンに迷惑がかかるかもしれない。

『二人とも、事情を聞かせてもらおう。ついてこい』

集まってきていた憲兵数人に周囲を固められ、ローズは大人しくついていくことにした。

憲兵所に連れて行かれ、事情を話し旅券を見せた。領事館に連絡してもらえば、身元が確認でき、疑いはすぐにでも晴れると思っていた。

だが、スリなら旅券も盗めるだろうと疑われるはめになった。なぜ、そんなに疑われたかというと、最近、犯罪組織の中に外国人旅行者を装う者が現れたからだという。見た目もバオユ人ではないらしい。バオユ語と数ヵ国語を操って、巧みに相手に近づいて騙《だま》したり誘拐したりするそうだ。

ローズは、まさしくその人物像にぴったりだった。おかげで、身元を確認できる人間としてオースティンに連絡がいってしまった。

結局、身元が確かだとわかり、封筒のお金もローズのものと証明され返却された。代わりに、ローズの証言が信用され、スリの男が逮捕されたと取調官に教えてもらった。

けれど、喜べなかった。むしろ連行された時より気が滅入っている。

「なにがあったか聞いたよ。災難だったな」

取調室からでると、オースティンが笑いを堪えるような表情で壁にもたれて待っていた。ローズは小さくなって頭を下げる。

身元引受人できてくれたのは、アンヘルや他の番犬でなく、この事態を最も知られたくなかった主人だった。

「申し訳ございませんでした……」

「君は強いから力押しで突破するのは得意だが、駆け引きは下手だったな」

降ってくる声が優しい。責められるより恥ずかしかった。唇を噛《か》み、情けなさで震えそうになる手を握りしめる。

「以後精進し、今後このようなことがないように気をつけます」

「流暢に喋れるのに口下手なのが災いしたな。もういいから、頭を上げて。さっ、帰るよ」

玄関に向かうオースティンの後を、とぼとぼとついていく。外にでると、日が落ちて暗くなり始めていた。

立ち止まる。課題を思い出し呆然《ぼうぜん》とした。

昼間しかやっていない店は、もう閉まっているだろう。この時間からは、屋台かお酒がでる店しか営業していない。食べ歩く時間も限られている。

なにより、あんな失態をした後で、これから課題をこなすために、夜の街にいかせてほしいとは言えない。

「どうした、ローズ？」

憲兵所の前に車が停《と》まり、降りてきたアンヘルがドアを開ける。乗り込もうとしていたオースティンが振り返り、首を傾げた。

「具合でも悪いのか？　顔が青いぞ」

暗くて顔色なんてわからないはずなのに、戻ってきたオースティンがローズをのぞきこんで眉をひそめる。

「私は……私は……帰ってもよいのでしょうか？　失格なのでは？」

期限内に課題をこなせなかった動揺で、言葉をうまく継げない。本当に口下手で困る。

けれどオースティンは、すぐに察して頷いた。

「そうか、課題があったな。まだ、好きな食べ物が見つからないのか？」

「申し訳ござ……」

「謝らないでくれ。課題とは言ったが、好きなものを強要したいわけじゃないんだ。だから、失格も合格もないんだよ」

「失格もない？　では、なぜ課題を……？」

オースティンは曖昧に微笑むと、振り返ってアンヘルに先に帰るよう命令した。

「さてと、ヒントをあげようかな」

アンヘルの運転する車が走り去ると、オースティンはいたずらっぽく笑って言った。

「こっちだ。迷子になるなよ」

連れてこられたのは、美食通りから二本、北にいった通りだった。ここは通称、屋台通りという。

宵の口ということで、道の左右は様々な屋台でひしめき合っていて賑《にぎ》やかだ。

明かりのついたたくさんの提灯。ゆらめく赤い灯りに照らされた行き交う人々。もうもうと湯気をあげる蒸籠《せいろ》。香ばしい匂いをさせる豚の丸焼き。毛をむしられ吊るされた鶏や兎《うさぎ》。生きたまま売り買いされる家畜や食材。

キャンキャンという鳴き声に振り返ると、赤茶色のふさふさした毛の子犬が檻《おり》に入れられている。オースティンが、食用の赤犬だと教えてくれた。

目がたれていて、むくむくした体つきは愛嬌《あいきょう》がある。これと似ているのだろうか？　まじまじと見ていると「食べたいのか？」と聞かれて首を振った。共食いっぽくて、なんとなく気が引けた。

観光客が多くて澄ました感じの美食通りに比べ、ごちゃごちゃとした日常と猥雑《わいざつ》さが交差している。歩いているのも、地元のバオユ人がほとんどだ。

「この店だよ」

案内されたのは、オースティンお勧めの屋台だ。

「ここは、お粥のお店ですか？」

「そうだよ。憶えてないか……」

「え……憶えて？」

屋台の傍に置かれた、簡素なテーブルと丸椅子の席についたオースティンが頬杖《ほおづえ》をついて意味深に口元だけで笑い「なんでもないよ」と言う。

ローズは素早く辺りを見回す。一日目に、メアリーと屋台街にはきたが、この屋台には入っていない。近くを散策したかもしれないが、昼と夜では様相が一変していてわからなかった。

なにか重大な見落としでもしているのだろうか。また失態をしてしまったのかとあせっていると、店員らしき女性が注文をとりにきた。

「私が適当に頼むが、いいかい？」

「お願いします」

主人と食事を共にする場合、番犬に決定権はない。それなのに、オースティンはなぜか毎回「いいか？」と聞いてくる。たまに、自由に注文しなさいとメニューを寄越す時もあって困惑する。

オースティンはメニューを見ながら、次々と注文した。

しばらくすると、たくさんの小皿と蒸籠、揚げパン、お粥が運ばれてきた。小皿には、蒸《む》し鶏《どり》、焼き豚、青菜、生姜《しょうが》の千切り、漬物などが載っている。湯気をあげる蒸籠は、肉まん、焼売《しゅうまい》、小籠包《しょうろんぽう》だった。

「ローズはこっちのお粥を食べなさい。どうせ、今日も食べては吐いての繰り返しだったんだろう？」

返事ができなくて固まる。バレていないと思っていたのに。

「だいたい見当はついてるよ。私に隠し事なんてできると思うな」

「……すみません」

胃の底が冷え、血の気が引く。今日は散々な日だ。

「また、青ざめてるな。怒ってるわけじゃないから、落ち着いて。それよりお粥を食べてごらん。ここのは他の店とは一味違う」

目の前のお粥には、小海老《こえび》と貝柱と青葱《ねぎ》が入っている。他店で食べたお粥とそんなに違いはない。具材も平凡だ。

「繰り返し吐いてたら、胃も体も疲れているだろう。消化のよいものを食べて、今日はゆっくり休みなさい。もう、課題のことは考えなくていいから」

オースティンの優しい言葉に、ますます情けなくなる。内緒で吐いていたのを怒るでもなく、心配され労《いたわ》られてしまった。

「申し訳ございません……もったいなくて食べられません」

「なんだそれ？　私が君を労ったから畏《おそ》れ多いってことか？」

不可解な顔をしながらも、きちんとローズの気持ちを言い当てる。流石《さすが》だなと思いながら頷くと、オースティンから盛大な溜め息がもれた。

「本当に、昔から面倒臭い性格をしている。だけど、そういうとこ嫌いじゃないんだよなぁ」

「すみません。あの、面倒なのに嫌いではないのですか……？　それはどういう……」

「自分の頭で考えてごらん。そんなこともわからないから、憲兵に捕まるんだ」

冷めた声と皮肉がぐさりと胸に刺さる。まだなにも食べていないのに吐きそうな気分だ。

オースティンはローズに食べさせることをあきらめたのか、自分のほうにお粥を引き寄せ、レンゲですくってふーふーと冷ましている。自身で食べることにしたのだろう。ところが。

「ローズ、食べさせてあげよう」

どことなく邪悪で楽しそうな微笑みを浮かべたオースティンが、レンゲを差しだしてきた。

「そ、そんなっ滅相もない！」

慌てて首を引き、横に振る。オースティンの目が、怪しくすっと据わった。

「命令だ。口を開けなさい」

びくっ、と体が反射的に緊張する。

主人の命令は絶対だ。どんな内容であっても番犬、特に首輪付は逆らえない。養成所でそう躾《しつ》けられてきた。

だが、オースティンは滅多なことでは命令しない。それなのに、なぜこんなくだらないことで命令をしてくるのだろう。

「ローズ」

高圧的なのに優しい声。逆らえずに、ローズは口を開いた。羞恥で頬が熱くなってくるのを抑えられない。

「いい子だ」

オースティンは満足げに目を細め、レンゲをローズの口にそっと入れる。適度にぬるくなったお粥が舌にのって、とろとろと口の中で溶けていく。海鮮出汁《だし》の香りが鼻から抜けて、溶けたお粥が喉を落ちていった。

「あれ……？　美味しい……？」

首を傾げ、瞬きする。

「どうして疑問形なんだ？」

「あの……感じたことのない味がしたのですが、表現する語彙を知らなくて。それで、これが美味しいなのかなと」

「そこからなのか……根深いな」

「根深い？　なにがですか？」

「こっちの話だ。とりあえず、もう一口食べてみなさい」

レンゲがまた、ずいっと前にでる。

「あ、あの……自分で」

「命令だ」

反射的に口を開いてしまう。今度は入ってきたお粥の甘みを感じた。それから旨味《うまみ》。胃を満たす優しい熱で、体が温まってくる。

それと同時に、記憶の奥底で眠っていたなにかがむくりと目を覚ます。

懐かしくて、でも思い出すのが恥ずかしい。体の奥がくすぐったくなる記憶の欠片《かけら》。

「……もしかして、私、前にもこのお粥を食べたことがありますか？」

オースティンがふっと笑う。とても嬉しそうに。「憶えてないか」の呟《つぶや》きの意味がわかった。

バオユ王国のシャンフ街には前にもきたことがある。だが、屋台で食事をした憶えはない。食事はホテルのルームサービスだった。

記憶がずるずると引き出されていく。

なぜルームサービスのみだったのだろう。ホテルのメニューにこのお粥があったのか。いや、違う。外にほとんど出られなかったから、記憶がないのだ。

思い出した。ローズは口元を手で覆い、「あっ」という声を抑える。羞恥で顔が燃えるように熱い。無表情を保てなかった。

まだ見習いの首輪付で、養成所の成績は最年少ながらに主席だったが、まだまだ未熟だった。初めての外国で熱をだし、オースティンの仕事についていけなかった。

その失態を取り戻そうとして、次の日もホテルで休んでいないといけないのに、バオユ語の勉強を一人でしていて体を冷やし、熱がぶり返した。オースティンが帰ってくる頃にはふらふらで、一人で食事もできなくなっていた。

あの時、オースティンがお土産で持ち帰ったのがここのお粥だった。

「やっと思い出したみたいだな」

「はい……情けないです」

顔を両手で覆って背を丸める。くっくっと声を殺した笑いが聞こえた。

「今みたいに食べさせてやったな。嫌がる君に命令して」

レンゲも持てないほど弱っていたのに、お腹は空いていたのだ。前日は吐き気がまだあって、ほとんど食べられなかった。その前の日は、食べたものをすべて吐いていた。

ぐーっ、と鳴るお腹を笑って、でも心配して、オースティンは命令でローズの口を開かせた。そうやって食べさせてもらったお粥は、初めての味がした。

薄味なのに、とても美味しかった。それまでは、お粥を美味しいなんて思ったこともなかったのに。

お粥はあっという間になくなった。オースティンに食べさせてもらうのが恥ずかしいなんて忘れて、差し出されるレンゲに自ら食いついていった。

美味しくて美味しくて、我を忘れていたのだ。

「あっ……」

カチン、とすべてが噛《か》み合《あ》うような音が頭の中で響いた。目を見開き、顔を上げてオースティンを見る。

「私、美味しいを知っていました」

たぶん、これが正解。課題の答え。

合格だと言うように、オースティンの唇が弧を描き、目尻が下がる。

あの時、子供だったローズは素直に美味しいと言った。疑問形ではなかった。それに濃い味が好みで、肉ばかり食べていた。野菜も食べるよう、アンヘルによく叱られた。

けれど、いつしかそういう好みは押し殺すようになり、美味しいがわからなくなった。任務の間に食べるのは乾いた携行食で、栄養がとれれば充分と思うようになっていた。

美味しいは、邪魔だった。なにかに気を取られたらオースティンを守れない。自分のことより主人が第一、いや唯一だから。好みは切り捨てた。

けれど、オースティンはそれを取り戻せと、課題をだした。

「美味しいと思ってもいいのでしょうか？」

「当たり前だろう。後々アンヘルの仕事を引き継いでもらうんだ。執事だぞ。パーティーのメニューを選定することだってある。その時に美味しいものがわからなかったり、メニューのバランスを考えられなかったら私が困るだろう」

「は、はい！　そうですね、精進いたします！」

さっきとは違う、嬉しさで頬を上気させて返事をする。

なんでこんな課題をさせるのだろうと、落ちこんだ。厄介払いされてるのではと悩んだ。けれど、ちゃんと認められていた。大切な仕事を任せるために、育ててくれているのだ。まだまだ未熟な自分が恥ずかしいけれど、これから先もっとオースティンの役に立てるかと思うと、今日の失態を吹き飛ばして気力がわいてきた。

「わかったなら、ほら、レンゲ。自分で食べていいぞ。私も食事をするから」

渡されたレンゲで、お粥を食べた。美味しい。お腹がみるみる空いてくる。もっと食べたいと感じる。

これが美味しいだった。忘れていた感覚を思い出し、ローズは微かに笑み、オースティンに勧められるまま他の料理にも手をつけた。

さっきまでとは違う世界が、そこにはあった。

＊

「ローズ、突然だが。私の妹にならないかと言ったらどうする？　なってくれるか？」

熱いお粥を、はふはふいいながら口にしていたローズが、不思議そうな顔でこちらを見る。

「妹……ですか？　はい。オースティン様のご命令なら、妹でもなんでもなります。次の仕事で必要なのですか？」

当たり前のように了承するローズに、オースティンはふっと笑うしかなかった。

「いや、なんでもないよ。ちょっと聞いてみただけだ。食べなさい。私はお酒でも頼もうかな」

オースティンがメニューを開いて店員を呼ぶと、ローズは首を傾げながらも、また食事に戻った。

やっぱり、今のローズの答えはああなのかと、暗い気持ちになる。オースティンがこうしないかと提案するだけで、なんでも了承する。子供の頃、妹にと誘った時は即答で断ったというのに。

ただ、断った理由が「妹になったら番犬を辞めないといけないんですよね？　私以外がオースティン様の首輪付になるなんて嫌です」なのは頂けなかった。そんなに首輪付に執着していることも知らなかった。

けれど、オースティンの提案を「命令」ととらえてはいなかった。それが今は、「命令」と同じなのだ。

オースティンの望むようにと考え行動する。そこにローズの意思はない。

即答で誘いを断った子供のローズは、まだ意思があった。あの頃に戻りたい。戻してやりたい。

だから、この『課題』を計画した。

「ごめんよ。全部、嘘《うそ》なんだ」

お粥以外の料理も美味しそうにたいらげるローズを見つめながら、オースティンは口中で聞こえないように呟く。

アンヘルの仕事を引き継がせる気なんてさらさらなかった。そのための課題なんていうのは建て前だ。

「これは君を取り戻す旅なんだ」

そして、これから起こる〝出来事〟の後、ローズを守るための旅だった。

第三章

「僕と一緒に世界を目指そう！」

なぜこんなことになってしまったのか。目の前で熱弁する指導員の男性を無表情で見上げ、ローズは穏便にこの場を去ることを模索していた。

今朝、到着したオパリ共和国は、海に点在した島々が集まった海洋国家だ。一年中温暖で、経済は観光業でとても潤っている。貴族や王族、富裕層を満足させるための遊興施設がとにかく充実している行楽地だった。


ここでローズに出された課題は、『趣味を見つけること』だ。

漠然とした内容に困惑した。そもそも趣味とはなんなのか。そこからわからなかった。

船から降り、海辺のホテルへみんなで移動してから、部屋にあった辞書で趣味の項目を引いた。そこには「好んで繰り返し行う行為。習慣」とあった。


即座に思いついたのは、オースティンの護衛。これしかない。

だが、オースティンから「それは仕事で趣味じゃない。私が関わらないことでなにか見つけなさい」と駄目出しされ、ホテルから追い出されてしまった。

仕方がないので、街の観光案内所を頼った。観光業が盛んなだけあって、案内所も充実していて親切だった。ローズがなにか趣味を見つけたいと、曖昧なことを言っても笑わず、一人でもいろいろなスポーツが楽しめる、近くの遊興施設を紹介してくれたのだ。

そしてやってきたのが、ここ。カサンドラパークだ。

数十種類のスポーツを楽しめ、ジム、スパ、エステも併設された複合施設である。いろいろ教えてくれる指導員をつけることもできる。一人なら指導員がパートナーになってくれるし、複数人での競技なら、どこかのチームに入ってプレイできるように調整してくれたりと手厚い。

ローズはここで、運動着と靴を借りて、指導員についてもらった。知らないスポーツばかりだったので、教えてもらいながら、試せる競技を片っ端からやってみた。

その結果がこれである。

「君はすごい！　なにをやらせてみてもプロ級だ。初めてだなんて信じられない！　しかも先天的な身体能力の高さ！　まさに神に与えられた天賦の才だよ！」

指導員の男性は、手にしたデータ表を掲げて言い募る。彼が言うには、とんでもない数値を叩《たた》き出《だ》しているらしい。

二人が今いるのはスポーツを楽しむ施設ではなく、筋トレの器具などが置かれたジムだった。隣は室内テニスコート場で、大きな窓ガラス越しに試合をする利用者が見える。

あらかたスポーツを試した後、ここに連れてこられて、いろいろと測定された。次に行う運動の準備なのかと測定に付き合っただけなので、まさかこんな事態になるとは思ってもいなかった。

しかも息継ぎなしの熱弁で、口を挟む隙もない。ローズは息を深く吸い込み、声を張り上げた。

「あの……あのっ！　私の話を聞いてください！」

ジムに響き渡るように言うと、彼が驚いたように目を剝《む》いて黙る。ついでに、筋トレ中の利用者や他の指導員の視線まで集めてしまった。

「私には仕事があります。なので、スポーツ選手を目指す気はございません」

「仕事？　仕事をしてるのか？　まだ子供なのに？」

「……子供ではありません。二十四歳です」

顔が小さく目が大きいせいなのか、たまに未成年だと勘違いされる。この遊興施設を利用する際、旅券を提示して利用カードに年齢も記載したはずだが、見落としていたらしい。

改めてカードに目を通した指導員は、口をあんぐりと開けている。

「そういうわけですので、世界を狙うにはいささか年がいきすぎているかと思います。あきらめてください」

プロスポーツ選手は、遅くても十代後半から鍛えないと狙えないと聞く。ローズでは無理だ。これであきらめてくれるだろう。

壁の時計を見ると、ホテルに戻るよう言われている時間をすぎていた。

うっかりした。早く帰らなければ。

「では、そろそろ失礼……」

「待ってくれ！　年齢なんて関係ない！」

がしっ、と指導員に両手を掴《つか》まれた。

「君なら今からでも間に合う！　どんな仕事か知らないが、君はプロ選手になったほうがいい！　きっと今より稼げるし有名になれる！　ぜひ、僕に指導させてくれないか！」

「いえ、そういうの結構ですので。今の仕事を辞めるなんて考えられませんし、有名になりたくないです。今のお給料にも満足しています」

ロレンソ家の給与体系はかなりよい。ローズは首輪付なので、危険手当などがついて高額になっている。ただ、使い道がないので銀行に残高が溜まっていくだけだった。

「辞められないような仕事なのかい？　まさか、辞めさせてくれないような上司なのか？それなら僕がかけあってあげよう！」

人の話をきちんと聞かない人のようだ。自分に都合よく解釈している。こういう手合いに、どう対応すればいいのか。口下手なローズは、穏便な方法がわからなかった。

面倒なので、この手を軽く捻《ひね》って指導員を投げ飛ばして逃げようか、そう考えた時だ。

「ローズ、ここでなにをしているんだ？」

怒りを抑えたような硬い声に、まさかと思って振り返る。

「オースティン様……なぜ、ここに？」

隣でテニスをしていたのだろうか。ラケットを持ったオースティンが不機嫌も露《あらわ》に立っていた。

「私は接待みたいなものだ。商談相手とさっきまでテニスをしていた。終わって、ふとこちらを見たら君がいた」

そういえば、オースティンは子供の頃からテニスを嗜《たしな》んでいる。かなりの実力で、学生時代には世界大会まで進出したと聞いた。

そんなオースティンと手合わせしたがる仕事相手はけっこういて、よく接待テニスをしている。

ローズも何度か打ち合ったことがある。運動神経や体力なら自分のほうが上だが、テニスでオースティンに勝ったことはない。やはりスポーツは子供の頃からやっていないと、才能は伸びない。ずば抜けた運動神経だけでは無理だ。

「私のことはともかく、君はなにをしている？　しかも、その格好はなんだ？」

「え……この、格好ですか？　ただの借り物ですが？」

ローズは首を傾げて、自身を見下ろす。

施設で貸し出してもらった運動着は、緩みのある半袖のシャツと膝上の半ズボンだった。露出が多く、体にぴったりした運動着の利用者に比べると、動きにくい。

ほとんどの利用者は、ミニスカートやショートパンツなどだ。

南国オパリは暑い。オパリ人の普段着は、グラナティスではあり得ないぐらい露出が多く、布地も薄かった。そのせいなのか、観光できているグラナティス人の服装も大胆だ。暑いから、グラナティスの気候に合うドレスなんて着ていられないというのもあるのだろう。

そんな中でこの運動着は暑苦しく見え、オースティンの不興を買ったのかもしれない。最初の課題はファッションだった。今思うと、好みのファッションを探す中で、状況に合わせて服装を選べるようになれという意味もあったのだろう。

体の線がでたり、露出するのは抵抗があるからと、今のローズは周囲から浮く格好になっている。

「申し訳ございません。もっと涼しそうな運動着を選ぶべきでした」

「違う！　逆だ！」

「え……？　逆ですか……？」

飛んできた叱責に混乱する。逆というのは、もっと着込めということなのか。

悩んでいると、足音も荒く歩み寄ってきたオースティンが、ラケットを振り上げた。

「いつまで握ってるつもりだ！　離れろっ！」

「うわあっ！　なにするんですか！」

振り下ろされたラケットは、ローズの手を握ったままだった男性指導員の腕をかすめた。とっさに手を離して避けたので、怪我はしなかったようだが、普段、人前で温厚な態度を崩さないオースティンには珍しい乱暴ぶりだ。

　相当、不機嫌なのだろう。商談でなにかあったのだろうか。

「ローズ、帰るぞ。話はホテルで聞く」

　オースティンに腕を捕まれ椅子から立たされる。これでやっと開放されるとほっとしていたら、逆の腕をガシッと摑まれた。

　人の話を聞かない男性指導員は、あきらめも悪かった。

「あなたが彼女の雇用主ですね。仕事を辞めたがっている彼女を無理に引き止め、プロになれる才能を伸ばすチャンスを邪魔しているという！」

「いえ、辞めたがってませんが……」

「君は洗脳されているんだ！　ここは僕に任せて！　君を自由にしてあげるから！」

「だから、そういうの結構です」

　変な誤解をされたらどうしよう、とオースティンを見上げると目が合い、嘆息された。

「だいたいわかった……なにがあったか。まあ、その男が言っていることも、間違ってない。洗脳して働かせているからな」

「え？　なにをおっしゃってるんですか？　この人の言うことはすべて間違って……」

「やはりそうか！　彼女を不当に拘束しているのを認めるのだな！」

　勝手に会話に割り込んでくる指導員に、いらっとする。やはり、投げ飛ばしてやろうかと思ったところ、オースティンにやめろと目配せされた。

「ともかく、彼女を自由にするにしても、私はあなたにそれを任せるつもりはない。今はまだその時期でもないと思っている。だから、その手をすぐに離したまえ。君は施設の指導員としての立場を逸脱している。これは規約違反に当たるだろう」

暗に、施設の責任者を呼び出して、なんらかの処置をとると脅しているのだが、やはり人の話がわからない指導員だった。

「脅すとは卑怯《ひきょう》な……ならば、彼女の自由をかけて僕と勝負だ！　ハンデとしてあなたの得意なスポーツでいいぞ！」

そしてなぜか、オースティンと指導員でテニス勝負をすることになったのだった。

勝敗は割とあっさりとついた。オースティンの圧勝だ。

もしかして、ローズとテニスをしていた時、手加減してくれていたのかな、と思うぐらい徹底的に相手を打ちのめしていた。

スポーツ指導員をしているだけあって、素人には負けない自信があったのだろう。男性指導員はしばらくショックで呆然《ぼうぜん》としていたが、すぐに立ち直り、今度はオースティンの勧誘にかかった。

見た目がまだ若く、二十代に見えたせいだろう。オースティンが実年齢を言うと驚いていたが、やはりあきらめずに勧誘をしてきた。年齢など関係ない才能だと。

オースティンはそのしつこさと図太さに呆れ、ローズに「こいつを投げ飛ばせ」と命令したのだった。

その後は、長居したくなかったので、着替えもせずにホテルに戻ってきた。借りた運動着は、明日、返却すればいい。

オースティンとはホテルの自室の前で別れた。だが、ドアを開けたところで呼び止められ、ローズを部屋に押し込むようにしてオースティンが入ってきた。

外ではできない仕事の話か、言い忘れたことでもあるのかと思った。けれど、違った。

乱暴に唇を奪われ服を脱がされ、バスルームへ連れ込まれた。オースティンの唐突な激情に戸惑いはしたが、されるがままに従った。

そもそもローズに拒否権はない。あったとしても、主の行為を受け入れないわけがなかった。


「あっ……ぅンッ、や……ぁ」

中を犯すだけで動かない熱に、体がじれる。腰を揺らそうとすると、浴槽の中で向かい合ったオースティンの腕が邪魔をする。強い力で固定され動けない。感じていなかったら振りほどける力なのに、甘い痺れで全身がかたかたと震えてままならない。

ちゃぷちゃぷと揺れる湯にも肌が刺激され、追い詰められていく。

「オースティン……さまっ」

「なんだい？」

懇願するように名前を呼ぶが、涼しい声と含み笑いが返ってくるだけ。ローズの状態をわかっていて、わざと楽しんでいる。

繋がる前、シャワーを浴びながら愛撫された。隅々まで、オースティンの手で洗われ何度もいかされて立っていられなくなった。

蜜をあふれさせる入り口は痙攣《けいれん》しすぎて、ひりひりと痛むほどだった。そこにやっと望む熱をうがたれて、満たされたのはほんの少しの間だけ。すぐに次の刺激がほしくなった。

なのに、オースティンは動いてくれない。代わりに、カサンドラパークでなにをしていたか根掘り葉掘り聞かれた。特にあの男性指導員となにを話したのか、なにをしたのか。そしてなぜか、なにかされなかったかと、しつこく確認された。

意味がわからなかった。

答えにつまると、軽く腰を揺らして刺激し、ローズを追い詰める。まるで苛《いら》ついているような動きで、その度に快感の涙をこぼしながら必死に質問に答えた。

何度も繰り返されたその行為に、ローズの体はもう限界だった。

「ひど……ぃですっ。もう、も……うっ、お願いですから……」

自分から主人を責めてねだるなんて、浅ましい行為だ。オースティンのしたいようにさせなければと思うのに、頭は快楽のことしか考えられなくなっていく。

「あっ、あぁ……ちゃんと答えましたよね？　だから、もう……ッ！」

「ああ、そうだった。それじゃあ、最後に一つ」

オースティンも、もうそんなに余裕がないのだろう。熱っぽい声がバスルームに響いた。

「実際のところ、プロの選手になれるならなりたかったかい？　ローズなら可能な話だと思うんだが」

こんな時に、割と真剣な表情でそう言われ、呆《ほう》けた。この人はなにを言っているのだろうと、少し怒りさえ感じた。

「あり得ません……どの競技も興味ありませんし、簡単にできてしまうので手応えがありません。でも、オースティン様が、どうしてもプロになれとおっしゃるなら、頑張ります」

今日一日、いろいろなスポーツを試してみたが、これといってまたやってみたいと思うものはなかった。プロになるほど真剣に取り組むのは無理だ。

「そうか……それもそうだな」

オースティンは納得したようにうなずくと、ローズの腰を乱暴に引き寄せた。

「ご褒美だよ」

快感で力の入らなくなっていた体が、ぐにゃりと前のめりに崩れる。

「ひゃ……っ！　あ、あんっ……！」

オースティンの唇がローズの乳首をとらえ、甘噛《あまが》みする。下からは強く突き上げられる。

「いやぁ……んッ！」

じれて望んでいただけに、刺激が強すぎて眩暈《めまい》がした。

「あっ、ああ……ぁ、ひゃっん！　や、やめてっ、ください……ッ」

もっとゆっくり、と懇願するけれど、オースティンの動きは激しくなるばかりだった。

「ずっと欲しかったんだろう？　ローズも好きなように動いていいんだよ」

甘い声が耳元で響き、背筋がぞくりと震えた。腰が甘く痺れて、さっきよりも濃厚な快感が体の芯を駆けていく。

体が勝手に動いた。気持ちのいい場所に熱の切っ先が当たるよう腰をくねらせ、上下に体を揺らす。抜き差しして、蜜口がこすれる感覚に何度も喘《あえ》いだ。

「あんっ！　ああ……ッ！　オースティン様っ……ああぁっ！」

絶頂が迫っていた。けれど自身の動きだけでは足りない。息が上がり、もどかしさに涙がにじむと、目尻に口づけられた。

「わかってるよ、ローズ……」

オースティンはそう言って涙を吸うと、揺れるローズの腰を押さえて熱を一気に抜いた。

「あっ……！　やぁ、ンッ！」

抜けていく感覚にびくびくと体が跳ねた。オースティンは震えるローズを反転させると、浴槽の縁に手を置かせ、後ろから痙攣する蜜口に熱をねじ込んだ。

「ひっ、あぁあぁ……っ！」

ひときわ高い嬌声《きょうせい》がバスルームの壁に反響する。目の前がちかちかして、ローズの中でくすぶっていた熱が弾《はじ》ける。

びくんっ、びくんっ、と四肢が痙攣して快楽の波が引きかける。けれど、息をつく間も

与えられずに、オースティンが荒々しく動きだした。

「やっ、まってくださ……ひぁ、あぁぁ……いやぁん！」

すぐにまた絶頂の波がやってきた。抜き差しされ、弱い場所を執拗《しつよう》にえぐられ嬲《なぶ》られる。気持ちよくて、声が抑えられない。小さく何度も熱が弾け、ずっと達しているような状態になる。

「あぁ、も、もう……だめ、です。ひゃっ、ああンッ！　いい……っ！」

頭がおかしくなりそうな快感に飲み込まれ、体がぐずぐずと蕩《とろ》けていく。繰り返す絶頂感に意識が飛びかけたところで、強く中を突かれて引き戻される。

その直後に、オースティンも同時に達した。中に注《そそ》ぎ込《こ》まれる熱を感じながら、ローズは脱力した。

＊

幼いオースティンにテニスを教えてくれたのは、メイドの娘だった。五歳年上の彼女は、体を動かすのが大好きで、明るくておしゃべりで、友達がたくさんいた。

当時まだ四歳だったオースティンにとってはお姉さん的な存在で、初恋の人でもあった。

「よく似た赤毛だったたな……」

ベッドに腰掛け、無防備に眠るローズの薔薇色《ばらいろ》の髪をそっと梳《す》く。

顔はぜんぜん似ていない。もう記憶も曖昧だが、初恋の人は大人びた顔立ちの美人で、ローズと違って表情豊かだった。

テニスが得意で、将来は村をでて都会でプロの選手になって、貧しい一家を養うのだと言っていた。

けれど、彼女はわずか十四歳で亡くなった。夢を叶《かな》えることも、あの村をでることもできなかった。

代わりのように村をでたのは、オースティンだった。

オースティンはもともと、ロレンソ家前当主の子息ではない。養子だ。実の父は、ロレンソ家前当主の弟。母はその愛人だった。

実父は母を深く愛していた。ロレンソ家の政争に巻き込まれるのを心配し、首都から離れた村にひっそりと住まわせるほどに。

母もまた、そういう田舎暮らしが好きな素朴な人だった。オースティンをのんびり育てながら、たまにやってくる父を待つ生活に満足していた。都会的な贅沢《ぜいたく》はできないが、父からの潤沢な援助のおかげで、何不自由ない生活がおくれた。

あの生活が、一生続くのだと思っていた。オースティンも、田舎の利発な少年で終わるはずだった。

それを阻み、ロレンソ家当主にまで仕立て上げた悪魔がいる。

「あいつのいる部屋に帰るのは癪《しゃく》だな。ここで寝ていこう」

幸い、ローズの一人部屋だ。オースティンが泊まっても問題ない。

いつも眠るベッドより少し狭い寝床に、体をすべり込ませる。すり寄ってきたローズを抱きしめ、目を閉じた。

きっと、ローズがプロの選手になりたいと言ってきたら、自分はとことん協力してしまうだろうなと考えながら、眠りに落ちた。

＊

「もう、スポーツはしなくていいと思いました」

朝食の席で、今日の予定はとオースティンから聞かれたローズは、溜《た》め息《いき》混じりにそう返した。

「また昨日のようなことになったら嫌なので……」

「あれは災難だったな。それに、ローズにスポーツは簡単すぎてつまらないだろうしな。いっそ、不得意なものに挑戦してみるのも手かもしれない」

「不得意なものですか？」

「ああ、不得意だが試してみたいこととか。なにかないか？」

オースティンは紅茶のカップを置くと、読み終わった新聞を近くの給仕に渡す。ホテルで借りたものだったらしい。ついでに紅茶のおかわりを頼んで、パンを手に取った。

ホテルの庭に面したこのテラス席にいるのは、オースティンとローズだけ。エミリーや他の番犬は、レストランの別の場所で朝食をとっている。そういえば、いつも近くで給仕しているアンヘルの姿がなかった。

試してみたいこと……。

なにかないだろうか、と考えているとアンヘルが、レストランの厨房《ちゅうぼう》に続くドアからできた。手にはホールのパイが載った皿がある。

「お待たせいたしました、オースティン様。ホテルの厨房を借りて焼いてまいりました」

そう言ってアンヘルがテーブルに置いたパイから、ふんわりと蜂蜜とレモンの香りがただよってきた。こんがり焼けたサクサクの生地の中にレモンクリームが流し込まれ、輪切りのレモンが表面を覆うように飾られている。

「レモンパイか。そういえば、レモンの産地だったたな」

「はい。レモンの種類も豊富でして、今回はスイートレモンという普通より甘いレモンを使用して焼きました」

「楽しみだな」

「ただいまサーブいたします」

切り分けられていくレモンパイを見て、オースティンの表情が心なしか柔らかくなる。

頭脳労働の多い彼は甘い物が好きだった。アンヘルはそんな主人のために、よく菓子を作る。その腕はプロ級で、あまった菓子をわけてもらう番犬の間でも評判だった。

普段、アンヘル相手だと悪態をついたり、辛辣な言葉ばかり投げかけるオースティンも、菓子作りの腕に関しては素直に褒めるほどだ。

ローズは甘い物に興味はないが、前々からアンヘルのこの特技が羨ましかった。

「あ……やりたいこと、ありました」

思わずこぼれたつぶやきに、オースティンとアンヘルがローズを振り返った。


「これが、やってみたかったことって……ローズも案外、女の子らしいんだな」

「そうでしょうか？　ただの粉や脂の塊が膨らんでお菓子になるのが不思議で、面白いなと。実験みたいですよね。それに教えてくれるアンヘルは男性ですよ。女子らしい趣味だとは思いませんでした」

ホテルの使われていない厨房を貸し切り、ローズはアンヘルから菓子作りを教わっていた。今日で三日目だ。

直接教えてもらうのはアンヘルの手が空いている時だけで、それ以外の時間はもらったレシピをもとに一人で何度も菓子を作っている。一人で作ると失敗ばかりだったが、ローズはあきらめることなく、何度も挑戦していた。

今も一人で作っていたところ、仕事が早く終わったというオースティンが様子を見にやってきた。

「あいつがお菓子作りが得意なのは、私が子供の頃ホームシックになり、ママのケーキが食べたい、田舎に帰る、とゴネたからだ」

ローズは型に入れたケーキ生地をオーブンに入れ、時間を設定して振り向いた。厨房の簡素な椅子に座ったオースティンは、作業台に放置されていた失敗作のクッキーを口に運ぶ。止める間もなかった。

バリボリと、クッキーではあり得ない音がした。

「オースティン様っ！　それは失敗作なので食べられません！　吐き出してください！」

「いや、堅焼きだと思えば案外いけるぞ。芳《こう》ばしい」

「芳ばしいんじゃなくて、コゲてるんです！」

失敗作の載った皿を、慌てて引っ込め、代わりに紅茶を入れ直してだした。

「ママのケーキというのは、実のお母様のほうですか？」

田舎に帰るとゴネたなら、そうなのだろう。養子縁組のことはローズも把握していた。たしか実母は、三年前に病死している。オースティンの実家である田舎の邸には、今、体の不自由な実父だけが暮らしているはずだ。

実父は、レオ・ロレンソといい前当主の弟だ。要するに、オースティンの養父が兄に当たる。レオ・ロレンソは優秀な人物で、不慮の事故さえなかったら、兄を凌《しの》いで当主になっただろうと、噂《うわさ》で聞いたことがあった。

「ああ、養母はお菓子作りなんてする人じゃない。アンヘルは私をどうしても次期当主に育て上げたかったからね。ある程度の我《わ》が儘《まま》はきいてくれた」

するとオースティンはなにを思い出したのか、ククク ッと笑い声をもらした。

「私もどうしても食べたかったわけじゃないんだ。ただ、あいつが嫌いで困らせてやりたくて、ママの味じゃないと嫌だって駄々をこねた。そうしたら、田舎にすっ飛んでいって母からお菓子作りとレシピを教わって戻ってきたんだ」

「え……そこまで……」

「まあ、意地だったんだろう。あの頃の私は、たまに手に負えないほどの癇癪《かんしゃく》を起こしていたからな。なんとか落ち着かせるものがほしかったんだ」

子供のために菓子作りを頑張ったアンヘルというのも想像つかないが、オースティンが子供の頃に癇癪持ちだったのも意外だ。

「では、このレシピは、もとはお母様のものなのですね」

「そうだよ。だから、ローズが作れるようになったら、もうあいつの手作りを食べなくてすむな」

楽しみだと続けるオースティンには申し訳ないが、その域に達するにはまだまだ時間がかかりそうだ。けれど、いい目標ができた。

アンヘルの特技が羨ましかったのは、菓子でオースティンを満たしてあげられるからだ。ローズは彼を力で守ることはできても、癒やしたり幸せにしてあげたりはできない。

だから、もし自分にも同じように菓子が作れたら、オースティンはもっとローズを必要としてくれるんじゃないか。そんな期待があった。

でも、これを話したら「また私が動機か……趣味とは認めない。課題は不合格」と言われるかもしれないので、黙っておく。

オーブンから甘い香りがただよってきた。菓子好きではないローズでも、嗅いでいるだけで幸せになってくる匂い。今度こそは成功するだろうか。

期待に胸がどきどきしてくる。こんな自分は初めてで、趣味を持つのも悪くないと、ローズは自然と頬をほころばせた。

第四章

目覚ましが鳴る前。小鳥のさえずりが始まるよりも前の、空気が一番さえざえとする時間にローズは目を覚ます。

瞼《まぶた》を開いてしばらくは、まだ頭がぼんやりとしている。けれど、体は無意識に動く。そう訓練されてきた。

起き上がり、カーテンを開く。外は霞《かすみ》がかったように風景がぼんやりしていて、空はまだ白く、ほの暗い。

ベッドから降りる前に、軽く体を伸ばす運動をする。徐々に頭がはっきりとしてきたら、部屋に設けられた洗面所に向かって、手早く身支度を整える。

ここはロレンソ邸に用意された、ローズの個室だ。二週間前に、長旅から戻ってきた。

いつもの鼠色《ねずみいろ》のドレスに着替え、髪を編んでまとめる。部屋に戻り、簡単な清掃とベッドメイキングをしたら、朝食をとりに食堂に向かうのだった。

「あ、これを忘れるところだった」

ドアノブに手をかけたところで足を止め、壁のフックにかかっていたエプロンを手に取り、身につける。肩と裾にレースがふんだんにあしらわれた白いエプロンは、菓子作りを趣味にしたローズへとエミリーが贈ってくれた。

長旅からの帰還後、ローズはずっと休みをもらっている。本当はすぐにでも仕事がしたいのだが、ロレンソも休暇で、しばらく邸内ですごすので護衛はいらないと言われてしまった。

仕方がないので、毎日菓子作りにいそしんでいる。朝食後に厨房を借りることになっているので、エプロンをつけていったほうが効率がいいのだ。

部屋を出て廊下を進むと、使用人だけでなく、何人かの番犬ともすれ違う。朝食は決まった時間のみの提供なので、朝食をとった後なのだろう。

「ローズ、おはよう」

「おはようございます」

声をかけてきたのは、同期の番犬の青年、ユノだ。彼は、護衛や潜入、隠密など、なんでも平均的にこなす器用な番犬だった。基本、前当主の護衛をしているが、たまに仕事を一緒にすることがある。

「今日もお菓子作り？　飽きないね」

「はい。なかなか上達しないので」

ユノは、ローズのかっこうをまじまじと見て言った。

「変わったよね。前はそんなエプロンしなかったのに」

「そうですか？　エプロンは貰《もら》い物《もの》で、とても実用的なので気に入っているんです」

エミリーがくれたエプロンは、装飾がただ華やかなだけではなかった。撥水性《はっすいせい》のある生地で、汚れがつきにくく、洗ったらアイロンを当てなくても皺にならないのだ。

そう説明すると、「可愛いから着てるんじゃないんだ……やっぱりローズはローズなんだね」と彼は頷いた。

「だけどやっぱり、なにか雰囲気が変わった気がするな。なんだろう？」

首を傾げるユノと、隣り合って朝食の席についた。テーブルには籠に盛られたバゲット、ミルクの入ったデキャンタがある。あとはベーコンや卵、野菜の載った皿に、温かいスープが配膳されてきた。

「そういえば、ローズたちがいない間に、和平派が前当主と揉《も》めたらしいよ。まあ、刃傷《にんじょう》沙汰にはならなかったけど」

「聞きました。当然です。番犬がいて、ロレンソの人間が怪我をするなんてあり得ません」

「まあ、そうだよね……でも、これいつまで揉めるんだろ？」

「和平派と推進派ですよね。推進派が優勢ですから、いずれはそちらにまとまるのでしょう？　現当主のオースティン様も前当主様も推進派ですし」

「それが、そううまくもいかなそうなんだ」

すべては三年前に発見された新薬エリエゼルが発端である。エリゼルは、内臓や筋肉など、体内の損傷を修復し再生させる特殊な薬だ。

この薬の製法を手に入れ、精製と販売の権利を手中に収めたロレンソ家は、今後を巡って二派に分裂した。といっても、もともと意見の対立があった者同士が、決定的に別れたというだけだ。

グラナティス共和国に住む、ロレンソ家の戸籍に入っている人間はだいたい三十人ぐらいだ。愛人の子供なども含めたら、もっと増えるだろう。

そのおよそ三十人をまとめるのが当主だ。当主の号令で年に数回、親族会議を行い今後の方針などを決めていく。議題は様々だが、ここ数年は新薬エリエゼルの扱い方でずっと揉めていた。

「和平派は、新薬を人々のために、安価で広く世界にいきわたらせよう。それが後々、ロレンソ家の発展にも繋がっていくという考えなのは知ってるよな？」

「ええ、対する推進派は、国内はいいけれど他国にエリエゼルの製法が流出するのを禁じ、販売も制限すべき。また戦争が起きた時、有利に動くためにグラナティスで独占したい。この新薬は、武器にも勝ると主張していますね。私も、その通りだと思うのですが……和平派の意見も理解できます」

和平派からしたら、新薬エリエゼルの価値の高さから争いが起きるのはよくない。これからは戦争ではなく、平和的な手段で世界を仕切っていく時代だと主張しているが、まだ前の大戦の記憶も風化していない。そんな生温《なまぬる》い考えでは潰されるぞ、との意見が多く、劣勢だった。

「でも、なぜ和平派は潰されないのでしょう？　かなり劣勢なんですよね？」

「それは遠戚の方々が、和平派寄りの意見だからだよ」

「そうなんですか？」

政治的な話に明るいユノが説明してくれた。

ロレンソの血筋は各国に散らばっている。彼らは本家筋に対して、遠戚と呼ばれていて、基本、国籍は関係なくロレンソ家のために動く。だが、自分たちが損をしそうなら協力しない。

「新薬エリエゼルをグラナティスで独占され、また戦争を起こされたら、外国に住む遠戚の方々はたまったもんじゃないだろ。今は、武器以外で商売してる家のほうが多いから、戦争特需も期待できないし、ロレンソ家のスパイって疑われて投獄される危険も高い」

それもそうかと、こういう話に疎いローズは感心して相槌《あいづち》を打つ。

「せっかく平和な世になったんだから、波風たてないでほしい、それから本家筋ばかり得をするのは癪《しゃく》に障るってのが本音かな。んで、遠戚の方々の協力なしには、本家筋も番犬も海外で支障なく活動するのは難しいだろ。だから推進派も、強引に和平派を潰せないんだよ」

「たしかに、それだと強気にでられませんね」

遠戚の方々の数を入れると、一気に和平派が優勢になる。もし、すべての遠戚にそっぽを向かれたら、推進派のほうが不利になるだろう。

「ともかく、僕らには派閥とか関係ないから、無駄に揉めないでほしいよね」

「そうですね。私たちにとっては、どの派閥であれ、ロレンソ家の人間です。お守りするだけです」

過去、ロレンソ家では派閥闘争や後継者争いで、暗殺が横行して子孫を減らした歴史がある。番犬はそれがきっかけでできた組織だった。

外敵からロレンソの血筋を守るだけでなく、一族同士で殺し合いをさせないためのストッパー役だ。

番犬は、ロレンソの人間を手にかけることはできない。そう躾《しつけ》られてきた。主人からの命令であってもだ。もし殺したら、殺処分になる。

なので、ロレンソの人間は身内を害したり、殺したりしたい時、外部に依頼する。その暗殺から主人を守るために番犬がいるという、おかしな状態に陥っていた。

「そんでさ、今回のオースティン様の長期出張は、各地の遠戚の意見を推進派にまとめるためでもあったんだろ？　まとまりそうな感じなのか？」

ローズは商談としか聞いていなかったが、そういう側面があったのかと、パンを千切る手を止める。

前当主を襲ったのが和平派の者なら、オースティンを船上で誘拐したのも同じ者かもしれない。きっとオースティンなら誰が犯人かわかっているはずだ。

こんな大事なことも知らされず、課題を与えられ、任務から遠ざけられていたなんて……。動揺で、指先が震えそうになった。

「ローズ？」

「いえ……私には、政治的なことはよくわかりません」

「そっか。じゃあ、また揉め事が起きるかもな。ご馳走様《ちそうさま》」

ユノは、これから前当主の護衛だと言って席を立った。ローズも残りの朝食を早々にたいらげ、食堂をでた。菓子作りなんてしていられない。なにを言われても、任務に戻らないと。

邸内は番犬も多くて安全だが、なにがあるかわからない。前当主も揉め事に巻き込まれたのだ。オースティンがまた誘拐されるかもしれない。

主人がいるだろう寝室に走った。この時間はまだ寝ているか、目覚めたばかりで着替えをしているはずだ。

最初、長い廊下を走っていたが面倒になって、窓から外に飛び出す。中庭を横断するように進み、手近な木に登って枝から枝に飛び移る。あっという間に、二階にあるオースティンの寝室のバルコニーに到着した。

「失礼します。オースティン様……！」

「なんだ？　朝から騒々しい。ローズ、緊急事態でもないのに窓から入ってくるなと、前から言ってるだろうが」

窓を開けると、オースティンはちょうどアンヘルにネクタイを結んでもらっているところだった。

　羨ましい。一瞬、嫉妬で胸が焼ける。

　主人と寝食をともにする首輪付は珍しくない。身の回りの世話をすべてこなす者だっている。けれどオースティンは、ローズにそういうことはさせない。一線を引くようなところがあり、身の回りのことは執事のアンヘルにさせていた。

「あの……そろそろ仕事に復帰したいと思いまして。派閥争いも起き……」

「ちょうどよかった。今日からローズにしてもらいたい任務があって、呼びに行かせるところだったんだ」

　被せるように言われたのに、一抹の不安を感じた。だが、振り仰いだオースティンの笑顔と「ローズにしかできないことだ」の言葉に、あっさりと丸め込まれていた。

「ここ、ですね……」

　幾何学模様と歯車デザインの門を見上げ、ローズは嘆息した。知らない邸ではない。この女主人のことは、オースティンの命で素性を探ったことがある。

　あの、ヴァイオレット邸だ。

　現在は、女主人のコーネリアと夫のシリウス、里子のウィリアムとジャスミンが暮らしている。

　彼らのことは、事細かく知っていた。それも一方的になので、これから顔を合わせるのが少し気まずい。こそこそ調べまわっていたのが知られたら、任務もそこそこに追い出されるかもしれないので、言動には気をつけないといけなかった。

意を決して呼び鈴に手を伸ばす。すると、ばたばたと騒々しい足音が聞こえ、門の向こうの玄関が唐突に開いた。

「こんにちは、あなたローズよね？　今日から手伝いにきてくれるって子でしょ」

明るい張りのある声が響いた。長い黒髪を高く結った、凛《りん》とした美人。彼女がコーネリアだ。

「奥様！　走らないでくださいさい！　出迎えなら私どもがいたしますから……」

「ごめんなさい。猫の手も借りたいほどで、待ちきれなかったのよ」

追いかけてきた執事らしき老人にそう言うと、自ら門を開いてローズを招き入れた。

「本当に助かるわ。ロレンソ氏から聞いていると思うけど、仕事の手伝いをしてほしいの。ほら、私、今はこんなだから」

そう言って、ふんわりした黒いドレスの上から、軽くお腹を押さえる。そこはわずかに膨らんでいた。

コーネリアは妊娠中だった。

彼女は幼い頃、ある事件に巻き込まれ、深手を負って妊娠できない体になった。けれど、新薬のエリエゼルによって傷が修復され、今は妊娠している。

まだ臨床試験中のエリエゼルにおいて、この妊娠はとても貴重なサンプルだ。確実に出産にまでもっていき、記録を残したいとロレンソ製薬会社は考えていた。

エリエゼルを巡る事件に深く関わっていたコーネリアも、この臨床試験には協力的だ。本人が発明家であり、科学者の端くれだというせいもあるだろう。

ローズは今回、身重の彼女の仕事を住み込みで手伝うため、ヴァイオレット家に派遣された。期間は二ヵ月で、コーネリアが抱えている仕事を終わらせたら帰れる。

「それで、蒸気機械の知識があるって聞いたんだけど？」

「はい。基本は押さえています。創作はできませんが、指示をいただければ、その通りに組み立てや加工をいたします」

この手の知識は養成所で叩き込まれる。戦闘中に武器が壊れた場合、自分で直さないといけないからだ。他にも、錠前を破ったり、電気系統を落としたり、乗り物を直したりと、地味に潜入や戦闘で知識が必要になってくるのだ。

「すごいわ！　それから力も強いと聞いたのだけど。本当に、大丈夫？」

長身のコーネリアは、自分より小柄で華奢《きゃしゃ》に見えるローズを見下ろし、心配そうに眉根を寄せる。

コーネリアの仕事は機械工だ。普通の女性より力が必要だ。その点なら、心配無用だ。

ローズは言葉より実際に見たほうが安心できるだろうとトランクを地面に置き、近くの石の置物に向き直った。

おそらく六十キロぐらいあるだろう。石の置物を勢いをつけずに、ひょいっと持ち上げてみせた。

「こんなものですが、いかがでしょうか？」

置物を定位置に戻すと、コーネリアにすかさず手をぎゅっと握られた。

「素晴らしいわ！　今すぐ仕事に取りかかってちょうだい！」

そう言うと、コーネリアは研究室兼、工房にローズを引きずるようにして連行したのだった。


『昨日、言い忘れていたのだが課題がある。今回は友達を作る、だ』

朝食前に、主人からかかってきた電話の内容に、ローズは「へ……？」と間抜けな返答をしていた。

「え？　課題？　課題があるんですか？」

『そうだよ。出張中の間だけの話じゃない。しばらく続くから、楽しみにしてなさい。で、今回はそっちに滞在している間、仕事の手伝いをしながら友達を作るんだ。相手は誰でもかまわないが、手近なところでコーネリアなんてどうだろう？　彼女とローズは気が合いそうだ』

「は？　な、なにを……？」

『じゃあ、しっかり働いてくれ。また電話する』

オースティンは言いたいことだけ言うと、一方的に電話を切ってしまった。

「友達を作れって……しかもコーネリアと？　オースティン様は、なにを考えて……？

それに、この課題っていつまで？」

出張が終わって課題も終わったと思っていた。それがまだしばらく続くという事実に、少し気が滅入る。しかも今回は「友達を作る」だ。

今までは、ローズ個人の裁量でこなせた課題だったが、友達となると相手がいる。相手の同意もなければ、友達になったとは認められないだろうし、とても難しそうな課題だ。

「友達……友達ね。今まで私に友達って、いたっけ？」

物心ついた頃、最初の孤児院では髪色で虐められていた。仲のよかった子などいない。

それからロレンソ家に引き取られ、養成所にいる間は同期の仲間はいた。

だが、仲間はライバルでもあった。それに、養成所でのカリキュラムは過密で、誰かと個人的に仲良くする暇などなかった。自由時間は、ローズも仲間もだいたい疲れて寝ていた。

今は仕事にも慣れて余裕がでてきたが、友達と呼べるような付き合いがある相手は思いつかない。エミリーとはよく話すほうだが、友達というより、やっぱり仲間だ。

番犬同士は仲間意識が強いが、友達のような甘い繋がりではない。ロレンソ家が中心にあるからだろう。

その日は、「友達」の概念について考えながら、仕事を淡々とこなしていった。

それから一週間、コーネリアの手伝いは順調だった。彼女の指示は的確で、素人のローいと思ったら、子供たちのお守りにもわかりやすかった。休憩や休日もきちんと与えられていたので、身体的にきついということもない。

訓練に比べたらたいしたことがないとはいえ、精密な機械類の組み立ては多大な集中力を要する。精神的な消耗は、ローズが思っていた以上だったらしく、最初のうちはベッドに入るとすぐに意識がなくなって、一瞬で朝を迎えるといった日々だった。

そして体も頭も慣れてきた頃、コーネリアの里子たちに懐かれてしまった。きっかけは、庭で遊んでいた妹のジャスミンが、お気に入りの帽子を風に飛ばされてしまったことだ。

ちょうど休憩時間で、二階の部屋から庭を眺めていたローズは、反射的に窓から飛び出し帽子を捕まえた。そのまま空中で一回転して地上に降り立つと、歓声を上げてウィリアムとジャスミンが駆け寄ってきた。

すごいすごいと囃《はや》し立《た》てられ、もう一度やってくれとせがまれた。たいしたことでもないので、何度か二階から飛び降りたり、木の枝を飛び移ってバルコニーに戻ったりを見せてやったら、なぜか気に入られていた。

それからというもの、休憩時間や休日になると、遊ぼうと誘われるようになった。コーネリアからは無理して付き合わなくていいとも言われた。ちょうど男手のシリウスが長期の航海にでていて、激しい遊びの相手に飢えているだけだからと。

だが、断る理由もなかったので、身体強化の訓練にちょうどいいと思いながら、子供たちを高く放り投げてキャッチしたり、肩車で全力疾走したりしてあげた。

ローズの趣味が菓子作りだと知ったジャスミンに請われて、一緒にクッキー作りもした。

ある夜、コーネリアにおやすみを言った後、ローズに駆け寄ってきたジャスミンに、赤いリボンのついた押し花の栞《しおり》を手渡された。

「これ、あげるわ」

「私にですか？」

「ええ、私の手作りなの。お友達にあげてるのよ。だからローズにもあげる」

「いいのですか？　私が貰っても？」

少女の無邪気な言葉に驚いて、聞き返す。

「当然じゃない！　ローズも私のお友達よ！　おやすみなさい」

ジャスミンはそう言って、ローズの頰にちゅっと音をたててキスすると居間をでていった。

「いいものを、貰ったわね」

コーネリアが目尻を下げている。

「あの、でも……私が友達だなんて、年の差がありすぎるかと」

「あら、友情に年齢なんて関係ないわよ」

「そうなんですか？　私は今まで友達なんていたことがないので、よくわかりません。

ジャスミンは友達と思ってくれていても、私にはそんな自覚がないので、彼女に失礼なんじゃないかと」

「驚いた。変わってると思ってたけど、固っ苦しく考えるのね」

呆れたと言うように、コーネリアが肩をすくめる。

「自分が好意を持って、友達だと思ったら友達でいいのよ。相手の同意をいちいちもらうものでもないわ」

「相手が嫌がる場合は？　こちらからの一方的な友情だけでは友達ではないのでは？」

「あるわね、そういうこと。でも、それで相手への好意が簡単になくなるものでもないでしょ。自分は友達だと思ってるってことでいいじゃない」

そんな勝手なとも思ったが、自分より友情に詳しいだろうコーネリアが言うのだ。間違っていないのかもしれない。

暖炉の上に置かれた写真に目がいく。そこには、コーネリアと一緒に写る、柔らかい雰囲気の女性の姿があった。

「彼女……クレアはまだ友達よ。私はそう思ってる」

ローズの視線に気づいたコーネリアが、静かに言った。

クレア・グレース。本名、エゼル・アルノーは、コーネリアの里子、ウィリアムとジャスミンの実母である。

彼女の父親は、新薬エリエゼルを発明したアルノー医師で、セラピア教団の科学者だった。彼は娘の体に、エリエゼルの製法をそれとはわからないように記し、娘の髪色と目の色も変えて教団から逃げた。

その後、エゼルはアルノー医師と別れ、夭折《ようせつ》したグレース家の一人娘クレアになり代わり生きていくことになった。グレース家はヴァイオレット家の隣家で、そこに住む娘のコーネリアの容姿と素性はエゼルにそっくりだった。

これはアルノー医師が、娘を救うために仕組んだことで、セラピア教団はまんまと騙されてコーネリアの両親を惨殺した。コーネリアの怪我はその時のものだ。

そして三年前、コーネリアはエリエゼルを巡って再び狙われることとなり、すべての真相が明らかになった。クレアが、コーネリアを犠牲にして助かったことも、なにもかもだ。

セラピア教団は解体され、それに関わる団体も壊滅。犯罪に関わっていた教祖や信者は逮捕され、教団員を殺したクレアも捕まって、罪に服している。

「大切なものを奪われたと、恨んだりはしなかったんですか？　彼女があなたの前に現れなければ、ご両親はまだ健在だったかもしれない。コーネリアだって、違う人生を歩んでいたかもしれません」

失礼だと思ったが、聞かずにいられなかった。それに短い付き合いの中で、コーネリアがこういった問いに激昂《げきこう》したりせず、冷静に答えてくれる人間だとわかっていた。

「そうね……もし、もっと前に知っていたら恨んだかもしれない。でも、私が事の真相を知ったのは、自分の傷も事件も受け入れて、それと一緒に生きていくことを選択した後だった」

近くのソファに腰を下ろしたコーネリアにうながされ、ローズも隣に座った。

「私はあの時に選択した自分の生き方を、惨めなものだとは思っていない。他の女性にはできない生き方で、そのために背中を押してくれたのがあの傷だった。そして、私がそう思えるようになるまで、一番近くで私を支え続けてくれたのがクレアだったのよ」

こちらを振り返って微笑んだコーネリアの目が、涙で薄《う》っすらと潤んでいた。

「罪滅ぼしだったのかもしれない。でも、彼女はずっと私に寄り添って、一緒に泣いて笑って悩んでくれた。たくさんのものを私から奪いはしたけれど、自分の力すべてで返そう、与えようとしてくれたのもクレアだった。その彼女を、単純に恨むだけなんて私にはできなかったわ」

もちろんショックだったし、悩んだし、まったく恨まなかったと言ったら嘘になるとコーネリアは語った。好きで信じていたからこそ、苦しかったとも。

「だけどね……私、やっぱりクレアが好きなの。大好きなの」

その気持ちが一番強いのだと言って、コーネリアは目尻の涙を拭った。

「クレアがどう思ってるのか……会ってくれないからよくわからないけど、私はまだ友達でいたい。あの子が違うって言っても知らないわ」

コーネリアの言葉には清々《すがすが》しさがあった。揺るがない友情があるのだろう。

それに今、コーネリアは妊娠している。エリエゼルのおかげだ。二人の女性の人生を翻弄し、大切なものを奪った原因となった薬が、結局は奪ったものを返すこととなった。

　この新薬を、コーネリアに使ってくれとオースティンに頼んだのはクレアだ。クレアは、きっと嬉しかったのではないだろうか。一縷《いちる》の希《のぞみ》が、自分の中にあったことが。

「それで、今度はあなたのことだけど。ジャスミンからの好意は嫌だった？」

　ぼんやりしていたローズは、慌てて頭を横に振った。

「いいえ、嫌じゃないです。驚きましたが、なんだか嬉《うれ》しい気がします」

　手の中の栞を見下ろす。胸にぱっと花が咲いたように、ふんわりした気分になる。

「なら、友達成立ね」

「こんなに簡単に友達ができていいんでしょうか……」

「いいのよ。考えすぎるものじゃないわ」

　もっと難しいものだと思っていたので、拍子抜けだった。

「たぶん、あなたが知らないだけで、あなたを友達だって思ってる人はたくさんいるわ。私もね」

「え？　コーネリアもですか？」

　驚いて顔を上げると、コーネリアがすっと手を差し出した。

「ローズが嫌じゃなければ、私も友達よ」

「嫌じゃないです。嬉しいです」

　そう言って手を合わせると、ぎゅっと強く握手を返された。

＊

「そろそろお遊びはお控えになってください。時間が差し迫ってまいりました。手放すなら今が最良かと思われますが？」

「もう、そんな時期か？　だが、まだだ。まだ、ローズの精神は万全じゃない」

嘘だ。オースティンがまだ、ローズと離れたくないだけだ。

「これはお前の悲願を叶えてやるための交換条件だろ。もう少し引き延ばせ」

「かしこまりました」

恭しく頭を下げるアンヘルにイラつき、背を向ける。だが、外が暗くなりだした窓にその姿が亡霊のように映り込んでいた。

「遠戚連中には話をつけた。父上は、彼らが推進派に寝返ったと信じているようだが、まだ油断はできない」

オースティンは推進派のリーダーだ。今回の出張も、遠戚たちの説得にあたるという名目だった。

だが真実は、主要な国にいる和平派よりの遠戚代表に会い、推進派に寝返ったふりをしてほしいと頼んで回っていた。代表であるオースティン自ら、推進派を裏切り、弱体化もしくは壊滅を狙っていた。それが、最終的にアンヘルの悲願達成に繋がり、ローズのためにもなるからだ。

初め、推進派代表で現当主のオースティンを疑っていた遠戚代表らだが、話せる範囲で計画を公開し、手土産にオースティンを船上で誘拐したバオユ人を連れていったら、信じてくれた。

犯人のバオユ人が、養父の差し金なのはわかっていた。養父を襲撃した者も同じだろう。和平派に罪を着せ、内部分裂させて潰すつもりだ。そのために、和平派内部に養父の息のかかったスパイが潜んでいる。

当然、遠戚たちが推進派にいつまでも宗旨替えしなかったら、なにかしらの手を使って潰しにかかるだろう。その可能性に遠戚連中は憤慨し、オースティンの味方についてくれることになった。

「あとは、どのタイミングで推進派を裏切るかだが、フェルゼン帝国から帰ってきてからがいいだろう。手配しておけ」

「御意」

短くそう返事をすると、アンヘルは踵《きびす》を返した。ぽつぽつと、雨がガラスを叩く。窓に映るアンヘルの背を、きつく睨《にら》みつけた。

ローズのことがなければ、こんな悪魔の悲願など叶えてやりたくもなかった。

あの日も、同じような空模様で雨がまばらに降っていた。九歳のオースティンは喪服姿で、ただ呆然と、棺《ひつぎ》の中で眠る彼女を見つめることしかできなかった。

十四歳になったばかりの初恋の人は、もう目覚めない。添えられた白百合《しらゆり》の花々に、赤い髪が映えて美しかった。まだ、生きているように見えた。

彼女の棺の隣には、固く閉じられた小さな棺が並んでいる。

それがなんなのか、幼いオースティンに教える者はいなかった。けれど聡明《そうめい》な彼は、聞かなくても薄々気づいていた。ただ、知りたくなかっただけだ。

母に、もう下がりなさいと言われ、教会の裏庭にでる。一人になりたかった。

だが、教会の壁に背中を預けてすぐ、台所の窓から声が漏れ聞こえてきた。手伝いの人たちだ。

「可哀想《かわいそう》に。まだ、あんなに小さな体で……」

「華奢だったからね。お産に耐えられなかったのね」

「若いうちのお産でも、大丈夫な子は大丈夫なものだけど、あの子は……お邸で、ひどい扱いされてたらしいじゃない」

「そりゃあね、お金で売られたんですもの。まともな扱いなんてされないわ」

「可愛い子だったのに」

「可愛いから、金持ちの変態に目をつけられたんだよ……」

哀れみの中にも下世話さが混じった彼女たちの噂話《うわさばなし》に、オースティンは口元を押さえてうずくまった。込み上げてくる吐き気に呻《うめ》いた。

彼女たちは誰かに呼ばれていなくなったが、オースティンの気分の悪さはなかなかよくならなかった。

どれぐらいそうしていたのだろう。ぽつぽつと雨が降り出した頃、目の前が陰った。顔を上げると、「悪魔」が傘を差しかけて立っていた。

最近、オースティンと母が暮らす邸にやってくるロレンソ家の番犬と言われる人間だ。彼がやってくるたび、母は部屋に一人こもって涙にくれている。息子を不安がらせないようにと、普段は気丈に振る舞っているが、日々やつれていくのは隠せていない。

三ヵ月前、父が何者かに命を狙われ意識不明になる大怪我を負った。今も昏睡《こんすい》状態が続き、いつ亡くなってても不思議ではない。生きていられるのは、ロレンソ家の資金力があるからだ。

ロレンソ家は、有能な者には寛容だが、無能な者には情の欠片もやらない一族だ。意識のない父は、無能ではないが役に立たない。今は金だけがかかり続ける生き物となった。いつ資金を絶たれ死ぬかわからない。もし意識を取り戻したとしても、以前のようには働けないだろう。遅かれ早かれ、父はロレンソ家から見捨てられる。

それは田舎で暮らすオースティンと母の生活にも関わってくる。だが、母は自分と息子の生活を心配して泣いているのではない。父が心配で、今すぐ会いに行きたい気持ちを押し殺して泣いているのだ。

愛人とその息子に、危篤の父に会う権利はなかった。それでも母は、ロレンソ家に打診していた。そしてやってきたのがこの男だ。

黒いお仕着せを着た、年齢不詳の白髪の「悪魔」だ。

「力が欲しいと思いませんか？」

口元に弧を描き言う。笑っていない灰色の目に魅入られたように、オースティンは動けなかった。

悪魔の囁《ささや》きだ。聞いてはいけない。

こいつは優しげな表情と声で、静かに脅したり甘言を並べ立てては、気持ちを揺さぶってくる。

「あなたがロレンソ家の現当主の養子に入っていただけるなら、お父様は救われます。お母様もお父様に会えて、看病することも可能でしょう」

父の本妻と子供たちは、既に父を見捨てたと使用人の噂で聞いた。だから、愛人の母が会いに行って看病しようと思えば、阻む者はいないはずだった。

なのに父と会わせまいとするのは、オースティンを養子にほしいからだ。父は人質だ。

「悪い話ではないと思います。ロレンソ家は、優秀なあなたを丁重にもてなす所存です」

半年前、オースティンは学校で試験を受けた。それはグラナティス全土でおこなわれた学力調査の一環で、金持ちも庶民も一緒に学ぶ、村の学校も例外ではなかった。

この試験で、オースティンは全国で一位の成績をおさめた。学校の先生も母も喜んでくれて、オースティンも得意満面だった。ただ、父だけはいい顔をしなかった。

それからすぐ、ロレンソ家から「先生」と呼ばれる人たちが派遣されてきた。その中にこの悪魔もいた。

彼らは、あらゆる方法でオースティンの学力を調べ上げ帰っていった。その物々しさにオースティンは怯《おび》え、すぐにでもなにかよくないことが起きるのではと構えていた。けれどなにも起きずに日々はすぎた。きっと、詳細に調べてみたところ、たいした学力ではなかった、試験はまぐれだったという結論でもでたのだろう。そう思って油断していたところに、父の事件が起きた。

仕組まれたのかもしれない。

そう思ったのは、養子縁組の話がきた時に、オースティンの学力がロレンソ家のどの子供よりも高いという結果がでていたのを知ったからだ。愛人の子供で、英才教育も受けず、田舎の学力も高くない学校に通っていただけの子供に、ロレンソ家で育てられた子供が負けた。それは衝撃的な事実だったらしい。

「オースティン様、あなたはとても賢い。天才と言っていいでしょう。けれど力はない。まだ子供で処世術も知らない。そのまま育てば、食い物にされるだけです」

なにを言っているのだ。今まさに食い物にしようとしているのはお前だろう、と心中で罵《ののし》る。

だが、自分に他の選択肢がないこともよく知っていた。

「もし今のあなたに力があったなら、彼女は助かったでしょう。借金のカタに売られ、命を落とすこともなかった」

「……貴様っ」

「力がない人間は、力ある者に容易《たやす》く踏みにじられる。それが嫌なら力を手に入れるしかないんですよ」

握りしめた拳が震えた。

もし、養子縁組の話がきてすぐにオースティンが了承していたら。母の陰に隠れていないで、ロレンソ家に身を投げだしていたら……彼女は死なないですんだかもしれない。設備の整った病院で安全に出産し、もうあの男のもとに帰らないですむように、オースティンが手配できたかもしれない。

それぐらいの資金と力を、ロレンソ家ならすぐに用意できる。そして投資をしてもらえるぐらい、自分には価値がある。

なのに自分は、ぐずぐずして時間を浪費して、救えたかもしれない命を失った。今も、父の命が危険にさらされている。

「さあ、どうしますか?」

最後の審判を下すように、悪魔が優しく問う。

「あなたがどんなに優秀でも、ただの愛人の息子では、大きな力から大切なものは守れません。あなたのお父様とお母様の未来もです」

ぎりっ、と奥歯を噛《か》みしめ、にらみつける。悔しいがその通りだ。

「そんな目で私を見ても、なにも変わりませんよ。変えたいのなら、自ら動かなくては」

黒ずくめの悪魔は、そう言ってすっと手を差し出した。

「誰にも脅されない人生を、手に入れてみたいと思いませんか?」

そんな人生、この悪魔に魅入られた時点で手に入るわけがない。甘い言葉に惑わされるほど、オースティンは子供でも愚かでもなかった。

けれど、この悪魔の手を取るしかなかった。それ以外に未来がないからだ。

「わかった。ロレンソ家に連れて行ってくれ」

重ねたその手は、意外にも温かかった。悪魔のくせに、血が通っているらしい。

「賢明な判断です」

立ち上がったオースティンは、すぐに繋いでいた手を振り払い雨の中を歩き出した。後をついてきた悪魔が、傘を差し出し雨粒を避けてくれる。

まるで、契約成立した主を守るように。

いつか。いつか……この悪魔を出し抜いてやる。一生、ロレンソ家に飼われてやるつもりもない。

だが、そう心に誓ったオースティンの前に、悪魔は一輪の薔薇を差し出した。それは悪魔との契約を破らないように、丹念に育て上げられた薔薇だった。

第五章

コーネリアの手伝いをするようになって、もう一ヵ月がすぎた。仕事の進みは順調で、このぶんなら彼女が臨月に入る前に、すべての納品が終わるだろう。

ローズが工房で仕事をしていると、午後のお茶にしないかと、コーネリアが声をかけにやってきた。

「本当に助かるわ。ローズがきてから、仕事がどんどん進む。手際も物覚えもいいし、このままうちで働かない？」

もう何度目になるかわからない勧誘だった。ローズはさっき出来上がったばかりの商品を箱に詰めながら、苦笑を返した。

「私はオースティン様にお仕えしているので」

「あの男にねぇ……変なことされてない？」

コーネリアが顔を歪めて言う。

以前、彼女は里親の権利を巡ってオースティンと争っている。その際に、自分と結婚すれば簡単に里親になれると脅されたり、性的な揶揄《からか》いを受けたりし、彼を殴り倒したのだ。よい印象を持っていない。

　手を出すなと命令され、陰から見守っていたローズは、自業自得とはいえ主人が怪我をさせられて、コーネリアの印象は悪かった。ここに手伝いにくるのも、あまり気乗りしなかったのだが、彼女と触れ合ううちに悪い印象はなくなっていた。

「オースティン様は、世間で言われているほど遊んでいませんし、挑発するようなことをたまにおっしゃいますが、だいたいは裏があってのことです」

　コーネリアに失礼なことを言ったのも、シリウスと結婚するよう煽《あお》っただけだろうとローズは思っている。その後、シリウスを焚《た》き付《つ》けるような手紙も書いていた。

　オースティンが本気で横恋慕して、コーネリアと結婚しようと思ったら、わざわざ煽ったり手紙を書いたりはしない。もっとスマートに、秘密裏に事を進めて達成するだろう。

　彼なりに、二人に幸せになってもらいたくてしたことだとローズは見ている。

「そう、ローズがそう言うならそうなのでしょうけど、信じられないわ。またゴシップ誌に載っているし」

　さっき買い物から帰宅したメイドが雑誌を買ってきて、見せられたそうだ。工房の水場で手を洗いながら、「ああ、それですか」とローズは呆れ気味に返事した。

「おそらく、わざとかと……仕事関係なのではないでしょうか？」

「仕事？」

　コーネリアがその雑誌を持っていたので、手を拭いてから見せてもらう。

「この女優は、今度封切られる映画の主演ですね。きっと、映画の宣伝のための話題作りでしょう」

「確かに、話題にはなるわね。でも、ロレンソ氏にはなんの特があるのかしら？」

逆に、得がなければロレンソ家の人間はゴシップ誌や新聞に顔も名前もださない。ゴシップなんて、握りつぶそうと思えば簡単なので、こういうのはこちらから情報を提供しているのだ。

「この映画である商品が登場します。その商品を開発した会社に、ロレンソ家が出資していまして、映画がヒットして商品が売れるとロレンソ家が儲《もう》かります」

「そういう理屈なの……ロレンソ氏って、案外、体張って仕事してるのね」

やや呆れたように、コーネリアが笑う。

「それとオースティン様の場合は、パーティーなどでエスコートする女性の確保も目的にしています」

「エスコート相手？　そんなの、彼ならいくらでもいるんじゃないの？」

「それが簡単な話ではないのです。独身のロレンソ家現当主、オースティン様が連れ歩く女性は注目されます。本人が望んでなくても政争に巻き込まれますし、誘拐や暗殺の危険もあるので、案外、相手が見つかりにくいのです。しかもオースティン様は独身主義を公言しています」

ロレンソ家の富は魅力的だが、結婚もできないのに命の危険を冒してまでエスコートされたい女性はほぼいない。この女優のように、なにかしら利益のある女性は別だ。

オースティンと付き合うだけで、あからさまに得をするような女性。割り切った付き合いなのだろうと周囲が思う女性は、誘拐や暗殺される心配は低かった。

「なので、どうしてもオースティン様のお相手というのは派手な方や特殊な職業の方ばかりになってしまい、ゴシップ誌を騒がせることになるのです」

「なるほどね……けっこう大変な立場なのね」

コーネリアが感心したように頷いて、「ちょっとロレンソ氏の見方が変わったわ」とつぶやく。

「はい、なので世間で言われるほど、オースティン様は色恋に傾倒していません。利害ありきの割り切ったお付き合いが多いですね」

ただ、利害関係から始まったとしても、オースティンはとても女性を大切にする。別れ方も恨みを買うようなことはせず、きちんと相手があきらめるように持っていくので、付き合った女性の受けはすこぶるよかった。

「じゃあ、あなたに手を出すなんてことはないのね。失礼なことを言ったわ。ごめんなさい」

悪気のない、むしろ申し訳なさと反省を含んだコーネリアの言葉に、ローズの胸がちくりと痛んだ。

そう、本来なら手を出すことなんてない。オースティンがローズを抱くなんて有り得ないことだったのだ。

「……ローズ？　どうしたのローズ？」

「え……あ、ごめんなさい。ぼうっとしてました。さっきのことは気にしないでください」

うっかり考え込んでしまっていた。曖昧《あいまい》に笑って誤魔化《ごまか》そうとすると、じっとこちらを見つめるコーネリアと目が合った。

「ねえ、もしかして……ロレンソ氏のことが好きなの？」

心臓が飛び出るかと思うぐらい、どきっとした。話の流れから、恋愛という意味なのだろうが、なぜ自分はこんなにあせっているのか。

熱くなりかける頬を冷やすように、首を横に振った。

「まっ、まさかそんな。畏れ多い……もちろん、主人としてはお慕いしていますが」

コーネリアが納得できないと言うように、眉根を寄せ口を開きかけたところで、突然、横槍《よこやり》が入った。

「え？　ローズさんは、先輩の特別な人じゃないんですか？　船で会った時、とても親密でしたよね」

「シリウス……ッ！」

コーネリアが悲鳴を上げる。ローズも驚いて振り返る。気配を感じなかったことに、冷や汗が背中を伝った。

少し動揺していたせいとはいえ、背後を取られて悔しい。シリウスには、あることで個人的に対抗心があるのだ。

「ちょっと、驚かさないでよ！　どういうことなの？　帰ってくるのは来週じゃ？」

「予定より早く帰港できたんで、内緒で帰ってきました」

驚きましたか、と悪びれたふうもなく笑う夫をコーネリアがにらみつけるが、すぐに嬉しそうに破顔した。

「それで、さっき言ってたことはなに？　あなたたち面識があったの？」

「ええ、半年ぐらい前にロレンソ家の豪華客船で会ったんです。どうも、お久しぶりです」

「こちらこそ、あの時はお世話になりました。犯罪者を引き取ってくださり、ありがとうございます」

ローズは頭を下げ、首を傾げるコーネリアに簡単な経緯を話す。

「そんなことがあったの。本当に、ロレンソ氏のパートナーになると大変なのね」

「でも、ローズさんがパートナーなら、そういう心配もなくなりますよね。なんで結婚しないんですか？」

シリウスが、さも当然のように聞いてくる。初対面の時もそうだったが、彼はなにも考えずに思ったまま喋りすぎだ。

「あの、私とオースティン様はそういった関係ではありませんので。そもそも身分が違いすぎます。結婚なんて……」

「え、嘘⁉　俺、先輩があんなふうに独占欲だしてるの初めて見ましたよ。俺の発言に怒ってもいたし。身分なんて気にする人でもないですよね？」

たしかにあの時のオースティンはどこか変だった。だが、シリウスが言っているようなことではない。有り得ない。絶対に違うはずだ。

「ちょっと、シリウス。その話はもういいから、お茶にしましょう。彼女に休憩を言いにきたところだったのよ」

察したコーネリアが、シリウスの背中を押して歩き出す。ローズは悶々《もんもん》とした気持ちを抱えたまま後に続いた。

帰ってきたシリウスを交えたお茶会は、ウィリアムとジャスミンも加わって賑やかなものだった。けれどローズは、心ここにあらずでみんなの話に相槌を返すだけだった。

コーネリアにオースティンを好きなのかと聞かれたことと、シリウスからオースティンの特別だと言われたことが、頭の中でぐるぐるする。

独占欲だとか、怒っていただとか、だからそれがなんなんだ。気まぐれな方だから、きっと虫の居所が急に悪くなっただけだろう。そう思うのに、なぜこんなに自分は動揺しているのか。

前に、エミリーに似たようなことを言われた時は、こんなふうにならなかった。なのになぜ？

答えの出ない疑問に、頭がおかしくなってしまいそうだ。

「あ、そうだ。ローズさん、お願いがあるんですよ」

無言でティーカップの紅茶を見つめていたローズは、声をかけられはっと顔を上げた。

「は、はい。なんでしょうか？」

「ローズさんって、強いんですよね。一度、手合わせしてみたいなって思ってて、よかったら一戦交えてくれませんか？」

さっきの質問の続きかと身構えていたローズは、拍子抜けして「ああ、はい……いいですよ」と気の抜けた返事をしていた。

盛り上がる子供たちに押されるように、庭に移動した。シリウスと戦うのに充分な広さがある。服装は、作業用に動きやすいズボンをはいていたので、このまま戦っても問題ない。

ルールは素手のみ。相手を動けなくしたら勝ち、ということになった。男女の腕力差にハンデをつけるか聞かれたが、断った。

コーネリアや子供たちにはテラスにまで下がってもらい、執事の合図で戦闘を開始した。

腕力や体力はシリウスが勝っている感じだが、体の柔軟性や速さではローズが有利だった。シリウスに捕まっても、すぐにするりと逃げてしまうローズに、驚きの声がコーネリアたちから上がる。

「まるで関節がないみたいだ」

シリウスも目を丸くして言った。

軍隊式の訓練しか受けていない相手に、正直負ける気はしなかった。こちらは幼少期から実戦用に訓練され、体を作ってきた。その中でも、ローズはエリートの首輪付だ。

シリウスとのあからさまな腕力差さえ、ハンデにもならない。もっと大柄で怪力な相手とも渡り合ったことがある。

ただ、不利な点があるとしたら、道具を使えないことと、殺したり致命的な怪我を負わせてはならないといったところだ。相手が強いほど手加減が難しい上に、これだけ体格差がある相手を動けなくするには道具があったほうがいい。ローズの力だけで動きを封じるのは無理がある。

あとは急所をついて気絶させるしかないが、シリウスもそうやすやすと弱点をさらしてはこない。

流れるように繰り出される攻撃をかわし、後ろに跳躍して間合いをとる。どうしたものかと考えながら、シリウスの拳を受け流す。今は避けられているが、時間がたてば体力の少ないローズのほうが不利だ。、
これが同じ番犬だったら、ローズは勝てないかもしれない。一方的な敵対心が、むくむくとわいてきて唇を噛んだ。

三年前、コーネリアの素性を調べる際に、シリウスのこともいろいろと知ってしまった。孤児の彼がスカイ家にもらわれていなかったら、ロレンソ家の養成所に入る予定だったことなどだ。

シリウスはなにも知らないが、先に彼に目をつけていたのはロレンソ家だった。だが、

スカイ家が彼を養子に熱望していると知り、譲ったのだ。そういった経緯があったことをオースティンも知っていたらしく、それでシリウスに興味を持ったらしい。

オースティンは「もしかしたら、彼が私の首輪付だったかもしれない」と言った。その言葉に、ローズの心は嫌な感じにざわついた。

女よりも男のほうが、オースティンも気兼ねしなかったのではないか。シリウスなら、自分より強くなったのではないか。

そもそもシリウスだったら、あんな間違いも起きなかったはずだ。

三年前にも散々悩んで蓋をした思いが、また込み上げてくる。彼と手合わせなんてしなければよかった。技術力では優《まさ》っていても、基礎能力や体力では劣っているのを実感して、気持ちが乱れる。

その隙をついて、シリウスが背後からローズを羽交い締めにする。

「やっと捕まえ……うわぁっ!!」

ローズはとっさに両肩の関節を外し、するりとその腕から抜け出し、すぐに関節をはめながらその場を飛び退《との》いた。

「驚いた。そんなこともできるんですね」

「あなただってできるでしょう?」

「まあ、できますが。そんなに滑らかに外したりはめたりして動き回れません」

シリウスはそう返しながら走ってきて、拳を突き、蹴りを繰りだす。普通に捕まえるのは無理だと判断し、打撃で倒すことにしたのだろうか。

ところが、間合いを詰めてきたシリウスの目的は違うところにあった。

「さっきの話なんですが、先輩はローズさんのこと好きですよ」

「なっ……！」

動揺に、足元の動きがぶれる。ぎりぎりでシリウスの攻撃をかわすが、次の言葉に頭が真っ白になる。

「あきらかに二人は両想《おも》いですよね」

シリウスに肩と腕を捕らえられ、地面に引き倒される。このままだと全体重をかけられて、上から押さえ込まれて負ける。

ローズの体が、手加減を忘れて無意識に動く。押さえられる前に足が振り上がり、シリウスの首目がけてつま先が突き出る。その先には、仕込みの刃が飛び出していた。

「あ……っ！　駄目っ！」

寸前で正気になって足を止める。気づいたシリウスも首を反らしたが、ローズが止めなかったら首を切り裂いていただろう。想像して血の気が引いた。

「す……すみません。仕込みがあったのを忘れていました。私の負けです」

すぐさま刃を引っ込めて地面に手足を投げ出した。息がかなり上がっていた。

「……いいえ。先に卑怯な手を使ったのは俺の方なので」

「あれは戦略です。実戦だったら、動揺した時点で私が悪いので、卑怯ではありません」

「それを言うなら、さっきのが実戦だったら俺は死んでましたよ。だから……引き分けですね」

シリウスは二人を見守っていた観客に引き分けだと伝えると、ローズの腕を引いて立ち上がった。

「ありがとうございました。とても楽しかったです。あなたが敵になったら勝てないかも」

爽やかに笑って差し出された手を、少し戸惑いながら握り返した。

「あ、さっきの話ですが、動揺させるために言いましたが、嘘じゃないです。先輩は絶対にローズさんのこと好きです。愛してますよ」

「へっ……えっ、え、なにを言って？」

不意打ちに、声が裏返る。どうしてこんなに怯《ひる》んでしまうのだろう。

「だって、赤狗って言った時の先輩の殺気、すごかったですから。しかも器用に、ローズさんには気づかれないようにしていたし。あれ、俺の女を侮辱するなって態度でしたよ」

あんなふうに殺意を向けられたのは初めてだ、驚いたとシリウスが続けるが、ローズにはもうなにも聞こえていなかった。情報が多すぎて処理が追いつかない。

「あ、あの……私、仕事に戻りますね」

そう言い残して、工房へ全速力で走ることしかできなかった。

＊　　＊　　＊

どうしてこうなったのか……。

ここはロレンソ本邸の自室だ。最も安全な場所であるはずなのに、いまだかつてないほど追い詰められていた。

オースティンはドアを目の前に、腕を組んで眉間に深々と皺を刻む。ドアの向こうの廊下にはアンヘルが立っている。そして、背後には唇を噛みしめたローズがいた。

「オースティン様、いかせてください……これは私の役目に必要な訓練なんです」

「駄目だ」

「なぜですか？　私はもう十八歳です。他の番犬は十五歳ぐらいに経験済みです。未経験なのは私だけ……首輪付なのに……」

よほど劣等感があるのだろう。いつも淡々としているローズの声が、わずかに震えている。

「許せるわけないだろっ……将来的に色仕掛けや性接待する可能性があるから、訓練で異性同性問わずに性行為をしてくるだなんて！　倫理的に許せない！」

そう、ローズが十五歳の時にもこの問題が勃発している。あの時は、まだ子供だと反対した。ローズは他の子に比べて発育も悪くひょろひょろしていたので、アンヘルに冗談じゃないと激怒したのだ。

だいたい、そんな訓練は必要ないし、他の番犬にもやってもらいたくない。まともな倫理観で育ったオースティンにとって、胸糞悪《むなくそわる》い訓練だ。ローズには絶対にそんなことはさせないとアンヘルにも宣言したし、ローズにも言って聞かせた。まともな訓練ではないから、やらなくていいと。

あれで終わった話だと思っていた。だが、ローズも納得してくれたと思ったのは、勘違いだったらしい。

「ローズにとって、この訓練は嫌悪感をもよおすようなものではございません」

ドア越しに、アンヘルが説得にかかる。

「オースティン様の常識では考えられないでしょうが、養成所では子供たちに性に対する嫌悪感や甘い憧れを持たないように育てています。世間一般の常識である、愛し合う者同士がする行為という価値観も教えていません」

落ち着いた声で説明される内情にいらいらする。なんとなくわかってはいたが、オースティンが想像する以上に、養成所の教育は異常だった。

「性行為は番犬の仕事において必要な場面があること、体術と変わらないこと、怖くないこと、不潔ではないことと教えています。もちろん、初めての訓練で痛い思いや怖い思いをしないよう、細心の注意もはらっております。手ほどきする相手は性についての専門家で、まずは快楽を教え込み、楽しいことだと理解させます」

聞いているだけで頭がおかしくなりそうだ。オースティンは額を押さえて唸《うな》った。

「経験年齢も、本人の発育状況、心の成長度合いに合わせています。大切に育てた番犬の心身が傷つき使い物にならなくなったら、それはロレンソ家の損失でもあります。特にローズはオースティン様の首輪付で優秀です。どんなかたちであれ、本人が傷付つくような訓練にはいたしません」

「だからなんだと言うのだ！　本人が傷つかないなら、常識で考えておかしい訓練をしていいことにはならないだろうっ！」

そう言い返すが、アンヘルには通じなかった。

「番犬の役目には危険がつきものです。任務遂行中には命の危機だけでなく、貞操の危機もございます。もし、未経験のまま敵に嬲《なぶ》られるような目にあったらどうなるでしょう？　性に対し、一般人と同じ貞操観念だったらどうなると思いますか？」

「そ、それは……」

想像するだけで気分が悪くなってくる。アンヘルの言いたいことはわかる。

「そうなった場合、少しでも彼らの傷や精神的負担を軽減させるためにも、必要な訓練なのです。何卒《なにとぞ》、ご理解ください」

そう言われても、やはり許可などできなかった。いっそ、番犬を辞めさせてしまおうか。

「オースティン様……お願いです。この訓練の許可をください」

悲痛な声が背中にぶつかる。

そんなか弱い声でお願いなんてしないでくれ。なんでも許してやりたくなる。振り返って顔を見たら、駄目だなんて言えなくなりそうで恐ろしかった。

「ローズのためを思って反対されているのはわかります。ですが、一般人とは違う価値観で育った彼女にとって、このままというのは酷でございます。劣等感と不安に押しつぶされ、任務中に取り返しのつかない失敗や事故を起こすかもしれません」

ローズに加勢するようにアンヘルが言う。

「もちろん、番犬を解雇など有り得ません」

その言葉に、ローズが背後で息をのむ気配がした。わざと聞こえるように言ったに違いない。オースティンの罪悪感をあおるために。

「貴様……っ」

「オースティン様、あなたの優しさはローズを傷つけるだけでございます。でも、どうしても許可できないとおっしゃるなら、提案がございます」

今まで申し訳なさそうだった声色が変化する。あの時と同じだ。オースティンに養子縁組を了承させた時の、悪魔の囁きだ。

聞いたら後戻りできなくなる。その選択肢しかないと思い込まされる。いや、実際にその選択がオースティンにとって一番ましなものなのだ。

「オースティン様が、ローズを抱いてやってください」

制止する間もなく発せられた提案に、オースティンは乾いた笑いをもらした。

「はっ……なにを言ってるんだ？　私に、ローズの手ほどき役になれと言うのか？」

「その通りでございます。ローズも、オースティン様が相手なら異存はないでしょう。むしろ光栄なのではないでしょうか。ローズ、どうですか?」

「は、はい! 光栄です!」

上ずっているが、嬉しそうな声が後ろから聞こえてきて、オースティンは眩暈《めまい》がした。

ハメられた。アンヘルの真の目的はこれだったのだ。

おかしいと思ったのだ。朝食が終わった後、「本日から、ローズは性行為の訓練をすることが決定しました。首輪付の仕事はしばらくわたくしが兼任いたします」とアンヘルがわざわざ言ってきた。この時に違和感を覚えたのに、柄にもなくあせってしまい、ローズを引き止めに走っていた。

彼女を自室の前で見つけると、部屋に引きずり込んで鍵をかけ、「どこにもいくな!」と命令して今に至る。

アンヘルはこうなることを予測して、オースティンに教えたのだ。もし、訓練を強行するつもりだったなら、ローズの予定など言わなかっただろう。

わかっていたはずだった。この男が、昔からなにか企《たくら》んでいることを。ロレンソ家に服従しているのがふりだということも、途中で気づいた。そして番犬の中には、巧妙に演技しているが洗脳されていない奴《やつ》が稀《まれ》にいるということにも。

そもそも、養子縁組の際にオースティンを脅したのはアンヘルの独断だった。現当主である養父は、穏便に事を進めよと命令していた。なぜなら、オースティンに恨まれるようなやり方をして、将来的に寝首をかかれたら面倒だからだ。

偶然、調べ物をしていて知ったのだが、オースティンの父を事故にみせかけ罠にはめたことは機密だった。なのにアンヘルは、暗に事故ではないと臭わせ、父の命と母の生活を人質にして脅してきた。

あの悪魔は、オースティンの憎しみをロレンソ家に向けることが目的だったのだ。

ただ幸いなことに、父は事故から一年後、奇跡的に意識を取り戻した。それからは、オースティンと母が暮らしていた村で、療養生活をしている。母の献身的な介護のおかげで、今は下半身不随だが日常会話ができるぐらいまで快復していた。

その両親の幸せな生活を支えるために、オースティンはいまだここに囚われている。

「貴様はっ……私になにをさせたいんだ？　この悪魔めっ」

低い声で、ローズには聞こえないように憎々しげに吐き捨てる。

「なんのことでしょうか？　わたくしはオースティン様のますますのご活躍を願っているだけでございます」

なにが活躍だ。笑わせたいのか。ロレンソ家で盤石な地位を築かせた暁には、裏からいいように操る算段なのだろう。いつかその化けの皮を剝いで、自分の前から追放してやると思っていた。

だが、そんなオースティンの企みなど見抜いていたのだろう。ローズは裏切りを阻止するための布石に違いない。

どう利用するつもりなのか、まだ予測もできなかった。判断材料が少なすぎる。けれど、ローズを抱いたら終わりだということはわかる。

この悪魔の計画に堕《お》ちるということだ。

「どういたしますか？　もし、どうしても抱けないとおっしゃるなら、もう一つ手がございます」

まだなにか奥の手を持っているらしい。さすが悪魔だ。

「わたくしが、ローズに手ほどきいたしましょう。不特定多数の人間と性交渉を持つのに嫌悪感があるでしょう？　でしたら、わたくし一人でローズを……」

「黙れっ！　誰がお前なんかに！　私がするから、去れっ!!」

怒鳴り散らし、ドアを蹴りつけた。

アンヘルにローズを抱かせたら、どんなことになるか。オースティンにとって最悪の事態になることは予測できる。今よりもっとおかしな価値観を植え付けられ、洗脳されるだろう。

ぞっとして、腕に鳥肌が立った。

しかも、アンヘルのは脅しではない。ローズを抱かないでこの部屋からだしたら、本気で実行に移すはずだ。

「では、失礼いたします。本日の仕事については調整いたしますので、どうぞごゆっくり」

奥歯を噛みしめると、血の味がした。アンヘルのほくそ笑む顔が見えるようだった。

「……オースティン様？」

眉間の皺を深くして振り返ると、ローズが不安そうにこちらを見ていた。

「あの……やはり嫌なら、私は……」

「駄目だ。どこにもいかせない」

大股で詰め寄り、強く腕を掴《つか》んだ。

「これから君を抱く。だが、これはただの訓練だ」

「はい、わかっております。オースティン様に、迷惑がかかるような気持ちを抱いたりはいたしません。わきまえております」

さも当然といった感じで、動揺一つ見せずにローズが返してくる。鈍器で殴られたような衝撃だった。

わきまえなくていい、という言葉を飲み込む。

まさかこんなにショックを受けるなんて、思ってもいなかった。

「……私が君を愛することはない」

嘘《うそ》だ。すべて嘘だ。

だが、今のローズに告白しても虚しいだけだ。なにを言っても「了承」されてしまう。

「嬉《うれ》しい」とか「私も同じ気持ち」とかの返事ではなく。絶対に「了承しました」と返してくるのがわかる。

命令ではないと、叫んで暴れまわりたい衝動に蓋をする。

馬鹿だった。養成所から早く卒業させ、手元に置いて育てれば普通の女の子みたいになると思っていた。洗脳なんて簡単にとけると考えていたのは、思い上がりだった。

オースティンと出会うまでに作り上げられた価値観は、そんなやわなものではなかったのだ。逆に、傍に置いたことは、アンヘルの思《おも》う壺《つぼ》だった。

ロレンソ家にきたばかりの頃、オースティンに味方はいなかった。他の跡継ぎ候補の子供やその親族から「田舎者の愛人の子」と蔑まれ、影で様々な嫌がらせを受けた。表面上、養父母はオースティンを大切に扱ったが、実父の事故のこともあり信用できなかった。また、実の子たちに発破をかける目的で養子縁組をした側面も透けて見え、頼れる相手ではないと判断した。

ロレンソ家の人間に絶対服従だと聞かされた番犬も信用ならなかった。首輪付以外の番犬も、主《おも》に仕える主人というのを持っていて、それによる派閥や、それぞれ贔屓《ひいき》にするロレンソ家の人間がいるのだ。

番犬も人だ。いくら洗脳されていても、好き嫌いがあるのは仕方ない。一応、オースティンに対して親切にしてくれる彼らを恨んだりはしていない。

だが、オースティンの動向を贔屓の主人に逐一報告しているので、傍にいられると気が抜けない。彼らも、ぽっと出の後ろ盾がない愛人の子供の扱いに困っているふうだった。

だから番犬に過度な期待も信頼もない。それに最初に出会った番犬がアンヘルだったのも悪い。

オースティンをここに連れてきておいて、この悪魔は虐《いじ》めから救おうとはしなかった。

見てみぬふりをしていた。

文句を言ってやったら「この程度で潰れるようではこの先やっていけませんよ。もちろん、逃げたいなら逃げてくださ い。田舎のご両親への送金は止まりますが」と返してきた。本当に最低な奴だ。

オースティンは早々に、頼れるのは自分だけだと見切りをつけ、勉学に励んだ。飛び級して早く卒業し、仕事に就く。そうすれば少しはマシな生活になるだろうと、がむしゃらに努力し続けた。

そんな荒《すさ》んだ日々の中で出会ったのが、ローズだった。

最初は、深く考えずに妹のように可愛がっていた。外へいけば敵ばかり、ロレンソ家の中でも信用できる人間がいない生活で、ローズは癒やしでもあった。自分に絶対服従で裏切れないという存在に安堵《あんど》していた。

それが間違いだった。安堵は依存になり、今はもう手放せない麻薬のようなものだ。

他のロレンソの人間のように、番犬を道具と思えればよかった。けれど、愛情あふれる母と田舎でのんびり育った下地のあるオースティンには、無理だった。完璧に演技はできても、非情になりきれない。アンヘルはそこをよくわかっていた。

真《ま》っ直《す》ぐに自分を見上げてくるローズに、顔を近づける。霞がかったエメラルド色が、オースティンを映している。

目を閉じるという芸当も知らない。その無垢《むく》さに、胸がきしんで苦しくなった。

「ローズ、こういう時は目を閉じるんだ」

教えてやると、ハッとしたように目を見開いてから、慌ててぎゅっと瞼《まぶた》を閉じる。まるで子供だ。

けれど、そんな仕草が狂おしいほどに愛しい。

どうして……。こんなにも愛しているのに、大切にしていたのに、自ら手折らないとならないのか。

長い睫毛《まつげ》の影が落ちる、そばかすの散る白い頬。化粧っ気のない、まだ幼さが残る顔の輪郭。きゅっと閉じられたペールピンクの唇はかさついて切れている。

抱かれる前に手入れをすることを、まだ教えられていない。そんなことに、ほっとしてしまう。

こんな子供を、自分は抱けるのだろうか。

頬を撫《な》で、顎を持ち上げる指が微かに震える。

逃げたかった。もうずっと、彼女から逃げたいともがいていた。存在が重くなるにつれ、言われるまま首輪付にしたことを後悔した。

もっと考えるべきだった。けれど、自分の首輪付にしなかったら、別の誰かの首輪付になっていただろう。この訓練ももっと早くにすませただろうし、そういう任務もさせられる。主人の慰み者になるのも、珍しくない。

想像するだけで吐き気がした。

今から自分がすることも同じだ。性交の訓練を不特定多数とさせたくないからなんて、ただの言い訳。年上の幼馴染みを殺した、あの変態の金持ちと一緒だ。

本当は、ずっと抱きたいと思っていたのでしょう？

悪魔の囁《ささや》きに首を振る。

いや、違う。幸せになってもらいたかった。自由にしてあげたかった。

オースティンしか見えていないローズに、もっと広い世界を、あらゆる価値観を教えてやりたい。その上で、ローズが幸せになれる道を選んでほしかった。

いつか好きな相手ができて、その人と添い遂げたいと言うのなら、喜んで祝福するつもりだった。それほどまでに大切で、愛しい存在なのだ。

それなのに……切れた唇の端、ペールピンクの間に走る血の色に吸い寄せられる。子供っぽい荒れた唇が、ひどく色っぽく見えてしまう。

抗《あらが》えない。首を傾け、舌先で赤い割れ目を舐《な》めた。

びくっ、とローズの肩が跳ねる。血の味がした。舌先が痺《しび》れるような、錆《さ》びた鉄の味に興奮する。

ぴちゃぴちゃと音を立て、執拗に唇の端を舐め、甘嚙《あまが》みした。舌先で嬲っていると、ローズが小さく呻《うめ》いて震えた。

舌に血の味が広がる。再び切れた割れ目に吸いつき、血をすする。やめられなかった。

小刻みに震える体を壁に押しつけ、舌先にからめた血を塗りつけるように、ローズの唇を割った。驚いて閉じる歯列に舌を這《は》わせ、少しだけ顔を離す。

「口を開くんだ。抵抗するな」

一瞬、戸惑いを見せたが、ローズはおずおずと唇を開いてみせた。そのつたなさに、体の奥から欲望がどろりとわいてくる。

「いい子だ……」

熱くなる息を吹き込むように唇を合わせ、舌を口腔《こうこう》に突き入れる。怯えて丸くなるローズの舌に、強引に舌をからめて貪った。

口づけだけでは満足できなくて、ブラウスの上から胸を揉《も》みしだく。すぐ隣に寝室があるのに、移動するのがもどかしいぐらい、ローズを求めて歯止めがきかなくなっていく。

「ンッ…ん、んっ。オースティン……さまッ」

口づけの合間に漏れるローズの甘い声。こんな声もでるのかと、興奮が高まる。

ブラウスをたくし上げ、スカートのファスナーを下ろす。すとん、とスカートが落ちて、ガーターベルトとストッキングに包まれた脚が露になる。

華奢に見えて、ローズの太ももはしっかりと筋肉がついて引き締まっている。脂肪ばかりの女性にはない魅力だ。尻もきゅっと上がっていて、美しいラインを描いている。

「あ……あまり、見ないでください。綺麗《きれい》ではないので」

じっと見つめていたら、ローズがブラウスの裾を引っ張って体を隠すように身をよじる。誘っているようにしか見えなかった。

「隠すな。綺麗かどうかは私が決めることだ」

そう言って、隠す手を引き剝がすと、小さな声で「申し訳ございませんでした」と返ってくる。

素直に美しいと言いたかった。けれど、褒めたら歯止めがきかなくなって、余計なことまで言いたくなる。

好きだとか、愛してるだとか。いくらでも甘い言葉を吐けるだろう。

「……恥じなくていい。悪くない体だ」

歯切れの悪い褒め言葉。それでも嬉しいのか、ローズの頰が赤く染まる。

いじらしい。もう、どんな反応でも愛くるしくて、頭がおかしくなりそうだ。

我慢できなくなって、乱暴に口づける。ブラウスの前を引っ張りボタンを飛ばし、コルセットを脱がした。

肩から鎖骨、背中や腕、無駄な脂肪が一切ない。綺麗に筋肉がついた体の中で、そこだけは女性らしい丸みがあった。大きすぎず小さすぎない、形のよい乳房はオースティンの手にちょうどいいサイズだった。

すくい上げるように揉みしだくと、唇と同じ色をした乳首が固く尖《とが》ってくる。指で摘んだり転がしたり悪戯すると、ローズが可愛らしい声で鳴いた。

「あっ、あぁ……ンッ、オースティンさまっ。私はなにを……？」

このままなにもしなくていいのかと、快感で潤んだ目で見上げてくる。膝が震え、立っているのもやっとで、初めてでなにもわからないくせに、健気《けなげ》だ。普段の淡々とした感情を抑えた表情との落差がたまらない。

「そのまま、身を任せていればいい」

甘い吐息に食いつくように唇を塞ぎ、腰に回していた腕を撫《な》で下ろす。ショーツの横から手を入れ、弾力のある尻を揉むと、ローズが逃げるように腰をよじった。

「やっ……駄目です。汚い……ひゃ、あぁっ！」

細い腰を捕まえ、尻の割れ目にそって股の間に指を滑り込ませた。既にそこは濡れそぼっていて、少しこすっただけで蜜があふれてくる。

腕の中のローズが嬌声《きょうせい》を上げ、身悶《みもだ》える。

「いやぁ……っ、だめ、だめですっ。あ、ああ、んっ！」

「駄目じゃないだろう？　ここに触れなかったら、なにもできない」

「ンッ……で、でも……座学では自分で慣らすと……ひゃっ、あぁんっ」

「座学だと……」

なにを教えているんだ。しかも座学は受けた後なのかと、むかむかしてきた。

今度、なにを教わったのか聞き出さなくてはと考えながら、濡れそぼった襞《ひだ》をかき回すように愛撫《あいぶ》した。

「やんっ……そ、そんな、自分で……っ、あぁ……」

抵抗するように、ローズがオースティンの腕や胸を押す。感じているせいなのか、力はない。

「それはまた今度だな。初めてなんだから、大人しくしていなさい」

ローズが自慰する姿を一瞬想像してしまう。見てみたい。だが、今はそれよりも自分の手で愛したい。慣らすのを待つ余裕もなかった。

髪の生え際やこめかみに口づけを降らし、襞の中に埋もれた肉芽を指先で嬲る。びくんっ、と細い腰が跳ね、手がべっとりと濡れてくる。くちゅくちゅという音が大きくなり、恥ずかしいのかローズが「やめてください……」と言いながら喘《あえ》ぐ。

そんなふうに言われたら、余計に虐めたくなる。執拗に肉芽をいじり、その後ろにある蜜をしたたらせる入り口に指を滑り込ませた。

柔らかくとろけたそこは、オースティンの指先を咥《くわ》えてびくびくと痙攣《けいれん》した。

「ひゃん……！　あっ、あ、いやぁ……そんな、中まで……ッ」

ローズが嫌がって腰をよじるが、蜜口に指を第二関節まで押し込むと、声にならない嬌声を上げてオースティンの胸にすがりつく。かくかくと脚を震えさせ、襲ってくる快感を耐えるように目をぎゅっと閉じる。

「ひっ……あぅ、あ……はぁンッ！」

「耐えなくていい。気持ちよくなっていいんだ」

「で、でも……オースティン様の手を汚して……あぁ、だめ。ひゃ、う……！」

咥えた指をこんなにきつく締め上げておいてなにを言っているのか。中に入れた指を、さらに奥へ突き入れかき回す。急な刺激で悲鳴を上げるローズの耳朶を甘噛みしながら、指の抽挿を始める。

「はっ、はぁ……やぁ、だめです。だめぇ……！」

そう言いながらも、中を嬲られるとオースティンにすがるしかできないローズが愛しい。中を犯す指を増やすと、涙を散らしながら、びくっと背を反らして指を締め付ける。からみつく熱い内壁を引き剝がすように、一気に指を引き抜き、すぐにまた奥へ突き入れる。ローズの甘い悲鳴を楽しみながら、何度も繰り返した。

「いやぁ、いやっ……！　もっ、だめです……ひっ、あぁぁんっ！」

もう自力では立っていられなくなったローズが、しがみついてくる。探り当てた弱い場所を強くえぐるように突くと、ひときわ高い嬌声が上がり、腕の中の体が痙攣した。

「あ、あぁぁ……だめぇッ！」

蜜口がびくっ、びくっ、と断続的に指を締め付ける。ついで、あふれてきた蜜がオースティンの手を汚し、床に染みを作る。

達した余韻にぼうっとしているローズの額に口づけ、「そんなに気持ちよかったか？　床まで濡らして」と意地悪く囁いてやる。ハッとしたように床に視線をやり、みるみる真っ赤になっていくローズに、オースティンの嗜虐《しぎゃく》性と欲望が高まっていく。

「も、申し訳ございません！　すぐに掃除を……きゃっ！」

さっと横抱きにすると、ローズは目を丸くして固まった。

「そんなのは後で誰かにやらせればいい。それより続きだ」

「でも、あのっ……お、降ろしてください！」

「うるさい。一人で歩けもしないくせに」

あせって、なにかごにょごにょ言っているローズを無視し、寝室に向かった。大股で、柄にもなく急いでいた。

ベッドにローズを押し倒し、濡れたショーツやガーターベルトを脱がし裸にする。オースティンも乱暴にネクタイを外し、シャツを脱いだ。

「オースティン様……？」

不安そうに見上げてくるローズに、軽く口づける。

「ローズはなにもしなくていい。痛くないようにするから、安心しなさい」

そうは言っても、オースティンも余裕がなかった。いつまで自分を抑えていられるかわからない。そんなオースティンをあおるように、ローズがたどたどしく言葉をつむいだ。

「痛くてもかまいません……我慢するので、そんな気を使わないでください。もったいないです」

衝動的に襲いかかり、すぐに繋がりたくなった。ぐっ、と拳を握って耐え、代わりに首筋に噛みついた。

「あっ……！　ひゃ……ンッ！」

「ローズ、君は少し黙っていたほうがいい」

「えっ……はっあんっ！　な、なんで……あぁっ！」

噛みついた場所に舌を這わせ、吸いついて痕を残す。乳房や乳首にも同じようにして、痕を残しながら、初々しい体を舌で愛撫していく。

初めての経験に、ローズが「やめてください」と悲鳴を上げる。主人に舐められるなんて思ってもいなかったのだろう。

けれど、どんなに嫌がってもやめてやらなかった。ローズが困惑して泣くほど、オースティンの欲望が熱くなっていく。

弱々しい抵抗をする脚を強引に割り、膝が胸につくぐらい押し広げる。恥ずかしい場所がよく見えるようになった。「やめて……」とすすり泣く声が聞こえた。とてつもなく悪いことをしている気になったが、もう止められなかった。

「これは訓練だろう？　それに、ここをよく慣らしておかないと後がつらいし、私もやりにくいんだよ」

そうでもないが、適当に理由をつけると大人しくなった。ちらりと見ると、唇を噛んで耐えている。頬を赤く染め、羞恥に打ち震えている姿にたまらなくなる。

息を荒くし、濡れそぼったそこに舌を這わせる。すぐに喘ぎ声が上がる。わざと音を立てるように舐め回し、指で襞をかきわけ肉芽に吸いつく。何度か甘噛みして嬲ると、すぐにまた達したらしい。

「いや、やぁ……だめぇ、あ、ああ……ッ！」

びくんっ、びくんっ、とローズの腰が跳ね、蜜があふれてくる。余韻を与えずに、オースティンは蜜口に舌を突き入れた。

「ひっ……！　やっ、やだぁ……だめですっ！　そんな……！」

なにをされているのか察したのだろう。ローズが驚愕したような声を上げ、逃れようともがく。その腰を抱きかかえて、執拗に蜜口を愛撫する。舌と指を抜き差しし、ぐちょぐちょになるまで舐め回す。

感じすぎているのか、ローズはもう嬌声しか上げられなくなっていた。蜜口もずっと痙攣し、はしたなく蜜を垂れ流している。

「……これなら大丈夫だろう」

とろとろに溶けきって、柔らかくなった入り口からオースティンは顔を上げた。何度も達して目の焦点が合わなくなったローズは、はあはあと肩で息をついている。

オースティンはズボンの前を寛《くつろ》げ、取り出した熱をとろけきった入り口にあてがった。

そして、なにも言わずに突き入れた。

「え……ひっ！　きゃッ、あ、いやあぁ！　あぁんっ！」

力が抜けきっていた体は、抵抗なく最奥までオースティンを受け入れた。

「あっ、あ……はぁ……やっ、なに……っ？」

「痛くはないだろう？　体に力を入れるな。緊張しなくていい、大丈夫だから。言う通りに……息を吐いて」

目を見開いて震えるローズの頬を撫で、できるだけ優しい声で安心させるように言う。本当はすぐにでも動きたかった。ローズの中は、想像以上に気持ちよくて、オースティンの息も熱くなっていく。

「いい子だ。吸って……吐いて……」

すすり泣きながらも、オースティンの言う通りにするローズの頭を撫で、たくさんの口づけを降らす。前よりも愛しくて、愛しくてたまらなかった。

「ほら、大丈夫だろう……？」

笑いかけると、目に涙をいっぱいに溜めたローズが、こくりと頷いた。

「オースティン様……っ」

「なんだ？　痛いところでもあるか？」

自分でも驚くくらい、甘ったるい声がでた。ローズは頬を染めて首を振った。

「あ、ありがとうございます……お手間ばかりおかけして。でも、オースティン様にお相手してもらえて嬉しいです。とても気持ちよくて……ひっ、ああっ……！　あ、あンッ！」

最後まで聞いていられなかった。我慢しろと言われても無理だ。こんなことを言われては、もう欲望を抑えていられない。

オースティンは衝動のままに動きだした。腰を抱え、上から叩きつけるように激しく突く。執拗に愛撫されほぐされた中は、少々乱暴にされても大丈夫そうだった。すぐに中で感じることに慣れ、オースティンのモノに熱くからみついて、びくびくと震える。

ぎりぎりまで抜き、締まる蜜口をこじ開けるように一気に奥まで突く。

「あんっ！　あ、あぁだめぇ、まって……ひっ！」

初めてで慣れていないローズが、甘い悲鳴を上げる。その姿にも、オースティンはあおられる。荒い息を吐き、ますます動きを激しくする。

愛撫で探り出したローズの弱い場所に手を這わせ、中を突く。痙攣し、吸い付くように締まる中を何度も堪能する。

「ああっ！　いやぁっ、あぁ……ひっん！　だめぇ！」

ローズは身をよじり、シーツに爪を立てる。顔は快楽の涙でぐちゃぐちゃだ。彼女のこんな顔を見たのは初めてで、中に埋めた熱がさらに固くなる。

もっと泣かせて、めちゃくちゃにしたい。気持ちいいことしか考えられないようにしてしまいたい。いっそ、閉じ込めてしまいたい。

そんな考えが、オースティンの頭を占める。

「ローズ……ローズ、君は私のものだ」

そうじゃない。本当は違う。ただ「愛してる」と言えたらどんなにいいだろう。

けれど、オースティンのすべてを受け入れるよう洗脳されているローズに、愛を告げる勇気はなかった。

「いいかい、私以外とこういうことをしては駄目だ。絶対に。任務でもさせない」

「……オースティン様？」

「これは命令だ」

少し動きを止めてそう言うと、ローズが肩で息をしながら頷いた。

「はい。私はオースティン様だけのものです……きゃ、ひぁっ……ンッ！」

濡れた目で見上げられ、そんなことを言われたら、もう耐えられなかった。余裕なんてない。

快感に震えるばかりの愛しい体をかき抱き、腰を揺らす。

「やっ……オースティン様っ！　あぅ、はっ……はぁっ！　ああ、もう……っ！」

びく、びくんっ、と腕の中でローズの体が跳ねる。達したのだろう。さっきから、何度目の絶頂なのか。

初めてなのに中でいくことを覚えた体は、オースティンのモノでこすられるだけでたまらない快感を生むらしい。何度も上りつめて達するのを繰り返している。

「いや……ぁ、オースティン……さまっ！」

もうつらいのだろう。すがるように名前を呼び、オースティンの背中にしがみつく。こちらも限界が近かった。

動きを早め、強く最奥を突き上げると、蜜口がぎゅっと締まる。その刺激で、熱を解放した。腰を抱え、すべてを中に吐き出す。

けれど、余韻に痙攣する蜜口の刺激で、またすぐに熱が集まってくる。ぜんぜん足りなかった。

もっとこの体を知りたい。堪能したい。愛したい。

わいてくる欲望は、とどまるところを知らなかった。

「ローズ、まだだ。もっと慣らさないといけない……」

欲に濡れた声で囁き、耳朶を噛む。びくっ、と怯えたように震えた体を抱きしめ、「待ってください……」とかすれた声での懇願を無視し、すぐにまた動きだした。

第六章

久しぶりの仕事だ。課題もない。

ローズの化粧をする手が軽い。慣れてきたので迷いもなかった。旅先や休暇中に、エミリーから教わったのだ。覚えてしまうと、それほど難しくもなかった。

コーネリアの手伝いが無事に終わり、オースティンのもとに戻ったローズは、少し浮き足立っていた。またしばらく休みを告げられるのかと思っていたら、その日のうちに、オースティンの仕事に同行して旅立つことになったからだ。

船と鉄道を乗り継いで降り立ったのは、フェルゼン帝国。一年の半分が雪に包まれた寒冷地にある国家で、軍部の権力が強い。ここにもロレンソ家ゆかりの者がいるが、活動はあまり活発ではなかった。

軍部が厳しく目を光らせているからだ。少しのことでも間諜と疑われ、投獄されてしまう。そんな国なので、情報がほしければ自ら赴くしかなかった。

「こんなものかな?」

鏡の中の自分を見て頷《うなず》く。金髪のカツラだが、髪も綺麗《きれい》に結えている。立ち上がって、姿見の前で回転しておかしなところはないかチェックする。

首輪はない。任務で胸元をだすドレスを着る機会が多いので、オースティンに外されてしまった。

一緒にきた侍女役のエミリーは、ローズ一人で身支度できるようになったので、別の仕事をしている。

今回、ローズは花婿探しをしている伯爵令嬢という設定だ。

名前はシルビア・オーガスタ、十八歳。ペルル国に実在するオーガスタ伯爵家の令嬢で、旅券も本物を用意した。伯爵家側には話を通してあり、簡単に身元がバレることはないだろう。

薄い生地を何枚も重ね、ふんわりとしたシルエットのブルーのドレスは、若い伯爵令嬢らしい清楚《せいそ》さがある。大きな目を強調するように化粧したので、実年齢より若くも見える。アクセサリーも控えめで、小ぶりなダイヤモンドで揃《そろ》えた。もちろんお値段はそれなりの本物だ。

真っ白い毛皮のポンチョを着て、帽子をかぶってホテルの部屋をでる。

「シルビア！」

一階のラウンジに降りると、新聞を読んでいた男性が立ち上がり、笑顔で両手を広げる。同期の番犬、ユノ。今はニコラス・フォルトナーだ。

彼は数ヵ月前からフェルゼン帝国に潜入していて、こちらの辺境伯の甥《おい》という身分だ。

既婚者で、帝国には仕事で滞在している。オーガスタ伯爵家とは遠縁の関係に当たる。

シルビアとは面識があり、オーガスタ伯爵から帝国滞在中の後見人を頼まれている。という設定だった。

「普段も美しいと思っていたが、これはまた見違えたな。雪の妖精のようで、触れたら溶けてしまわないかと心配になる」

「大げさですわ。これからしばらく、エスコートをお願いいたしますね」

「ああ、君の父上にはお世話になっているからね。悪い虫がつかないよう見張らせてもらうよ」

「あまり厳しくされたら、結婚相手を見つけられませんわ」

軽口を叩きながら、自然な動作でユノの腕に手をからめる。演技でオースティンにエスコートされた時のような、緊張感はなかった。

「あちらに車を待たせている。パーティーはもう始まっているから急ごう」

ユノに促され、車に乗ってパーティー会場になっている公爵邸に向かう。今、フェルゼン帝国では、国際会議が開かれている。年に一度、和平協定を結んだ国同士でおこなわれ、その年ごとに開催国を変える。

閉鎖的なところのあるフェルゼン帝国での開催は二回目で、いつもより各国から集まる要人の数が多い。情報の少ない帝国の内情に、みんな興味があるのだろう。

この国際会議が開催される一ヵ月間は、あちこちでパーティーやお茶会が開かれる。

様々な国の王族や貴族、金持ちの交流が活発になるので、社交シーズンと言われていた。

ローズ演じるシルビアのように、結婚相手を探してパーティーに参加する令嬢は多く、後見人付で外国からやってくるのも珍しくない。国内にいるより、質のいい相手との出会いが期待できるからだ。

帝国の内情を探るのに、こんなに都合のよい時期は他になかった。ローズは帝国軍に関係する人物に接触するようオースティンから言われている。細かい指示は、追ってあるらしい。

公爵邸に着き、大広間に通される。生演奏が奏でられる中、多くの男女がダンスに興じていた。壁際には休憩する人、歓談する人、ダンスの相手を待つ令嬢など。さっと見回しただけでも、ローズが知っている要人が何人もいる。

その中にオースティンもいた。グラナティス共和国の代表団の一員だった。

本来なら、彼の傍で護衛するのが首輪付の役目だ。なのにまた、ドレスを着て演技をしないとならないのが少し不満だった。

けれど、任務は任務なのでしっかりやる。「課題」だけだされて、仕事をさせてもらえなかった前よりはましだ。

まず最初はユノと踊り、次に誘ってくれた何人かの男性とダンスした。ユノは、潜入している間に仲良くなった軍関係者に挨拶していた。

ダンスを終えて戻ってきたローズのことを、彼らに紹介する。自然な流れで、彼らとも踊ることになった。

その中の一人、金髪の青年、ハインリヒ・クラインに気に入られた。年が近いというのもあるが、彼もちょうど結婚相手を探している最中らしい。下級貴族の三男で軍人。シルビアの求める結婚相手としては微妙な身分だが、軍人としては出世頭だそうだ。

軍部に権力が集中しているフェルゼン帝国では、優良な結婚相手だろう。まだ二十五歳で、容姿も整った好青年なので、令嬢たちの受けもよさそうだ。

同僚らしき男性たちからも、「ハインリヒは将来有望だし、三男だから家を継ぐわずらわしさもない」と勧められた。要するに、嫁がクライン家に入らなくていいので、姑《しゅうとめ》たちと揉めることもないと言いたいのだろう。帝国に嫁ぐ気があるならよい話だ。

ユノは「彼は今時珍しいぐらい実直で、女遊びもしない。軍でも上官から信頼が厚い。未婚の君に不誠実なこともしないだろうから安心だ」と皆の前で褒めた。ローズには「女慣れしてないから騙しやすい。軍内部にも精通しているので、情報を持っている」と聞こえた。ハインリヒに接近すればいいのだなと理解した。

「オーガスタ嬢、俺のことはハインリヒと呼んでください」

「では、私のこともシルビアと……ハインリヒは、こちらのお邸にくるのは初めて？　お庭を案内していただきたいのだけれど」

「何度かパーティーで来たことがあります。素敵な庭ですよ。テラスからでましょう」

彼の腕に手を置き、ユノたちに見送られてテラスに向かう。途中、ちらりと視線をやった先にオースティンがいた。色仕掛けではないが、そういったことをローズにさせるのを禁止している彼は、どう思っているのだろう。

体を使わなければいいのだろうか。聞いてみたい。同じホテルに泊まっているのに、今回の任務では簡単に会ったりできないのがもどかしかった。

一瞬、シリウスの言葉が頭をよぎる。

『先輩はローズさんのことを愛してます』

もしそうなら、こんな任務を与えないのではないか。やっぱりシリウスの勘違いだ。自分も、なにを期待しているのだろう。おこがましい。

「シルビア、どうかされましたか？」

「いいえ、なんでもありませんわ」

ざわつく胸に蓋をして、ハインリヒに笑顔を向けた。

庭にでて、他愛ない会話をしながら歩いていく。二人の他にも、庭を散策する男女の姿が何組かあった。

「ハインリヒは同じ年代の中で出世頭だそうですけれど、どんなお仕事をされているの？　軍だから、危ないことをするのかしら？」

会話の流れに乗って、無邪気に聞いてみる。

「そうですね……今は平和な時代なので、戦いにいくことは滅多にありません。危ないのは治安が悪い国境付近ぐらいですね」

軍に入隊したばかりの頃は国境に配属されていたそうだ。そこでの紛争を治めたり、活躍したりしたことが認められ、今は軍の中枢にいるという。

「といっても、まだまだ下っ端ですけどね」

「いいえ、すごいですわ。じゃあ今は、安全なお仕事なのね。参謀みたいなものかしら？」

「いえいえ、そんなたいしたものではありません。俺は政治的なことは不得意で……」

ハインリヒが苦笑する。

謙遜かもしれないが、ユノの実直だという評価が真実なら、権謀術数の類《たぐい》は下手そうだ。話を聞いていくと、上官の警護やお供が主なようなので、腕っぷしを見込まれているのだろう。

ローズにとっては、そのほうが都合がいい。間諜であることがバレる心配が少ない。

「きっと上官の方のお供で、素敵なお店にいかれるのでしょうね。よくいかれるのは、どんなお店ですの？」

ハインリヒは少し考える様子を見せたが、話してくれた。無邪気な令嬢になら言っても問題ないと判断したのだろう。

店名は言わなかったが、内装や料理などを話し、こちらの質問にも気軽に答えてくれた。その情報からどこの店か割り出すのは簡単だろう。

今のところ、なにを探るのか聞かされていないが、上官がよく利用する店というのは有益な情報だ。探っておいて損はない。それに、この流れで「私もそういうお店にいってみたいわ。案内してくださる？」と、自然に次に会う約束を取り付けられた。

それから適当なところでパーティーを辞して、ユノにホテルまで送ってもらった。帰りの車中で、「会話が自然になったな」とユノに感心された。

なにかあった時のためと、ユノは庭で二人の後をつけていた。会話も全部聞いていたそうだ。

「正直、隠密行動の多いローズが接触するのは心配だったんだ。けど、あんなに自然に対象と会話できるとは思わなかった」

「ありがとうございます。前にオースティン様を相手に演じたので、そのおかげかもしれません。あの時、エミリーに演技指導もされたので」

だが、あれは相手がオースティンで、とりあえず他人から情事の相手に見えればよかっただけ。そんな難しい演技は必要なかったし、オースティンがフォローしてくれたのが大きい。エミリーからの演技指導もそんな厳密なものではなかった。

「そうか？　それにしても会話が自然だったぞ。前のローズならもっと硬い演技になってただろうなって。やっぱり、なんか変わったよな。長期の出張から帰ってきてから」

もしかして、あの「課題」のおかげだろうか。ふと、思った。

課題をこなす間、ローズはいろんな人と会話した。普段、話したりしないような相手に質問したり、道を聞いたり、なにかを教えてもらったりした。特に、コーネリアの仕事の手伝いでは、様々な人に出会った。

ヴァイオレット邸の使用人ともよく話したが、依頼主に商品を引き渡す際、その使い方や説明をローズが任されることもあった。あとは材料の仕入れにいった先で、コーネリアの代わりに値段交渉をしたこともある。

そしてコーネリアや子供たちとは、毎日、いろんな話をした。帰ってきたシリウスとは、体術の話で盛り上がったこともある。

オースティンの護衛で隠密行動をしている間にはない出会いと、会話の量だ。最初は人と話すのに気後れやぎこちなさのあったローズだが、今はそういう硬さが自分の中からなくなっているのがわかる。

慣れたのだろう。でも、それだけでなく、人と触れ合うことに楽しさも感じる。不思議だった。オースティンのだした課題は、ローズに多くのものを見せ、なにかをもたらしてくれたのだ。

「……私、変わりましたか？」

「うん。いいことだと思う。仕事の幅も広がるだろ。じゃあ、次の打ち合わせをしとこうか……」

ユノとは今後の予定を話し合って、ホテルの前で別れた。

それから数日は、毎晩、パーティーに足を運んだ。ハインリヒとデートの約束をしたと言っても、まだ彼一人に絞ると決めたわけではない。ユノこと、ニコラスの紹介で様々なかたちで軍と関わる男性に引き合わされた。

ハインリヒとも、そういった場で再会することがあった。それが功を奏したのか、男の闘争心を刺激したのか、ハインリヒのローズに対する熱が高まっていったらしい。

約束したデートの日、食事や買い物、観劇を楽しんだ後、夜の公園を散歩していた時だ。

「シルビア、結婚を前提に付き合ってもらいたい。正式に、俺の婚約者になってくれませんか？」

あまりに急な展開に、ローズは驚いた。

「あの……まだ早くありません？　それに、私でよろしいのですか？」

「早すぎるのは理解しています。ですがこのままだと、あなたを他の男にとられるのではと心配で……あなたは、他の女性と違って媚《こ》びないので、一緒にいて楽なんです。女性なのに、まるで男友達といるような気安さを感じることさえあります」

それは単に、ローズにまだ媚びる技術がないだけだ。だがかえってさっぱりとした気性に見え、魅力になったらしい。

ユノにも「どうやらお前の欲のなさが男受けしてるらしい。それをわかってて、オースティン様はローズを抜擢《ばってき》したのかな？」と言っていた。たしかに、どのパーティーにいっても、ローズは男性たちに囲まれた。前に知り合った男性もその輪に加わるので、回を重ねるごとにダンスの申し込みが増え、順番をさばくユノが苦労していた。

会場には、うら若き美しい令嬢がたくさんいる。その中で、ローズは飛び抜けた容姿でもなく、媚態《びたい》も使いこなせないので不思議に思っていたのだ。

「そうですか、ありがとうございます。そんなふうに思われて、嬉しいですわ。でも、返事は待っていただけませんか？」

ローズの独断では決められない。デートの約束も、ハインリヒだけではないのだ。彼だけに決めてしまったら、他を断らないといけなくなる。

ユノに報告して、オースティンの指示をあおぎたい。直接会って話がしたかった。

帝国に入ってから、オースティンとは一言もかわしていない。これでは課題があった時よりもひどい。もっと傍に仕えて、主のために動きたかった。

「わかりました。では、二週間後。それまでに返事をもらえませんか？」

「ええ、わかりました」

猶予をくれたハインリヒに、ほっと胸を撫で下ろし、その日は別れた。

翌日、侍女役のエミリーがオースティンからの伝言を持ってやってきた。

『返事はぎりぎりまで待たせ、他の男性たちとデートを。順番と詳細はユノに伝言してある』

これだけしか書かれていなかった。会って話したいというローズの希望に対する返事もない。

だからなんだというのだ。オースティンとローズは主従関係で、恋人同士ではない。仕事の報告に返事がまったくないことなんて、今まで何度もあった。いちいち返事をする暇がないほど、オースティンが忙しい身なのも承知している。

それで落ち込んだり、こんな気持ちになったことなんてなかったのに……。

水に浸《つ》けると溶けてなくなる特殊紙をトイレに流しながら、もやもやとした不安に顔をしかめる。心をくしゃくしゃに丸められたみたいに、胸のあたりが気持ち悪い。

首元に手をやるが、そこに目当ての首輪はない。不安を散らすすべを失って、呼吸が苦しくなった。

「なんでこんなっ……私は、オースティン様の首輪付。ただ従っていればいいだけの存在なのにっ」

まるで対等に扱ってもらいたいみたいな、そんな感情を抱くのはおかしいのに、どうしてしまったのだろう。最近、距離があるせいで気持ちが不安定なのかもしれない。

コーネリアの手伝いの間、オースティンには会えなかった。休日にロレンソ邸に帰ってみても、仕事でいなかったりと予定が嚙み合わなかったせいだ。フェルゼン帝国への道中、船上での一週間は一緒にいられた。けれど、鉄道になってからは別行動。ローズはエミリーとともに、ペルル国側からのルートで帝国入りした。

前はずっと一緒だった。課題をだされた出張の間でも、同じホテルで、いつでも話すことができた。

会いたい。オースティン様に会いたい。

急にこみ上げてきた気持ちに、視界がぼやけた。本当にどうしてしまったのか。

「しっかりしないと。今は任務に集中しないと、オースティン様に呆《あき》れられてしまう」

ぐっ、と涙を手の甲で拭い、不安がる心の声を無視することにした。

それからオースティンに直接会える機会はなかったが、伝言はエミリーを介して何度も渡された。誰とデートをするか、なにを聞き出すか。怪しまれないよう聞き出す手順など、任務に関することが細かく指示された。そのうちデートする相手も絞られていって、一週間を過ぎた頃にはハインリヒを含む三人にまで減った。

結局、オースティンには一度も会えていない。ローズ個人に対する伝言もなく、淡々と指示だけが送られてくる。今まで当たり前のことだったのに、なぜか寂しさが募った。

けれど、ローズの仕事ぶりは伝わっているはず。無事に任務が終われば、いつもみたいに「よくやった」と言ってもらえる。労《ねぎら》いの言葉だけは、必ず直接くれるのだ。

ローズは重い息を吐き、ティーカップをテーブルに戻した。すっかり物思いにふけっていたが、今はハインリヒとデート中だった。映画の後、カフェで休憩していた。

顔を上げると、さっきまで話していた彼が黙ってこちらを見つめている。

「なにかあったんですか?」

心配そうな彼に、誤魔化そうとしてやめた。うまく微笑むことができずにうつむく。思ったより、オースティンに会えないことでまいっていた。

けれど、事情を話すわけにもいかない。

「実は……プロポーズの返事なのですが……」

ハインリヒが息をのむ気配がした。返事の期限まではあと数日ある。

「父に相談したところ、家格が釣り合わないと言われました。外国に嫁がせるなら、それなりの家柄でないと安心できないと……申し訳ございません」

これはオースティンから指示された内容だった。けれど、ハインリヒを切れという指示ではない。

「そうですか。お父様の心配はもっともです」

「あのっ、でも……私は……」

オースティンから、親には反対されているがハインリヒに好意がある、別れたくないと伝えるよう指示されている。なんと言えば効果的か、考えていなかったので言葉につまり、視線を落とした。

だが、それがかえってよかった。さっき物思いにふけっていたのも勘違いを手助けした。

「シルビア、あなたはもしかして……俺のことを?」

ローズの沈黙を、ハインリヒが勝手に解釈してくれる。これは、余計なことを喋らないほうがいいのかもしれない。小さく、こくんと頷くだけにする。

「ああ……シルビア、なんと言ったらいいか」

ハインリヒは感極まったように息を吐き、膝の上に置かれていたローズの手をとった。

大きな手に強く握られ、びくっと肩がこわばる。彼の温《ぬく》もりに、なぜだか気分が悪くなる。騙《だま》している罪悪感だろうか。

「お父様は誰となら結婚を許すと？　君を他の誰にも渡したくない」

ローズを見つめる目に熱が宿る。握られた手の甲にそっと口づけられ、どぎまぎした。思えば、異性からこんな目で見られるのは初めてだ。

オースティンは、こんなふうに見つめてこない。当たり前のことなのに気持ちが沈む。演技をしなくても暗い表情ができた。

「父は、誰とも……」

他にデートを重ねている相手がいるのを、ハインリヒは知っている。

会っているだけで深い仲には絶対にならない段階なので、同時進行で複数人と付き合うのは問題ない。社交シーズンにはよくあることだ。相手の男性も複数人と出会いを繰り返している。

けれど、プロポーズをしてくれた時から、ハインリヒはローズ一人としか会っていなかった。彼の本気度はかなり高い。

怒ってはいないが、複数人とデートを繰り返すローズににじれていた。そこにきて、自分に気持ちがあるのに親に反対されていると知り、想いが昂《たかぶ》っているのだろう。

ぐっ、と身を乗り出してきたハインリヒに、体が引いてしまう。その反応を恥じらっていると解釈してくれたのか、彼の口元が微かにほころぶのを見て、複雑な気持ちになった。

こういう人の気持ちを利用する任務は、やっぱり性に合わない。ハインリヒが誠実で正義感あふれる気性だと知るほど、申し訳ない思いばかり蓄積していく。

それに彼とのデートは、他の男性と比べて楽しかった。会話のテンポが合うからだろうか。素のローズで相対しても気が合いそうで、こんな形ではなく友人として付き合ってみたいと思うこともあった。

「目ぼしい相手がいないようだから、全員断ってもう帰国しなさいと言われました。ただ、この国で伝手《つて》を作りたい相手がいるそうで、結婚相手が見つからないなら、その方と交流を持ってほしいと頼まれています。だからそれまではこちらに滞在できますし、あなたとお会いすることも……」

おそらく、その相手というのが今回の本命だ。だが、なにを探りたいのか、どうしたいのかローズは聞かされていない。

情報漏洩《ろうえい》や敵に捕まった時を想定して、全体像を教えられない任務はよくある。なのに今回はそれがもどかしくて、不安だった。

「ニコラスにも協力を頼んでいるのですが、なかなか会うことのできない相手で……」

ユノの偽名をだすと、ハインリヒの表情が固くなる。今日のデートの申し込みの際、取り次いだユノが「シルビアはあきらめたほうがいい」と忠告している。彼を利用するためのお膳立てだ。

「その相手というのは、誰ですか？」

ローズはひと呼吸置き、迷う素振りを見せてからその名を口にした。

ヨハネス・ヴァン・ホフマンこと、ホフマン子爵は、フェルゼン帝国の三将軍と謳われるうちの一人である。武術に優れ、勇猛果敢な戦いぶりを評価されている。気性が激しく豪胆で、色を好むとも聞く。

いかにも紋切り型な武将といった感じの、わかりやすい人物のようだ。ローズは車窓の流れる景色をぼんやり眺めながら、これから会うホフマン子爵の人物評や情報を頭の中でおさらいする。

「パーティーの間、君はハインリヒといてくれ。僕はホフマン子爵の書斎に侵入する」

車から降りる前に、一緒にホフマン子爵邸にやってきたユノが耳打ちした。

「なにを探すんですか？」

「あれ？　オースティン様から聞いてない？」

ユノの言葉に顔がこわばる。

読みもらした指示があっただろうか。それよりも、わざと教えられていないのかもしれない。

「いえ、すみません。聞いてます……」

とっさに取り繕ったが、疎外感に息が苦しくなる。

今回の任務は、ローズに知らされないことが多すぎる気がする。オースティンにいまだ会えないのも、不安に拍車をかける。

初めて「課題」をだされた時、お払い箱にされるのではと危惧したが、間違ってなかったのではないか。

「騒ぎになったらすぐに逃げてくれ。エミリーが荷物をまとめて、駅で待機しているのは知ってるよね」

「はい、わかりました」

再び膨れ上がる疑念に頭がいっぱいで、生返事だった。ユノの話に違和感を一瞬抱いたが、胸に巣食う不安に気を取られ、すぐに忘れてしまった。

滅多にパーティーが開かれない子爵邸には、たくさんの人が集まっていた。金や銀で飾り立てられた少し悪趣味な玄関ホールを抜け、大広間に入る。ここも、無駄に豪奢《ごうしゃ》でギラギラしていた。

「シルビア、それからニコラス。こちらです」

先に会場にきていたハインリヒが足早にやってきて、ユノに恭しく挨拶する。

「紹介の段取りはできています。子爵はパーティー後に話を聞いてくれるそうです」

実は、ハインリヒはホフマン子爵がメイドに産ませた子だった。庶子として育った彼だが、武術の才能に優れていたため、子爵の伝手で十歳の時に下級貴族の養子になり軍に入った。本妻の手前、自分の子にはできなかったが、ずっと目をかけていた。

ハインリヒはシルビアとの結婚のために、このコネを使う決心をした。子爵と繋がりがあるとわかれば、結婚を許してもらえる可能性があると踏んだのだ。

そうなるよう仕組まれたとも知らずに、ハインリヒはローズにとろけるような笑顔を見せる。

「子爵は忙しいので、紹介できるまで少し時間がかかります。それまで、一曲いかがですか？　それとも食事にしますか？」

パーティーが開始してから、ホフマン子爵はたくさんの人に囲まれ挨拶と談笑に忙しそうだ。ローズはダンスをすることにして、ユノとはそこで別れた。

ハインリヒと何曲か踊った後、ふっと大広間を見回すとユノの姿がどこにもなかった。あんなに人に囲まれていた子爵もいない。

「たぶん、どこかで休憩をしてるんでしょう。昔から、堅苦しい貴族の社交があまり好きではなくて、パーティーの途中で抜け出すんです」

今なら紹介して、話をする時間がありそうなので、執事に取り次いでもらってくるとハインリヒが場を離れた。残されたローズは、シャンパンを飲みながらどうしようかと考える。

紹介されても、話なんてない。会っても困るだけなので、ローズも席を外すことにした。シャンパンを置いて、大広間からでる。トイレか裏庭に隠れてやり過ごすかと廊下を歩いている時、記憶にある背中が窓の外に見えた。がっしりした体軀《たいく》のホフマン子爵だ。

彼は暗い裏庭の木々の間に消えていった。なんとなく不穏なものを感じて、窓から外に飛びだし後を追いかける。彼が消えた先には、小屋があった。庭師の道具が置かれたなんの変哲もない納屋で、そこに子爵の姿はない。

だが、隠密技術の高いローズは、すぐに機械仕掛けの存在に気づいた。

壁にかかった鍬《くわ》を引く。カチン、と微かな音がし、床の下で歯車の振動がする。だが、なにも起きないので、足裏で感じる振動をたどって外にでた。

小屋裏に回ると薪が積まれていて、その横の板壁が少しズレて隙間がある。ローズは夜目がきくが、普通の人間なら昼間でも違和感に気づかないかもしれない。板壁をそっと押すと隠し部屋があり、ちょうど床が動いて口を開くところだった。地下へ続く階段が見えた。

手が込んでいる。よほど隠したい秘密があるのだろう。

もしかして、ユノの探し物はここにあるのではないだろうか。書斎ははずれだろう。

ローズは階段を降りながら、気がはやるのを落ち着かせるように胸に手を当てた。

もし、ユノの代わりに探し物を見つけられたら、オースティンに褒めてもらえるかもしれない。与えられた任務を逸脱するが、結果がよければ許してもらえるはずだ。

手柄をあげたい。認められたい。早くオースティン様に会いたい。

頭がそれでいっぱいになっていて、油断した。階段を降りきり、粗末な木戸を開いた瞬間、後頭部に衝撃が走り昏倒《こんとう》した。

だが、意識は割とすぐに戻った。昔から戦闘に慣らしてきた体だ。これぐらいで長く失神していられない。

台かなにかの上に、仰向けに放り投げられる。目を開くと視界が血で染まっていた。動こうにも、まだ頭がぐらぐらしていて起き上がれない。

呻《うめ》くと、ホフマン子爵がこちらを見下ろし、にたりと笑った。

「よくここがわかったな。貴様、ただの女ではないな。ハインリヒに近づいたのも、わざとか。どこのスパイだ？」

答えられるわけがない。ローズは脚を振り上げ、子爵の腰あたりを目がけてつま先を突き出した。

だが、いつもより動きが鈍かったのと、相手が悪かった。

「くっ……！　なんて女だっ！」

ぎりぎりのところで足首を摑《つか》まれ、仕込みナイフが突き出したパンプスを奪われる。しかもそのナイフでアキレス腱《けん》を容赦なく切られた。

ガンッ、と殴りつけられるような激痛に頭が真っ白になる。悲鳴もでない。

ホフマン子爵は、ローズが痛みで動けない隙に体を反転させ、背中で両手首を縛り上げる。まったく迷いのない動きだった。

もう五十歳をすぎているはずだが、衰えを感じさせない。大戦時に戦場を駆け抜け、武勲で伸《の》し上がっただけはある。ローズとはくぐり抜けた死線が段違いなのだろう。

ぬかった。油断していただけでなく、相手の実力をきちんと読めていなかった。

失態に唇を嚙んでいると、ドレスを引きちぎられ下着姿にされる。

「ほう……防刃コルセットか。とんでもない女だな。しかも筋肉のつき方が素人じゃない。プロでもかなりの手練だな」

ローズの体を検分するように視線を這《は》わせながら、コルセットも脱がされ仰向けに戻された。縛られた腕が腰の下になり、胸を突き出すような格好になる。薄いシュミーズは、乳房の形が透けて見え、なにもつけていないのと変わらない。

屈辱に頬が熱くなった。切られたアキレス腱の痛みなんて、どうでもよくなる。子爵をにらみつけると、にたりと笑われ乳房を乱暴に摑まれた。

痛みと嫌悪感に、鳥肌が立った。

「貴様、ロレンソの狗か？　それも和平派の？」

前半は当たりだが、後半は違う。オースティンは推進派だ。それよりなぜ、ロレンソ家内部の派閥争いを子爵が気にするのか。和平派のスパイが子爵を狙う意味もわからない。

ともかく、今はどうにかして逃げなければ。

「まあ、どこのスパイでもいいか。まずは味見をしてから、じっくりと聞き出すことにしよう。ロレンソの狗は、性技にも長けていると聞くからな。さぞ、具合もいいんだろう？」

子爵の野卑な笑いに吐き気がした。だが、今のローズが隙を狙って逃げるなら、慰み者にされている間ぐらいしかない。

ぐっ、と奥歯を噛みしめ顔をそらす。シュミーズの上から乳房を揉みしだかれ、気持ち悪さに体が震えた。

オースティン以外に触られるのなんて初めてで、怖い。

だが、他の番犬たちは多かれ少なかれ、こういう体験をしている。潜入専門のエミリーは、知らない男や女と寝るのも、無理やり抱かれるのもよくあることだと言っていた。弱音なんて吐いていられない。耐えなければ。今の自分にできることをするのだ。

乱暴な愛撫に耐えながら、地下室の中に視線をやる。部屋の隅にある机に、通信機らしきものがあった。軍艦に積まれているような、盗聴を妨害できるような機械だ。

ホフマン子爵は、あれで誰かと秘密裏にやり取りしているのだろう。いったい誰と何をと考えた時、外で大きな爆発音が響いた。地下室も揺れ、子爵が驚いて後ろを振り返る。

今だ。

ローズは体を横に向け、真鍮の腕輪に付いた、飾りに見せかけた突起を背中で押し、手首を軽く振った。腕輪の突起が弾け、鋼線が飛び出す。

「ぐあっ!!　ぎゃあぁ……ぎっ！」

鋼線はホフマン子爵の首にからみつき、締まった。ローズは台から転がり落ち、鋼線をさらに締め上げる。

大きな音がして子爵が床に倒れ、白目を剝いて泡を吹く。どうやら失神したらしい。絡んだ鋼線は腕輪内蔵のカッターで切った。

ローズは体を丸め、足の下に、縛られた腕をくぐらせ体の前に持ってくる。落ちていた仕込みナイフで縄を切り、新たな鋼線をドアノブに飛ばしてからみつかせ、別の突起を押して巻き取る。その勢いで、ローズの体は一気にドアの前まで移動した。

そこからは無事な片脚と腕を使って階段を登り、小屋の外に出た。

「ここから、どうやって逃げれば……」

脚を負傷したのが痛い。これがなければ簡単なのにと唇を噛んでいると、騒ぎになっている邸のほうから声がした。

「シルビア！　シルビアなのか！」

走ってきたハインリヒが、半裸な上に血だらけで這いつくばるローズを見て青ざめる。すぐさま着ていた上着を脱いで、ローズにかけてくれた。

「君が広間にいないから探していて、そうしたらどこかで爆発音がしたんだ。まさか巻き込まれたのか？」

「ええ、まあ……」

ちょうどいいところにきた。ハインリヒを使って、ここから逃げるのが得策だろう。なんと言いくるめようか考えていると、唐突にハインリヒが呻いて地面に倒れた。

背後から、ユノが顔を出す。

「なんてざまだ。こいつがローズを探してるから、まさかと思って追いかけてみてよかった」

ユノはそう言うと、小屋を振り返りなにか察したように「あそこだったのか」と呟いた。

「腕は無事みたいだな。しっかり掴まってろ」

「すみません、ユノ……」

「一つ貸しだな。元気になったら返せよ」

ユノはローズを背負って走り出し、あっという間に邸を脱出して、用意しておいた車に乗って駅に向かった。それから後の記憶は曖昧だった。怪我で熱が出てきたのと、逃げる間に頭を揺さぶられたせいで、また意識が遠のいたのだ。

駅で落ち合ったエミリーが、背負われたローズを見て真っ青になり、なにか言っていたがわからない。列車の個室に入ってからは、ユノに応急手当てをされ、痛み止めを飲んで眠った。

それからどれぐらいたったのか、騒がしくなって目を覚ますと、オースティンが声を抑えて怒りながら個室に入ってきた。

久しぶりに会った主人に、嬉しいよりも怯えた。ローズはとんでもない失態をしたのだ。

「アンヘル、すぐにロレンソの医者を手配しろ。それから新薬もだ！」

「落ち着いてください。既に両方手配して、次の駅で乗り込む予定です。それより、あなたがここにいては目立ちます。帝国での会議を抜け出してきたんですよ。次で下車して、大至急戻ってもらいます」

「わかってるから、黙れ！」

オースティンは突き飛ばすようにアンヘルを追い出すと、狭いベッドに横たわるローズに駆け寄ってきた。

「馬鹿が……っ」

そう言って、ぎゅっとローズを抱きしめた。

「勝手な行動をして、なんて怪我をしてるんだ！　心配させるなっ！」

「ご……ごめんなさい」

「脚は大丈夫だ。グラナティス代表団の医者の中に、うちの者を連れてきていて、新薬エリエゼルも持ってきていた。その医者が、新薬を扱えるから心配ない。脚は元通りになる」

頭ごなしに怒られ、首にされるのではないかと思っていたローズは呆然とした。抱きしめる腕も言葉も優しくて、鼻の奥がツンと痛くなる。

「無事でよかった……本当によかった」

いつも冷静で、怒ったとしても泣いているところなんて見たことのないオースティンが、声を震わせていた。呼吸も、泣くのを堪えてでもいるように苦しそうだ。

捨てられるどころか、こんなに心配されていた。

「ごめんなさ、い……私、わたし……うっ」

涙がぼろぼろとこぼれ、しゃくり上げる。

「なにがあったかは、落ち着いてから聞く。今はゆっくり休みなさい」

止まらない涙に息が苦しい。頭がぼんやりする。

もっとオースティンと一緒にいたかった。けれど、彼から口移しで薬を飲まされると、再び意識は遠のいていった。

第七章

「さて、話を聞かせてもらおうか？」

優雅に脚を組んで座るオースティンに笑顔で見据えられ、ベッドに起き上がったローズは、怖くなってうつむいた。とても怒っている時の表情だ。

「も、申し訳ございませんでした……」

ここはフェルゼン帝国の隣国、アンブラの首都だ。国の南部、海に面した場所で、寒冷地である帝国の首都に比べて温暖な地域である。ローズが入れられたのは病院の特別室で、窓の外は紅葉した木々が美しく、柔らかい昼の陽射《ひざ》しに満ちている。

鉄道でアンブラにきたのは二週間前。ホフマン子爵邸での騒動から、二日後のことだ。ローズはユノとエミリーに付き添われて、すぐにこの首都病院に運び込まれた。鉄道内で、ロレンソの医師に手当てされ新薬エリエゼルも投与されたが、アキレス腱の手術はまだだった。すぐに手術がおこなわれ無事に成功したが、そこから数日、高熱で寝込んだ。

新薬エリエゼルは、傷ついた細胞を内側から修復する時、膨大なエネルギーを使う。その影響で、発熱したり眠り続けたりという副作用がでるのだ。

おかげで熱が下がって目を覚ますと、もう傷は塞がっていて、ギプスなしでも普通に歩けるようになっていた。そこからリハビリをして、今は普通の運動なら問題なくできるようになった。ただ、医者と看護師の指導のもとでしか運動を許されていないので、リハビリのない間はベッドで安静にしていないといけない。

以前のように激しく動けるようになるには、まだ時間がかかる。医者は二ヵ月ぐらい必要だと診断した。

この二週間、オースティンはというとフェルゼン帝国で国際会議に出席したり、ホフマン子爵邸事件の後始末に奔走していたらしい。

そして今日、この病院にやってきた。

「ユノとエミリーからだいたいの経緯は聞いた。エミリーは自分の過失で、ユノは自分の不注意だと言っている。だからローズを怒らないでくれと、二人に頭を下げられたぞ」

嘆息するオースティンに、ローズはうなだれて首を振った。

「いいえ、悪いのはすべて私です……」

二人は入院中、任務もあるのに交代で看病してくれた。その間に、どうしてこの事態に陥ったのか話し合った結果、連絡ミスがあったことが発覚したのだ。

エミリーを介して渡される指示のうち、一通が手違いでローズに届いていなかった。手紙はエミリーのエプロンのポケットからでてきた。その内容が、『目的は子爵邸での騒動だ。君は逃げるだけでいい』というものだった。始めから、子爵邸で探し物なんてなかったのだ。

ローズもこの指示を知っていたら、あんな無茶はしなかっただろう。もしくは、ユノと話が噛《か》み合わなかった時点で、嘘《うそ》をつかずに話を詰めていたら判明した。ユノは自分の配慮が足りなかった、不注意だったと反省していたが、悪いのは思い込みで行動したローズだ。

「指示が一通届かなかったのは、たしかにエミリーの過失かもしれません。ですが、そもそも私が命令に背かなければこんなことにはなりませんでした。功をあせって油断して、みんなに迷惑をかけて、本当に申し訳ございませんでした」

ユノに、なぜ命令にないことをしたのかと聞かれ、答えられなかった。オースティンに会えないのが不安で、基本的なことも守れなくなっていたなんて恥ずかしくて言えない。

そんなローズに、「オースティン様は、番犬が安全に任務を遂行できるよういつも計画している。だから、命令内のことをしていれば間違いがないんだよ」と諭すようにユノは言った。他のロレンソ家の人間は、平気で番犬に無茶な命令をする。それで命を落とす仲間は珍しくない。

だが、オースティンの首輪付で、彼の命令しか受けたことがないローズは、ユノの言うことがどれだけすごいか自覚がなかった。

エミリーは、オースティンの下で働くようになってから、危ない任務が減り、体がとても楽になったという。たまにオースティンの仕事を手伝うユノも同じだそうだ。

しかも、危険が少ない上に成果が多い。オースティンが若くしてロレンソ家当主になれたのは、実力なのだ。

番犬たちからの信頼も厚かった。「損失になるからだってオースティン様は言うけど、なるべく怪我をしないように計画し準備してくれるんだから、優しい方だよ」とユノは語った。一度でもオースティンと仕事をした番犬は、彼の配慮に感動するらしい。

その話を聞いて、ローズは自分のことのように誇らしくもあったが、ああやっぱりと消沈した。

いつも危険の少ない任務ばかりで、信用されてないのだろうかと悩むこともあった。いつまでたっても子供扱いされている。もう首輪付になったばかりの頃の歳《とし》ではないのに。もっと危ないこともできるのに、甘やかされているのだろうかと不満だった。

だが、優しくされていたのは自分だけではなかった。他の番犬と同じ。オースティンは平等に、危険が少なくなるよう仕事を割り振っていただけ。

ローズは「特別」ではなかったのだ。

なにを期待していたのだろう。甘やかされるのは嫌なのに、特別でなかったとわかると落胆するなんて矛盾している。

ぽっかりと空いた胸の穴に、冷たい風が吹き抜けていく。この気持ちは、なんていうのだろう。

ぎゅっ、と毛布を握り込み頭を下げる。

「申し訳ございませんでした。自分を過信し、思い上がっていました」

「頭を上げなさい。反省して自覚があるなら、もういいんだ。二度とこんなことがないようにしてくれ。連絡がきた時、心臓が止まるかと思った」

オースティンの言葉に、じわり、と目に涙がにじむ。心配されて嬉《うれ》しいのに、情けなくて悔しかった。

他の番犬も同じように心配し、優しい言葉をかけるのだ。もしかしたら、鉄道の個室に駆け込んできた時のように、抱きしめたりもするのだろうか。

じりじりと胸の奥が焼ける。仲間である番犬に嫉妬している自分が嫌だ。頭は上げたけれど、恥ずかしくてオースティンの顔を見られなかった。

そんなローズの頭を、オースティンがくしゃりと撫《な》でる。

「なんで命令外のことをしたのか、だいたいは察してる。私がいたらなかったせいだ……寂しい思いをさせて悪かった」

オースティンに謝らせてしまった。そんなこと望んでいなかった。

「悪くありません！　オースティン様はなにも！」

毛布を跳ねのける勢いでオースティンのほうを向く。なにかフォローしなければと、身を乗り出した勢いでベッドから落ちそうになった。反射的に床に足をつくと、怪我をしたほうだった。急な動きについていけず、足がもつれる。

「危ないっ！　なにやってるんだ！」

椅子に座るオースティンに抱きとめられ、膝の上に抱き上げられている。

「まだ急に動いたりしたら駄目なんだろう？　気をつけなさい」

「す、すみません……あの、もう大丈夫です」

真っ赤になって、オースティンの腕の中でもがく。けれど放してもらえず、抱きすくめられていた。

「いや、しばらくこのままでいたい」

オースティンの低くて艶のある声が耳元でして、どきりとした。これに似た声を聞いたことがある。デートの時のハインリヒだ。

あれと同じということは……。いや、なにを勘違いを、と混乱する。

「嫌か？」

ローズを求めて絞りだされる、熱を孕《はら》んだ声。それと吐息。視線を上げると、とろけるように甘やかな青い目に捕まる。

ぼうっとしながら、嫌ではないと首を振る。オースティンの目が、細く優しく微笑む。

いつもはどこか突き放すようなアイスブルーの瞳なのに、どうしてしまったのか。

今はなぜ、こんなにもローズを欲してくれているのだろう。まるで恋い焦《こ》がれているみたいだ。

「ローズ……」

見つめているのが恥ずかしくなって目を閉じると、唇が重なった。優しくついばむような口づけを繰り返され、体の力が抜けていく。

しがみつくと、口づけが深くなる。ゆっくりと入ってきた舌がからまる。くすぐるような動きでローズの唇や舌や口腔《こうこう》を愛撫《あいぶ》して、呼吸をからめとっていく。甘い眩暈《めまい》に、くらくらした。

「……んっ、あぁ」

喉が震える。心臓がドキドキして、口づけだけで体の奥が疼《うず》いた。

これまではどちらかというと、性急で奪うような繋がり方が多かった。乱暴ではないけれど、最初からこんなに甘ったるく扱われた記憶はない。

白い病院着の上から胸をまさぐられ、ボタンを外される。脱ぎ着がしやすいよう、前を合わせてあるだけの病院着が簡単にはだけ、肌が露になる。下はショーツしか身につけていなかった。

「あっ……ひゃ、ん！」

唇が首筋をすべり、大きな手で乳房を包み込むように揉《も》まれる。

いつもと違って、くすぐったい。愛撫が優しすぎるせいだ。むずむずするような快感に体が震えて、呼吸が浅く、甘くなっていく。

もどかしいのに、刺激が強い。もっと乱暴にされたほうが楽かもしれないと思うぐらい、感じている。

「んっ、はぁ……ッ。あぁっ、やぁっ」

腰を抱き寄せていた手が、腰骨を撫で下ろして、脚の間に入ってくる。ショーツはもうぐっしょりと濡《ぬ》れていて、あふれた蜜が病院着も汚している。

恥ずかしくて膝を閉じようとするが、内側の敏感な場所を撫でるように指が侵入してくる。もうそれだけで、蜜口がびくびくと痙攣《けいれん》して力が入らない。

指が、ショーツの上をすべる。肉芽を撫で、襞《ひだ》を押し開くようにくちゅくちゅとかき回す。待ちわびていた刺激に、体が跳ねる。

「あっ、あぁ……っ！　もっ、だめ……ッ」

まだそんなに愛撫もされていないのに、達していた。急にやってきた絶頂の波と、熱が弾けた余韻で息が上がる。

耳元でオースティンがくすりと笑い、「いつもより早いな」と揶揄《からか》ってくる。羞恥で真っ赤になっていると、ベッドに優しく寝かされた。

病院着とショーツを脱がし、オースティンが覆い被さってくる。心臓の鼓動が跳ね上がった。

口づけられ、手が体中を這う。まるで宝物に触れるみたいに丁寧に愛撫され、すぐにまた体が疼いてくる。優しさがもどかしいのに、こうされるほうが肌が敏感になっていくのが不思議だった。

ただ手を置かれているだけでも、そこからじわじわと快感が広がって息が乱れる。びくんっ、と体が跳ね、中からとろりと蜜があふれてしまう。

手だけでなく、唇も愛撫に加わり、ローズの腰が無意識に揺れた。

「あっ、あぅ……ひぁ、だめですっ。そんなっ、もう……っ、あんっ！」

激しくされているわけでもないのに、体がどんどん敏感になって感じてしまう。肌に当たるオースティンの吐息にも、脚の間が濡れ蜜口が震える。じんじんと、痛いぐらい疼く。

オースティンの指が触れただけで、その先を期待して、びくんっと中が痙攣する。指が入ってくると、甘く震えて締め付けた。

「はぁん、あぁんっ！　やぁっ……！」

気持ちいい。体が疼いて止まらない。

無意識に腰が揺れる。もっと中をめちゃくちゃにかき回してほしい。でも、もっと違うもので中を満たされたかった。

じれったさに腰をくねらせ、ねだっていた。

「あんっ……ぁ、オースティン様っ！　もっ……ほしい、です……ひっ、あぁっ！」

オースティンが「仕方のない子だ」と言って指を抜く。その中をこすられる感触に、背筋が甘く粟立った。

押し当てられる熱に、蜜口がいやらしく吸いつく。ゆっくりと入ってきた塊に、背筋が反り、切れ切れに喘《あえ》ぎ声がもれた。

「あ、あ……ぁ。ひぁ……！　やぁ、だめ……うごいてください」

すべて収めて動きを止めたオースティンに、懇願していた。

濡れそぼった中が、痺れるように感じている。びくびくと中が激しく動いて、次の快感をほしがっている。動いてくれないと、おかしくなりそうだった。

我慢できなくて腰をよじると、それだけでも気持ちよくて、全身が甘く痺れる。足腰から力が抜け落ち、すぐに動けなくなった。

「オースティンさま……ぁ」

涙混じりの甘ったたれた声が出る。

「ローズ、可愛い。食べてしまいたいよ」

そう言うと、オースティンが動き出した。ローズの腰を摑《つか》み、激しく突き上げる。

「ひゃっ、ああンッ！　あっ、あっ、いい……！」

望む快感を与えられ、嬌声が止まらない。何度も中をえぐられるようにかき回され、ぐちゅぐちゅと濡れた音が響く。気持ちよすぎて、なにも考えられなくなる。

そうやって繰り返される愛撫と突き上げに、何度達しただろう。最後に、意識をさらうような快感の波が襲ってきて、中でオースティンの熱が弾ける。まだ完全に体力が戻っていなかったローズは、限界だった。甘い余韻にたゆたい、落ちていく。

「ローズ……あいして……」

すべてが闇に沈む寸前。遠くに聞こえる言葉を、ローズは摑みそこねた。

欲していた言葉なのに……。

そんな焦燥感もなにもかも、とぷん、と眠りの沼底に沈んで消えた。

満ち足りた気持ちで目覚めると、窓の外は美しい夕焼けだった。

もう帰ってしまったと思っていたオースティンが、ローズの足元に腰掛けている。

じっ、とローズの足首を見つめる横顔は、逆光のせいもあって暗く沈痛だった。

縫合の痕を見ているのだろう。

「もう、痛くないので大丈夫です」

心配するオースティンの気持ちを、少しでも軽くしたくてそう言った。

「だとしても、痛そうだ。痕も残るそうだし」

オースティンは傷から目を離さず、足首に手を伸ばした。

「傷痕なら、他にもたくさんあります。綺麗に縫ってくれたので、今の見た目よりも痕は薄くなります」

「そういうことじゃないんだよ」

ふっ、と寂しげに笑い、オースティンは指先で傷痕を撫でた。

背筋がぞくっとする。数時間前にされていた愛撫を、一瞬思いだす。快感を拾いそうになるのを堪え、話をそらした。

「あの……そう言えば、ホフマン子爵はどうなったのでしょうか？　邸の爆破事件も」

ユノが受けた任務は、子爵邸で騒ぎを起こして軍部の捜査官を動かすことが目的だった。狙いはホフマン子爵の失脚だ。

子爵は、いろいろと後ろ暗い秘密があるらしい。狙い通り、今回の騒動でそれが明るみになったと、リハビリ中にユノから教えてもらった。その後の展開は知らない。

「昨日までは国際会議があったから、各国の目を気にして大事にはせず、ただの事故として一旦処理されたよ。だが、子爵は逮捕勾留され、会議が終わった今日あたりから、軍法会議にかけられるだろうな」

「子爵はなにを隠していたんですか？」

ユノに聞いたが、彼も詳細は知らなかった。ただ、捜査の手が入れば、すぐに露見することらしい。

「子爵は故意に他国と戦争を起こそうとしていたんだよ。軍部の権力が強い帝国だが、そんなことをされて外にもれたら、国際問題になる。今は戦争より、会議をして平和的に解決していくのが世界の流れだしね。帝国も、大戦での傷がまだ癒えていない。だから戦争を起こそうとする子爵は、大罪人として裁かれるだろうな」

「戦争を起こしたかったんですか？　子爵になんの利益が？」

「彼が、大戦で功績を上げて出世したのは知っているだろう？　戦場での戦闘力や判断力で伸し上がった子爵は、智略《ちりゃく》や政争が中心の平和な世の中では力を発揮できず、派閥も弱体化していたんだ。そこで、また戦争が起これば活躍できると単純に考えたらしい」

そういうことかと頷《うなず》いてから、ふと、ローズは首を傾げた。

「さすがに、一人で戦争を起こそうとしていたわけじゃないですよね。仲間は誰だったんですか？　子爵は、私のことを和平派の番犬と勘違いしていました。もしかして……」

「そういえば、ハインリヒも逮捕勾留されている」

ローズの言葉をさえぎって、オースティンが言った。

「え……ハインリヒが？」

頭が真っ白になる。ふと思いついた疑問も消し飛んだ。

「失神している彼が見つかったのは、隠し部屋がある小屋の前だった。そして隠し部屋からは、何者かに襲われて意識のない子爵が見つかったからな。彼も、子爵と共謀していたのではないかと、疑いがかかっているんだ。出自のこともあるからね」

「そんな……」

愕然《がくぜん》として言葉がでない。

ハインリヒが小屋の前にいたのは、ローズのせいだ。きっと彼は子爵の秘密は知らないはず。そういうことに加担するタイプでもない。

「あの騒動後に消えた怪しい人物は君とユノだ。子爵の仲間か敵かわからないが、スパイだろうと帝国は判断している。ハインリヒが君に求婚していたのは周知の事実なので、色仕掛けをされ機密をもらしたのではないかという面でも責められるだろう。かなり重い罪に問われる可能性がある」

ホフマン子爵は極刑になるだろうと、オースティンが付け加えた。

ぞっ、として手が震えた。最悪、ハインリヒも子爵と同罪になるかもしれないのだ。

「それなのに彼は、事情聴取で君のことを黙秘しているそうだ」

「そんな、なんで……！」

驚いて顔を上げると、オースティンが無表情でこちらをじっと見つめていた。なにを考えているのだろう。感情のないアイスブルーの目に見据えられ、体が凍りつく。

「彼は君のことをまだ好きなんだろうな。騙されていたと知っても、君に害が及ぶかもしれないことを言いたくないのだろう。このままなにも喋らなければ、拷問もあり得るかもしれない」

指の震えが大きくなる。毛布を強く摑んでも止まらない。

ハインリヒのような人間を騙して利用するということが、どういうことかわかっていなかった。きっとユノやエミリーはわかっていたはずだ。こうなる覚悟もしていただろう。オースティンの首輪付で、戦闘力では優秀でも、自分はまだ精神的に未熟だったのを思い知る。「課題」はこんなローズを自覚させるためのものだったのかもしれない。

「彼のことが心配か？　助けたいか？」

心配しないわけがなかった。ハインリヒと過ごした時間は楽しいものだった。友人になりたいとさえ思ったのだ。

だからといって、彼を助けてほしいなんて頼めない。ロレンソ家の力があればできるかもしれないが、ホフマン子爵失脚を画策したオースティンに危険が及ぶことだってある。ローズが単独で助けにいくのも同じだ。なにかあればオースティンに迷惑がかかる。

相変わらず、氷のような目でオースティンがこちらを見ている。なんと答えるか試されている気がした。

「……いいえ。仕方のないことです」

視線を落として、声を絞り出す。オースティンの目を見て言えなかった。

しばらくしてオースティンの溜め息が聞こえ、「そうか……」という微かな呟きが床に吸い込まれるように消えた。

「そろそろ帰る。なにかあったら連絡しなさい。必要なものはなんでも揃えよう。グラナティスには一週間後に戻る。それまで、ゆっくりと療養しなさい」

オースティンはベッドから立ち上がり、コートをはおった。そのまま出ていきかけて、ドアの前で「そうだった……」と踵を返して言った。

「ローズ、次の課題だ。恋をしなさい」

こちらを向いたオースティンは笑っていた。だが、その目は硝子《ガラス》のように透き通っていて、なにを考えているのかローズには読み取れなかった。

今回の「課題」に期限はなかった。好きになる相手は、年齢も性別も問わない。ただし、オースティンを選ぶのは駄目という条件だった。

オースティンに関係するものを除外されるのはいつものことだ。なのに今回は、そう言われて迷子にでもなったように不安になった。

ベッドでの甘ったるさは夢だったのか。「課題」をだしたオースティンに距離を感じた。

急に作られた壁に戸惑っていると、オースティンは仕事が立て込んでいると帰っていき、その後、見舞いにくることもなかった。

置き去りにされたような気持ちのまま、ローズはぼんやりと恋について考えた。

難問だった。恋がなにかは知っているが、自分には関係ない、必要ない感情だと思っていた。オースティン以外の誰かのことを考えるなんて無理だ。ましてや、それで心が乱されるようなことになったら、任務遂行に支障がでてしまう。

なのにオースティンは恋をしろと言う。

もう、使い物にならないと思われているのだろうか。縫合の痕を見て、不安になる。恋をさせ、オースティン以外に目を向けさせ、番犬を辞めさせる気なのではないか。

ロレンソ家の医者は大丈夫だ、治ると言っているが、新薬エリエゼルの臨床はまだ完璧ではない。絶対はないのだ。

今の感じだと、普通に生活して運動するのに困らないぐらいまでなら、完璧に快復するだろう。激しい運動もできそうなのは、感覚でわかる。

だが、ローズは激しい運動以上のことをしている。特殊なのだ。

もう、前ほどの力を発揮できなくなるかもしれない。それが怖かった。

こんな状態で恋なんて、どうやってすればいいのだろう。できるわけがないし、恋なんてしたくない。

けれど、オースティンからだされた課題をローズは無視できなかった。そういうふうに育ったのだ。命令ではないが、課題は任務みたいなもので、ローズにとって拘束力がある。

恋する乙女のように溜め息をついて窓の外を見ていると、病院の医者や看護師にどうしたのかとよく聞かれた。リハビリの合間の雑談で、「恋とはなんでしょうか？」と質問もしてみた。自分は恋をしたことがないからわからないのだと告白もした。

すると、ほとんどの相手が「じゃあ、試しに付き合ってみない？」と誘ってくるのには驚いた。アンブラの人間は老若男女問わず情熱的な人が多く、すぐにナンパしてくるとは聞いていたが、想像以上だ。しかも、性別関係なくデートに誘われた。

そういえば、オースティンがだす課題は、その時に滞在する国の特色に沿ったものが多かった。

アンブラだから恋だったのだろうか。なら課題は怪我と関係ないのだろうか。そんな期待と不安の狭間《はざま》でゆらゆらしているうちに、一週間がすぎた。

アンブラからグラナティスは近く、船で三日ほどの移動だった。その間、船上でオースティンに会う機会はあったが、忙しいらしく、ほとんど話しはできなかった。グラナティスのロレンソ邸に戻ってからも同じで、「仕事はしばらくないから、きちんとリハビリと療養をしなさい」と優しく突き放される。

距離を置かれているのだろうか。勘違いであってほしいけれど、明確な壁を感じるようになったある日。珍しく、オースティンから書斎に呼び出された。

「ハインリヒの新しい住所だ」

喜び勇んで駆けつけたローズは、手渡された紙片にぽかんとした。仕事の話ではないとわかってはいたが、あまりにも意外だった。

「グラナティスにいるのですか……？」

紙片に書かれた住所を見て、目を見開く。オースティンを見上げると、少し疲れたような微笑みが返ってきた。目の下にクマができている。

「ホフマン子爵は極刑になったが、ハインリヒは証拠不十分で、極刑はまぬがれたらしい。その代わり、国外追放になった。こっちに実母の遠縁がいて、軍部で働いている。その伝手でこちらに渡ってきて、軍人として働く予定らしい」

ハインリヒの身分は移民だという。移民は、多額の権利金か従軍することでグラナティスの国籍を手に入れられる。

従軍は、グラナティス共和国に忠誠を誓うことを宣言し、何年か働いて問題がなければ帰化できる。他の方法より確実で、短期間でグラナティスの国籍を得られる。ただ、一般人に従軍はつらく、コネがないと危険な仕事ばかりさせられるので希望者は少ない。元軍人で、軍に伝手のあるハインリヒは幸運だ。

「会いたいなら会ってきなさい。帝国と縁の切れた彼になら、なにがあったか話してもかまわない。気の済むようにするといい」

そう言って、オースティンが背を向けた途端、わかってしまった。

彼が手を回してくれたのだ。でなければ、こんな都合よく展開しない。忙しかったのも、目の下にクマがあるのも、これのせいだったのだ。

避けられていたわけではなかった。ローズのために動いてくれていた。オースティンはやっぱり優しくて、度量が広い。

「あ……ありがとうございます。助けてくださって、本当にありがとうございます！」

勢いよく頭を下げていた。

「住所を調べただけだ。早くいきなさい。私も仕事があるんだ」

背を向けたまま、オースティンが手を振ってでていけと示す。ローズはもう一度、深々と頭を下げてから書斎を飛び出したのだった。

第八章

「ローズ、好きだ。恋人になってほしい」

クライミングの訓練後、汗を拭っていたローズは、ぽかんと口を開いた間抜けな顔でハインリヒを見上げた。驚きに瞬きすると、彼はあせったように頬を染めた。

「こんな場所で、唐突にごめん。頑張っている君を見ていたら、なんだか気持ちが昂ってしまって」

ローズとハインリヒは、軍の訓練施設にいた。山岳警備をする陸軍が使う、クライミング用の壁があるこのエリアには、今は二人しかいない。走り込みをしている軍人の掛け声と足音が、遠くで聞こえるだけだ。

「あの……本気なんですか？　私は以前、あなたを騙《だま》したんですよ？」

「本気だ。騙されたのはショックだったが、やっぱり君が好きだと思った」

「ですが、本当の私は淑《しと》やかな令嬢ではありません。危険な仕事をする、男性が好まないタイプの女性ですよ？　騙した時の私の演技に惚《ほ》れていて、シルビアのようになってくれと言われても無理です」

素のローズが好きだとは思えなかった。シルビアの時と混同して、その気持ちを引きずって告白したのではないだろうか。

だが、ハインリヒはきっぱりと首を横に振った。

「違う。シルビアよりも、今の君のほうが好きだ。俺は淑やかな女性より、活発で、真剣になにかに打ち込んでいる君のほうが魅力的に見える。カッコいいとも思う。以前より、もっと気楽に話せるようになって、君と話していると気持ちがほぐれるんだ」

はにかみながらそう言うと、ハインリヒはもう一度、告白してきた。

「友人として一ヵ月付き合ってみて、この想いがよりたしかなものになったんだ。だから、まずは恋人になってほしい」

ローズは眉根を寄せ視線を落とした。

一度は騙したのに、また告白をしてくれた。こんなにもローズを求めてくれた人は初めてだ。真剣に返事をしなくてはいけない。

ハインリヒとは、再会してすぐに和解している。すべてを話して謝罪したローズに、気にしなくていい。かえってすっきりしたと彼は語った。

実の父ではあるが、ホフマン子爵のことは嫌いだったそうだ。彼の母は、子爵に無理やり抱かれて妊娠し、本当に愛していた恋人と別れた。それを母はずっと恨んでいたそうだ。けれど、ハインリヒのことは愛情を持って育ててくれたという。

そんな経緯があり、子爵の女癖の悪さを嫌悪していたので、半裸で傷だらけのローズを見た時、まさかと思ったそうだ。だから、子爵が極刑になったことに心は痛まないという。国外追放にはなったが、母も亡くなっていたので心残りはない。身軽になれて清々しい気持ちだそうだ。

　それからハインリヒとは友人として、たまに会うようになった。

　ローズはちょうど怪我のリハビリ中で、訓練できる場所を探していた。養成所に、安全に使用できる訓練場所はあるが、将来の番犬候補の子供たちが使用している。番犬たちはというと、仕事以外で体を鍛える時はロレンソ家所有の山にこもったりするが、リハビリ段階のローズがそこで訓練するのはまだ危険だった。オースティンと医者からも禁止されている。

　その話をハインリヒにしたところ、軍の訓練施設はどうかと紹介された。ロレンソ家の番犬なら、上に掛け合えば許可がでるのではという。

　そこでハインリヒの上官が、シリウスだと発覚した。オースティンが手を回したことは明らかである。おかげで、ローズの施設利用の許可はすぐに下りた。

　今日は、クライミングで上半身の筋肉を鍛えながら、足がどれだけ使えるか試していた。ハインリヒは、仕事の合間にランチの差し入れを持って様子を見にきてくれたところだった。

「ハインリヒ、あの……ごめんなさい。私は、誰かの恋人になれる人間ではありません」

　頭を下げると、「それはどういう意味?」と硬い声が降ってきた。

「俺だから駄目だって意味じゃないよね？　他の相手でも駄目ってこと？」

「はい。そうです」

ハインリヒが顎に手を当て、難しい顔で黙り込んだ。

「どういうことか聞いてもいいだろうか？　その返答では納得できないし、君をあきらめられない」

「……わかりました。長くなるので座りましょう」

休憩用のベンチに、並んで腰を下ろす。

「私はロレンソ家の番犬です。番犬がどんな仕事をするかご存知ですか？」

「ああ、聞いたことはある。ロレンソ家の人間の護衛以外に、スパイや暗殺、情報収集。それから……色仕掛けとか」

最後、言いにくそうに声が硬くなる。ハインリヒも引っかかってはいるのだろう。

「私もそういう……色仕掛けをするかもしれません。現に、あなたを騙した行為も体を使ってないだけで、色仕掛けになります」

「それはそうだが、君はロレンソ卿《きょう》の護衛だよね。あの任務は、いつもならやらないものだって言っていたよね？」

なにがあったかすべて話した時、そんなことを言った記憶がある。そこに望みを持っているのだろうか。

普通の男性なら、番犬の仕事内容や立場を知っていてローズを好きになったりしない。

ハインリヒとて、はっきりと現実をつきつけられたら引くだろう。

「たしかに色仕掛けと言えるような任務は、あれが初めてです」

見上げたハインリヒの顔に、ほっとしたような表情がやどる。だが、すぐに凍りついた。

「ですが、私はオースティン様と体の関係があります。十八歳から、不定期ですが現在まで続いていて、求められれば応じます」

できるなら言いたくなかった。彼と友人を続けていくのに、余計な偏見や憐《あわ》れみを挟みたくないからだ。けれど、恋人として求められ、理由を聞かないとあきらめられないと言うなら、話すしかない。

「私は、オースティン様を主としてお慕いしています。この仕事を辞める気はありません。だからもし、ハインリヒと恋人になったとしても、オースティン様に求められたら抱かれます。命も、オースティン様に捧《ささ》げています」

もし恋人ができても、ローズの中でオースティンより優先されるものはない。オースティン以上の存在が現れるとも思えなかった。

「だから、ごめんなさい。恋人にはなれません」

もう一度、深々と頭を下げる。これであきらめてもらえると思った。ただ、友人としても終わりかなと、寂しくなる。

「……待ってくれ。それは合意なのか？」

「え……？　もちろん合意です」

硬い表情のまま、ハインリヒが続ける。

「合意だといっても、君とロレンソ卿は主従関係だ。拒否できないだけじゃないのか？」

「いいえ、そもそもオースティン様は私をあまり抱きたくないのです。最初も、いろいろな事情がありまして、私のほうからお願いして抱いてもらったのです」

「え……それって？」

ハインリヒが不可解な顔で首を傾げる。唇の端が引きつっている。

「抱きたくないっていっても、実際は抱いてるんだろ？　それは矛盾している。それにロレンソ卿は色っぽいゴシップが多い人だ。それなのに君とも関係があるなんて、どうかしている」

「いいえ、別に恋人でも配偶者でもないので、浮気などには当たりません。ゴシップの相手も、割り切った関係です。利害が一致しているだけで、体の関係がなかった方もいます。法律でも、婚姻や婚約関係でない男女が何股かけようと罪には問われません。なので問題はないはずです」

「ちょっと待ってくれ。混乱してきた……」

額を押さえてうつむき、ハインリヒが唸る。そのうち髪を掻《か》きむしり、ぶつぶつと独り言を言い出した。

「ゴシップ相手は、当人同士で納得しているならいい。大人だものな。だが、君は違うだろう？」

「私も大人です。関係を持ったのも十八歳で、未成年ではありませんでした」

グラナティス共和国は十八歳から成人と認めていて、結婚できるようになる。ただ、就業や性的関係を持つのに、明確な年齢制限を定めた法律はまだない。

強制労働や強姦《ごうかん》などはよくないが、合意であるなら「子供になにをさせているのだ」と言われて、世間体が悪いぐらいだ。貴族や金持ちなら隠蔽しているので、噂《うわさ》にもならない。

「たしかにそうだが、子供の頃からロレンソ卿に仕えていた。そういう特殊な環境で育っていて、合意というのは無理があるのではないか？」

ロレンソ家も、隠蔽する貴族や金持ちと同じなのはローズもわかる。

だが、根本的に違うところがある。番犬候補として養成所に連れてこられた子供たちは、きちんと食事をもらい、綺麗《きれい》な服とベッドを与えられ、躾《しつけ》や勉強をさせられる。養成所を卒業したら、なにかしら仕事を与えられ、死ぬまで面倒をみてもらえるのだ。給与体系もしっかりしていて、その職業の相場より金額も多い。

貴族や金持ちにこき使われたり、囲われたりして使い捨てにされる子供たちとはまったく違うのだ。

そう説明するが、ハインリヒは納得してくれなかった。

「いや、それは……丁寧に洗脳されているだけなのでは？　ともかく、間違っている！　ローズ、君は都合よくロレンソ卿の相手をさせられているだけだ！」

そう言ってハインリヒが拳を握ると、ちょうど軍の昼休憩終了の鐘が鳴った。仕事中のハインリヒは戻らなくてはならない。

「俺は話を聞いて、やっぱりあきらめられないと思った。また、ゆっくり話し合おう。ロレンソ卿とも話したい。じゃあ、無理をしないで頑張ってくれ」

ハインリヒはそう言い残して帰っていった。

「話し合うって……なにを？」

考えを変える気も、オースティン優先をやめる気もないローズは首を傾げる。もちろん、一般的な倫理観と常識を持ったハインリヒと、恋人になれるとも思えなかった。

ただ、ほっとした。今日で縁は切れなかった。また会えるのだと思うと、自然と笑顔になっていた。

＊

「今日もあの男と会うのか？」

カーテンの隙間から、窓の外を見下ろす。ローズが門に向かって歩いていくところだった。

今日は、灰色や黒のドレスではなくベージュの小花柄のドレスで、年相応に似合っていた。髪も一部編み込んで花飾りを挿し、あまった赤毛はたらしている。手荷物も小さく、リハビリの訓練にいくのではないとひと目でわかる。

「はい。街のカフェでハインリヒ様と会うそうです。ドレスを貸したエミリーから聞きました」

「ふむ。デートならいいドレスの選択だ。ハインリヒも喜ぶだろうな」

「強がりですか？」

アンヘルが紅茶をつぎ、書斎机に置く。淡々と嫌味を言うので、ティーカップの中身をぶっかけてやろうかと思った。

「そろそろ潮時だと思っている。怪我の状態もよくなってきたみたいだしな」

ローズが任務に失敗し、怪我をしたという一報を受けたのは国際会議の最中だった。なんと言って抜け出したか憶えていないが、アンヘルが取り繕ってくれたらしい。

生きた心地がしなかった。なにか計画に手違いがあったのかとあせり、自分を責めた。

オースティンの計画は、いつも綿密に練っている。番犬が安全に任務遂行できるようにと、情報が漏洩《ろうえい》しないようにの二点に、特に気を使う。

仕事は細分化されるほど危険が少なくなる。同時に、なにを目的にこの仕事をさせられているのか、番犬本人もよくわからず全体像を摑《つか》みにくくなる。それが目的だった。

現在のオースティンがかかえる番犬の人数は、ロレンソ家の中で一番多い。だが、昔はオースティン一人に仕えてくれる番犬はアンヘルとローズだけで、人数のいる任務の場合は他から借りてくるしかなかった。

他の主に仕えている番犬は、どんな仕事をさせられたか主人に聞かれたら話してしまう。オースティンの手の内が筒抜けになるので信用できない。ならば細分化して分かりにくくすればいい。細分化後は任務の安全度も上がった。

結果、安全に効率よく成果を出すことができ、ロレンソ家の中で頭角を現せた。手伝いにきてくれた番犬からの評価まで上がったのは、意外な副産物だった。

そんなオースティンの計画において、ローズの安全は最優先されていた。注意を怠ると、能力の高さ故に力で押し切ろうとしてしまう彼女は、危なっかしい存在だった。

今回は、オースティンとの接触が極端に少なかったのと、彼女の自我が目覚めだしたのが問題だったのだろう。不安定になっていたローズが暴走してしまった。オースティンの責任だ。

よかれと思って距離を置いたのだが、任務のない時にすればよかった。けれどあの任務は、ローズにオースティン以外の男性と触れ合わせるのが目的でもあった。

「ハインリヒはどんな様子だ？」

二人には番犬の監視をつけていて、会話は筒抜けだった。ローズは気づいていそうだが、ハインリヒは知らないだろう。

「ローズの説得を試みていますが、うまくいっていないようですね。そのうち、邸《やしき》に押しかけてくるでしょう」

「そうか……」

紅茶を一口飲む。あまり味がしなかった。最近は、なにを口にしてもこんな感じだ。アンヘルが毒味をしているのに、変な味がする時もある。

精神的なものだろう。アンヘルに話したら「あなたも恋の病には勝てないのですね」と言う。本当に嫌な奴だ。

今までも嫌なことはたくさんあったが、こうなったのは初めてだ。案外、自分も普通の人間なのだなと実感する。

「彼はなにもかも知っていて、それでもローズを選ぶんだな」

「ええ、そのようです。ローズの生育環境が特殊だったこともあり、オースティン様との関係は仕方なかったと納得されています。浮気症でなければ、男性経験についてのこだわりもなさそうですね」

ハインリヒも複雑な生い立ちなので、偏見がないのだろう。上辺のことではなく、ローズ自身を見て好きになったようだ。

「ロレンソ家のやり方は洗脳だと言って、なんとかしてローズの目を覚まそうとしているようです」

なにがおかしいのか、アンヘルの口元が微かに弧を描く。

「正しいじゃないか。本質が見えている」

「ええ、ですがローズには受け入れてもらえていないようです」

「よくあきらめないな。ローズは、厄介なのに」

「情熱的で根気強いのでしょう。強引なことはせず、じっくりと会話をして糸口を探しています。そうやってローズとの関係を深めてもいるのでしょう」

横目で窓の外に視線を戻す。門をでたローズの背が遠くに見えた。

「いい男だな。彼なら安心か……」

ティーカップに口をつける。さっきまで味がしなかったのに、苦味を感じて顔をしかめる。壊れた味覚に嘆息し、外界を遮断するように音を立ててカーテンを閉めた。

*

邸内の廊下を、速度を抑えて走る。前なら、中庭を抜け、木の枝を足場に飛んでオースティンの書斎までいけたのに、もどかしい。

もう完治していいはずなのに、医者からはまだ無理をしてはいけないと言われる。特に跳躍は脚に負担が大きいから禁止だという。大事な時だから慎重にしないと、また最初から治療することになると脅されては、言うことを聞くしかない。

「あなたのしていることは間違っている！　ローズを解放してください！」

やっと書斎の前までくると、中からハインリヒの怒鳴り声が聞こえてきた。

「ハインリヒ！　やめてください！」

ノックもせずに書斎に飛び込む。ハインリヒが書斎机に手をつき、椅子に座ったオースティンに詰め寄っていた。隅にはアンヘルが控えている。

ハインリヒが、申し訳なさそうな顔でこちらを振り返った。

「ローズ……勝手なことをしてすまない。だが、ロレンソ卿とサシで話したい。邪魔をしないでくれないか」

「そんなの、認められません！　オースティン様はなにも悪くありません！」

ハインリヒとはあの告白以来、週に二、三回ぐらい会っている。軍の訓練施設でのリハビリ中や終わった後、それと彼の休みの日に会おうと誘われる。友人として彼と話すのは楽しいし、今のローズにはリハビリと療養以外にやることがない。誘いを断る理由がなかったし、そんな現状を彼も知っているので断りにくかった。

それに彼が連れていってくれる観劇や映画、演奏会はいい気分転換になった。その間は、オースティンの傍にいられない不安を感じなかった。

ただ、カフェやレストランで会話していると、いつの間にかロレンソ家やオースティンや番犬の話になっている。強く批判はしてこないが、ローズは洗脳されている、彼らとは距離を持つべきだとやんわりと説得しようとしてくる。何度、そんなことはないと反論しても、ハインリヒは引かなかった。むしろ静かに圧が強まってくるのを感じていた。

オースティンに会って話がしたいとも言われた。取り次いでくれないかと頼まれたこともあったが、なにを言いだすのかわからなかったので断っていた。

そうしたら、こんなことになるなんて……。

わかっていたら阻止した。オースティンも面会するとは思わなかった。アンヘルが止めないのも驚きだ。

「ともかく帰ってください！　こんなことをするなら、もう会い……」

「ローズ、黙りなさい」

穏やかだけれど、威圧的な声に遮られ、ローズはびくっと肩をすくめた。それを見て、ハインリヒが顔をしかめる。

「やはり、ローズはあなたに支配されている。健全な関係じゃない。彼女を解放してあげてください」

はっ、と鼻先で笑うと、オースティンは椅子をきしませ、机に肘をついてハインリヒを見上げた。

「君はなんの権利があってそんな主張をするんだ？　親でも兄弟でもない。ましてや恋人でもないだろう？」

ハインリヒが、くっと呻《うめ》いて拳を握る。

「もし、ローズを解放したとして、身寄りのない彼女に帰る家はない。まともな職に就くのにも苦労する。だが、ここにいれば一生安泰とはいかなくても、生活と仕事と給与を保障される。老後も年金がでる。それに結婚して家庭を持つ番犬もいないわけじゃない」

数は少ないが、家庭持ちの番犬はいる。番犬同士で結婚しているのがほとんどで、一般人相手でもロレンソ家に関係する人間だ。あとは、結婚を機に番犬を辞めて、ロレンソ家系列の別の仕事に就く者もいた。

ただ、首輪付で結婚した者の話は聞いたことがない。恋人がいる話さえ聞かないので、ローズには当てはまらない話だ。

「ただし、番犬には家庭よりロレンソ家を優先してもらうがな」

結婚の話に少し表情が和らいだハインリヒだったが、オースティンが続けた言葉に、たちまち険しい表情になる。

「それでは結婚する意味がないじゃないですか！」

「結婚の意味とはなんだ？　結婚したらロレンソから解放されるとでも？　そんな制度はないし、そもそも秘密保持の観点から、番犬をそう簡単には手放さない。そのための手厚い保障と年金だ。ロレンソの傘下にいる限り、我々は彼らに過酷な仕事を課すが、全力で守る義務がある」

養成所で最初に教えられることだ。「ロレンソ家に従うのが番犬の使命。番犬を死ぬまで面倒みるのがロレンソ家の義務」と。だから従え。こんなに寛容で頼りになるご主人様はいないと、何度も教えこまれる。

ロレンソ家の者の中には、ひどい主人もいる。だが、義務を守らない者はいなかった。

「そんなにロレンソ家からローズを引き離したいなら、それなりの覚悟があるんだろうな？　国を追われ、たいした後ろ盾もない若造になにができるのか言ってみろ」

オースティンがすごむように声を低める。普段の飄々《ひょうひょう》とした彼とは違う、圧倒するような迫力に、身体的には勝っている軍人のハインリヒの腰が引けていた。ローズも、こんなオースティンを見るのは初めてだった。

「お……俺は、ローズを愛しています。彼女の過去も現在も受け入れる覚悟があります」

緊張でハインリヒの声が硬い。まるで厳しい上官を前にした軍人みたいに、がちがちになっている。

「残念ながら、今はまだ彼女の気持ちは俺にありません。だから俺が口出しするのはお門違いなのも重々承知しています。それでも俺は、彼女が現状から解放されるのを願ってます。あなたといてローズは幸せだと思います。ですが、その幸せは不安定です。もし、ロレンソ卿が心変わりして他の番犬を首輪付にしたり、彼女が仕事を続けられなくなったりしたら、ローズはどうなってしまうんですか？」

「そうだな。廃人にでもなりそうだな」

オースティンがちらりとこちらに視線を寄こす。たぶん、その通りだろうとローズも思った。

「それは不幸です。でも、ローズがもっと他のことに目を向ける余裕があって、あなたを軸にした価値観以外の価値観を持つことができたら、彼女の世界は変わります。廃人にならないですむ」

ハインリヒがなにを言いたいのか、ローズにはいまひとつわからなかった。オースティンを中心に考える以外の人生なんて、想像したこともないし、そんな人生をおくる気はない。

　だが、オースティンを見ていると、不意に目の表情が穏やかになる。まるでハインリヒに同意するみたいに、圧がなくなった。

「ロレンソ卿や他の誰かに依存しなくても生きていけるのが幸せだと、俺は信じてます。だから、あなたからローズを解放してください」

「それで、解放されて落ち込むローズを慰めて、今度は自分に依存させる気か？　女を落とすのに、よくある手だな」

　オースティンの揶揄《やゆ》に、ハインリヒの頬がカッと上気する。

「そんなことしません！　俺は、彼女が落ち着くまで支えます。自立できるように……つけ込むような真似はしません。最終的に、俺を選んでくれなくてもかまわないんです」

「ふうん……まあ、どこまで本当かわからないが、信じてやってもいい」

　おもむろに立ち上がったオースティンが、アンヘルに向かって手をだす。すっ、と歩み寄ってきた彼がなにか書類を手渡した。

「ちょうど、ローズの引き取り手を探していたんだ。君なら、彼女を悪いようにはしないだろう」

「え……どういう意味ですか？」

　ハインリヒが動揺して目を見開く。ローズも、なにを言われたのか理解できなかった。

「言葉のままだ。ローズは今日限りで番犬を引退してもらう。もちろん、私の首輪付でもなくなる」

オースティンは笑顔でそう言うと、呆然《ぼうぜん》とするローズの前までやってきた。

「ローズ、君の怪我の最終診断結果がでた。残念だが、その脚はもう以前のようには動かせないそうだ」

差し出された書類を反射的に受け取る。視線を落としたが、書いてあることがなにも頭に入ってこなかった。文字が読めない。読もうとすると、字が踊ってするすると逃げていく。

「普通に生活するのも、激しい運動もできる。スポーツでプロの世界も目指せるぐらいには治っている。だが、君が今までしてきた過酷な任務はこなせないそうだ。君の身体能力は特別だったからね、いくらエリエゼルでも完全に元通りとはいかなかった。無理をすれば再びアキレス腱が切れ、次は普通に生活するのがやっとになるかもしれない」

診断結果の内容を、オースティンが噛《か》み砕《くだ》いて話してくれるがわからない。理解したくない。

呼吸が浅くなり、視界ががくがくと揺れる。音が遠くなり、映像を見せられているみたいに現実感がなくなっていく。

「だからもう、番犬は引退してほしい。代わりの仕事は用意してある。君は優秀で、私のためによく働いてくれた。だからきちんと一生を保障する。新しい仕事についての辞令は、二枚目にあるから見てほしい」

オースティンが、ローズの手の中の書類をめくる。

「製薬会社での事務だ。君の能力で問題なくこなせる仕事で、安全で安定している。だがもし、働きたくないならそれでもかまわない。君は首輪付だったしね、プライドもあるだろう。だから働かなくても生活を保障するつもりだ。今まで頑張ってくれたご褒美だよ」

まるで犬でも相手にするように、オースティンがぽんぽんと頭を撫《な》でる。いっそ、本物の犬ならよかった。

「なんなら、そこの彼と結婚してもいい。結婚でなくても、引き取ってもらえると私も気が楽だ。番犬を引退させたせいで自殺でもされたら後味が悪いからな」

目の前の映像にヒビが入る。ぱきんっ、という音が頭の中で響いて、微笑むオースティンの顔が砕けていく。落ちていく破片と一緒に、ローズも崩れそうになった。

「ふざけるなっ！　ローズはものじゃない！」

ハインリヒの怒鳴り声で、現実に引き戻される。激昂《げきこう》した彼が、オースティンの胸倉を摑み拳を振り上げた。

呆然としていたローズの反応が遅れる。だが、代わりにアンヘルが飛んできて、ハインリヒの拳を手のひらでいとも容易くなぎ払った。軌道を変えられたハインリヒはたたらを踏み、胸倉から手を放した。

ただの執事だと思っていた相手に、まさかあっさりやり込められると思っていなかったのだろう。ハインリヒは目を見開き、言葉を失っている。

「ローズ、なにをぼうっとしている？　今のはお前が動く場面だ。これぐらいでショックを受けて動けなくなるとは、やはり番犬は引退するしかないな」

成り行きを見守っていただけのローズは、アンヘルの叱責に震えた。

オースティンに怪我をさせるところだった。まだ、正式に引退の手続きをしていないのに、なにをしているのか。自ら番犬であることを放棄したも同然だ。

「アンヘル、やめろ。もう辞める人間を責めるな」

かばうような、オースティンの穏やかな声にますます心をえぐられる。

「そういうことだから、ローズ。今日をもって君の首輪付及び番犬の任を解く」

オースティンがシャツの第一ボタンを外す。ネックレスがしゃらしゃらと音を立てる。

ローズの体がこわばった。

「今後は君が生きたいように生きなさい。私はそれを願っている」

ネックレスには小さな鍵がぶら下がっていた。オースティンがそれを手に取り、一歩前に出る。形のいい長い指が、ローズの首元に伸びた。

「嫌ですっ!!」

首輪を押さえて、後退《あとずさ》る。鍵は、ローズの首輪を外すためのものだ。

「それだけは嫌です！　これは私のものですっ！」

そんな論理は通らず、首輪付を引退したら返却の義務があるのはわかっている。けれど、手放すなんてできない。自分以外の誰かが、オースティンの隣でこの首輪をはめるのだって見たくないし、許せなかった。

「お願いです……だって、オースティン様が私を助けてくれて。その時に名前をくださって、これをはめてくれたから……だから私は処分されないですんだんです。この首輪は、私にとって命を救った宝物なんです」

あの日、あの夜。オースティンと初めて出会ったロレンソ家の薔薇《ばら》が咲く裏庭で、ローズはこの方のために働きたい。命を捧げると誓ったのだ。

すがるようにオースティンを見上げると、困ったような顔で首を振られた。

「ローズ、言い忘れていたが……それが洗脳なんだよ」

「え……洗脳？」

なぜ今、その話になるのか。なぜ、ハインリヒと同じことを言うのか。

首輪を押さえる手が震えだす。

「あの出会いはすべて仕組まれたものなんだ」

「う……そ、です」

「嘘《うそ》ではない。番犬はロレンソ家に従うよう、幼少期から優しく洗脳していく。そのへんのマニュアルはアンヘルが詳しい。そして、首輪付にする予定の番犬には、特別な洗脳をおこなう。絶対に主人を裏切らないよう、あらゆる手を使って絆《きずな》を作りだすんだ」

いやいやと首を振り、アンヘルを見ると「オースティン様の言う通りだ。ローズは、あの夜のことを覚えているか？」と返され絶望する。

「特別な洗脳は、首輪付候補によってやり方が違うらしい。私もそのへんは教えられていない。ともかく、私はアンヘルに言われてあの場所にいった。私の首輪付が待っているから、名付けてやるようにとな」

聞きたくなかった。信じていたものが、心の拠《よ》り所《どころ》だったものが、オースティンの言葉で壊されていく。

ローズはあの夜の数日前、覚えのないことで疑われ制裁を受けていた。養成所の金庫から機密の書類が盗まれたとかで、ローズが外の人間に渡しているのを見たと密告があったそうだ。

それは嘘だ。冤罪《えんざい》だと、何度も訴えたが信じてもらえず、殴られたり蹴られたりした。食事も与えられず、何日独房に閉じ込められていただろう。

殺されると思った。怖かった。

するとあの夜、独房の扉の鍵が開いていた。見張りがかけ忘れたのだ。いけないと、逃げても無駄だとわかっていながら、ローズは本能的に独房を飛び出した。どこをどう走ったかなんて覚えていない。追手のかけ声や足音を避けながら、薔薇の咲き誇る庭に迷い込み力尽きた。

その時に出会ったのがオースティンだった。

「君にかけられた冤罪はでっち上げだ。制裁もすべてやらせ……君が私に忠誠を誓うための演出だったんだ。名付けも、首輪をやることもすべて決まっていたことだ」

オースティンは、傷ついたローズを見つけると微笑んで、優しく言った。

『君はたしか……養成所の子だね。資料で君を見たことがある。今期、一番優秀な子だと聞いたよ。私の首輪付候補だってね。で、そんな姿でどうしたんだい？　誰かに虐められたのかな？』

月の光を後光のように背負ったオースティンは、昔読んだ絵本の中の天使様みたいだった。それまで見た中で、一番美しい人でもあった。

気づくとローズは、神に祈るような気持ちで冤罪について話し、すがっていた。自分が、オースティンの首輪付候補だというのに、微かな希望も持っていた。

『そうか、わかった。私は君を信じる。そして、首輪付として迎えよう。そうすれば、簡単に処分されはしない』

最初は、ローズの命を守るための契約だと言われた。まさかの僥倖《ぎょうこう》に、言葉もなかった。これからもっと努力して、力をつけ、本当の首輪付として認められたいと強く願った。

オースティンはまず名前をつけようと言い、近くにあった赤色の濃い薔薇を手折った。

『この薔薇と同じ髪色をしている。ローズだ。ローズにしよう。それから君の未来に祝福が訪れるように……ローズ・ベネディクト。これが君の名前だ』

ベネディクトの意味は祝福。自分にはもったいない名だった。

それからオースティンは、首輪をはめてくれた。これをつけていれば、他の番犬から一目置かれる。制裁もされないと言った。

その通りだった。冤罪についてどう処理されたのかはわからなかったが、次の日から日常が戻り、ローズは数日後に最年少で養成所を卒業した。

「あれが……嘘だなんて。でっち上げだなんて……信じませんっ！」

大切な大切な思い出だ。記憶の宝箱にしまって、たまにそっと取り出してみては、幸せな気持ちになった。オースティンのために頑張ろうと自分を奮い立たせてきた。

「君が信じなくても本当のことだ。台本があって、私はその通りに演じただけ。作られた忠誠だ。子供の君は、あっさりと落ちて洗脳された。とても容易かったよ」

憐れみを含んだ声が、嘲笑《あざわら》っているように聞こえた。誰よりも信じていたオースティンを、信じられない。でも、まだ信じていたかった。

「さて、無駄話はここまでにして、首輪を外させてくれないか？　それは危険なものだからな」

オースティンが詰め寄ってくる。迫ってくる鍵を叩き落とし、ローズは書斎から飛び出した。

「ローズ！　待ちなさい！　止まれ、命令だ！」

背中にぶつかってきた声を無視し、廊下を全速力で走る。首輪付の座も思い出も、主であるオースティンも奪われた。けれど、この名前と首輪だけは手放したくない。

ローズはあふれてくる涙を拭いながら、どこまでも走った。オースティンの手を叩いたのも、命令に背いたのもこれが初めてだった。

「仕掛けてくるなら、今日あたりだろうな……」

ソファに座り、車窓を流れる景色を澱《よど》んだ目で眺める。オースティンのつぶやきに返ってくる声はない。

オースティンがいるのは、列車の最後尾に接続したロレンソ家所有の、上品な調度品と装飾でまとめられた客室車両だ。普段ならローズやアンヘルなどの番犬がついているが、今のオースティンには一人も護衛がいない。この車両付のメイドも車両から追い出し、独りぼっちだ。

「こんなに独りなのは、村にいたとき以来だな」

ロレンソ家にきてから、厳密に独りきりになれたのはトイレと風呂と寝る時だけだ。それ以外は誰かしら傍にいたし、番犬がどこかに潜んで見守りという名の監視をしていた。

ロレンソの人間は、よくこんな環境で普通に暮らしていられるなと不思議に思っていたが、後に彼らが番犬を話せる家具かペットとしか見ていないと知って納得した。どんな醜態をさらしても恥ずかしくないわけだ。

ネクタイを緩め、グラスに酒をつぐ。列車の揺れでこぼれたが、どうでもいい。床では、空の酒瓶がカラカラと転がっていく。

何本飲んだのか、もうわからない。止めてくれる人間もいない。

列車で向かっているのは、オースティンが生まれ育った村だ。ロレンソ家に引き取られてから、年に一回は帰っている。今日は里帰りの休暇だ。

実家の屋敷《やしき》には、父が使用人と暮らしている。介護していた母が先に亡くなったのには驚いたが、おかげで身軽になれた。

父は不自由な体になったといっても、頭はまだしっかりしている。昔ほどの切れや鋭さはなくなったが、事故から快復してから、自力でお金を稼いでいた。

今は、細々と翻訳の仕事をしているらしい。オースティンが渡した、まとまった資産もあるので、これから先なにかあっても大丈夫だ。

それに、あの人はやっぱりロレンソ家の人間だった。

「まさか父さんがな……おかげで、安心して計画を実行できる」

ははっ、と乾いた笑いをもらし、グラスの中身を一気にあおる。相変わらず味覚がなく、なんの酒を飲んでいるかもわからない。それでも酔えるのだから助かる。

「こんなこと、酒でも飲まないとやってられない。正気で命のやり取りしてる番犬はやはりおかしい。あんな組織は解体しないとな……」

独りでぐちぐちとクダを巻く姿は完全に酔っ払いで、普段の優雅さは欠片もなかった。

だが、誰も見ていないし、注意する者もいないので、どうでもいい。

普段、オースティンの周囲を固めている護衛の番犬は全員騙《だま》して置いてきた。ローズを解雇してから、護衛の数が増えたから大変だったがどうにかなった。

彼らには悪いが、巻き添えにしたくなかったのだ。特に前途ある若者には生きてほしい。

「簡単に騙されて……あれじゃ護衛は失格だな。アンヘルから説教くらうぞ」

そのアンヘルも傍にいない。あの悪魔を騙すのは容易ではないので、仕事を与えてある。重要な任務だ。それに合わせて、番犬を連れて屋敷を抜け出した。

今頃、オースティンがいないのに気づいたかもしれない。だが、番犬を連れていると思っているから、追いかけてはこないはずだ。

「あいつは嫌いだし死ねばいいと思ってるが、まだまだやってもらわないと困ることがあるからな。後始末できるのは、アンヘルぐらいだろうし……」

アンヘルの長年の悲願は、番犬たちの解放と、この組織の解体だ。ついでにロレンソ家も没落すればいいと言っていた。

番犬組織を解体するには、ロレンソ家全体の改革をする必要がある。それには推進派を潰すか弱体化させるのが手っ取り早いだろう。

前当主であるオースティンの養父をはじめ、推進派は番犬組織になんの疑問も持っていない人間が多い。新薬エリエゼルでボロ儲《もう》けできるなら、また大戦を起こせばいいと親族会議で言う人間がいるぐらいなので、人の死をなんとも思っていない。命をかけて働いてくれる番犬も、換えがきく生き物ぐらいの感覚だ。

だが、新薬を独占すべきではないと主張する和平派は、ロレンソ家には珍しく優しい人間たちだ。当然、番犬組織にも疑問を持っていて、解体までいかなくとももっと自由にしてやれないか、首輪付なんて非人道的だと意見する者もいる。

彼らのような和平派がロレンソ家を主導していければ、すぐには難しくても番犬組織の解体は平和的に進んでいくだろう。

アンヘルもそれを望んでいる。

「あいつは、なにがあってここまでの野望を抱いたんだろうな？　まあ、知りたくもないが」

時代の流れもあり、ローズが子供の頃ぐらいから、養成所は平和で環境がよくなったらしいが、アンヘルが子供の頃はひどかったそうだ。過度な訓練による虐待死や、洗脳されない子供に対する薬物乱用など、闇に葬られた歴史がある。

そんな中で、洗脳はされなかったが、服従を演じることで生き残った番犬たちがいた。彼らが組織やロレンソ家にやんわりと働きかけ、除々に環境を改善していったらしい。

ただ、アンヘルのような大それた野望を抱く者は珍しいようだ。しかも目的の完遂のために、子供だったオースティンをロレンソ家に連れてきて、当主にまで仕立て上げた。自分も努力はしたが、アンヘルの助けなしに今の地位はない。

そこまでの執念と、ロレンソ家への恨みを募らせるには、過去によほどのことがあったのだろう。そのへんについては知らない。聞いて同情などしたくもなかった。

オースティンが背負っていいと思えるのは、ローズの人生だけだ。

「だいたい、悪魔の自分語りなんて気持ち悪いしな」

そう吐き捨てると、上着の胸ポケットから薬包を取り出す。

味覚がおかしくなってから、めっきり食欲がなくなった。そのせいか、たまに発熱や急に寝てしまうことが増えた。栄養不足だろうと、アンヘルが医者からビタミン剤だか栄養剤だかをもらってきてくれた。

薬包をといて、お酒にサラサラと粉薬を入れる。

この薬を飲むと、体調がとてもよくなる。たまに発熱などはあったが、気分も安定して、仕事がよく進んだ。

危ない薬なのかもしれないが、オースティンが死ぬような薬をアンヘルが渡すはずがない。信用ならない男だが、昔からオースティンの体調と食事管理だけは手を抜かなかった。毒味も怠らない。おかげで大病も怪我もせずここまできた。

お酒と一緒に飲んでいいか知らないが、これからのことを考えると飲んでおいたほうがよさそうだ。ポケットから、持ってるだけの薬をだして、全部お酒に入れてマドラーで混ぜる。

「なんの薬なんだろうな？　私も洗脳でもされるんだろうか？」

変な笑いをもらしながら、薬入りのお酒を飲む。ありえない話じゃなかった。

アンヘルがオースティンを生かすのは、目的のために必要だからだ。もし、薬物中毒にするなら、なにかしら理由がある。

「なんだろうな……傀儡《かいらい》政治でもしたいのか？」

ただ、本人が「絶対に死なせません。だから自棄《やけ》にならないでください」と言っていた。あの言葉は嘘《うそ》ではなさそうだったから、この薬では死ねそうにない。

「傀儡にするにもな、生き残るのが難しそうなんだ。それに、ローズのためにも、私はいないほうがいい」

お酒を飲み干す。あんなに混ぜたのに、薬の味もしなかった。

ぶつかるように、雨粒が窓を強く打つ。すべての色に灰色が混じった景色が、にじんで流れていく。

ローズは、第二の人質だった。第一の人質は両親だ。

働くようになって、めきめきと頭角を表したオースティンの手元にはお金が集まってきた。両親への仕送りは、自分でできるようになった。自分になにかあっても大丈夫なように、ひと財産作って渡しもした。

もうオースティンを縛るものはない。アンヘルの思い通りにはならない、番犬の未来なんてどうでもいい、自力でどうにかしろ。そう思っていたのはローズに出会う少し前だ。

ローズに出会ってからも、しばらくは彼女が自分の弱点になるなんて考えもしなかった。傍に置いて可愛がり、危ない仕事は極力させなかった。アンヘルがそれになにも言わなかった時点で、疑問を持つべきだった。

気づいた時には、もうどうしようもないぐらい情が移っていた。年を重ねるごとに、情だけでなく愛しさも募り、体を重ねてからは逃げられなくなった。もう、番犬の未来などどうでもいいと言えなくなっていた。

ローズをおかしくした養成所や組織、ロレンソ家を嫌悪し恨んだ。アンヘルに手を貸すしかなくなった。

思えば、あの髪色に警戒すべきだった。死んだ幼馴染《おさなじ》み《な》と同じ赤毛の少女。ローズは、身体能力が高いという点以外に、あの髪色のせいでオースティンの首輪付に選ばれたのだろう。暗い赤毛でなかったら、養成所に連れてこられなかったかもしれない。今頃、普通の女性として幸せに暮らしていたかもしれない。

オースティンの存在が、ローズの人生を狂わせた。価値観や好みを狭めた。もとはと言えば、アンヘルのせいだが、彼を狂わせたのはロレンソ家だ。その血がオースティンにも混じっている。

もう、誰が悪いとかそういう問題ではない。狂った歯車は、壊さない限り間違いをさらに大きくして回り続ける。

狭いソファに、ごろりと横になる。薬の飲みすぎか、お酒のせいなのか。目が回り、体が痺れたように重くて感覚がない。

目を閉じると意識が沼底へと引きずり込まれる。けれど、完全に沈むことはできなくて、中途半端に意識の欠片を残したまま、体だけが深い眠りに落ちていった。

「本当にここか？」

「みたいですね」

夢と現の狭間でゆらゆらしていると、人の声が聞こえた。

「間違いないはずだ。護衛の中に前当主の息がかかった番犬が混じってて、そいつが他の番犬をどうにかすると言ってた」

ユノの話だ。首尾よくやってくれたらしい。

「だが、こんなにうまくいくものなのか？」

「拍子抜けですね。怪しくないですか？」

「まあ、いいじゃないか。仕事が楽で……ご当主様も泥酔してやがる。大人しくさせる手間がはぶけた」

「薬包紙だらけだな。ご当主様が薬漬けか」

ハハッ、と蔑む笑い声がして、彼らの足音が部屋の中で散らばり、なにか作業を始めた。

「終わったか？」

「はい、爆弾の設置は終わりました。そっちは？」

「和平派がやったように見せる証拠も用意したが、爆破して大丈夫なのか？　証拠ごと消えないか？」

「そのへんは火薬の量を調整してあるので、問題ないです」

「問題ない爆発で、こいつもちゃんと死ぬのか？」

「死にますよ。この車両ごと吹き飛ばされますからね。かばう人間でもいれば別ですが、体のどこかは吹き飛ぶでしょう。意識があっても、助けがくるまでに出血多量で亡くなります」

「まあまあ、爆破したあと死体の確認すればいいじゃない」

「それもそうか……よし、じゃあ車両の連結を外して、俺たちもずらかろう」

どうやら爆死させられるらしい。生き残れる確率がまた下がった。

だが、よかった。爆破されるのはこの車両だけらしい。連結も外してくれるなら、巻き添えで脱線したり、他の乗客に被害がでないですむ。

男たちが車両から出ていく音がする。オースティンの意識も、限界がきたのかすうっと遠くなっていった。

『絶対に死なせません』

悪魔の声が脳裏で木霊する。口元が、くっと弧を描き喉が微かに笑った。

ざまあみろ。私は死ぬぞ。

やっとあの悪魔を出し抜ける。それだけが、愉快でたまらなかった。

ガコンッ、となにかが外れる音を聞いたのを最後に、オースティンは深い眠りに落ちていった。

＊　＊　＊

泣きながら飛び出していったローズを追いかけ、ハインリヒも書斎からいなくなった。

オースティンは床に落ちた首輪の鍵を拾い、椅子に戻った。

「オースティン様、本当にこれでよろしいのですか？」

「なにを今さら……」

長い溜め息をつき、背もたれに深く体を沈める。

「お前に協力する交換条件だろ。絶対にローズを巻き込まないことと、洗脳をとくこと」

「巻き込まないのは確実ですが、洗脳がとけるかどうかは……」

「私が死ねば目が覚める。嫌でも他のものに目がいく」

「死ねばって……死んだように偽装するだけです。縁起でもないことを言わないでください。ですが、そううまくいき洗脳がとけるでしょうか？」

「うまく誘導するのが、お前の仕事だろ。後追い自殺だけはさせるなよ」

怖いのはそれだけだ。アンヘルも、ローズのことはなんだかんだ可愛がっている。後追いしないよう、手を尽してくれるだろうと、そこだけは信じている。

「私が死んでも、ある程度どうにかなるようお膳立てはした。見守ってくれるだろう人間は、ハインリヒの他にもいる……私が傍にいたら、ローズはずっとここに囚われたままだ」

「わかりました。ただ、あなたも死なせません」

ちらりと横目で見ると、アンヘルがいつになく真剣な目でこちらを見据えていた。

「死んだようにみせかけて、海外に脱出させます。新しい旅券も行き先も手配済みです」

「……そうできるといいな」

当初の計画では、オースティンが死ぬ可能性は低かった。

推進派のリーダーはオースティンだが、前当主である養父の権力はまだ健在だ。養父をどうにかしないと、推進派の弱体化は望めない。

そこで、フェルゼン帝国のホフマン子爵に開戦を唆《そその》かし、自国に損害を与えようとした罪で養父を逮捕させる計画をしていた。子爵邸で騒ぎを起こしたのは、養父が関わっていた証拠がでてくると踏んでだ。

証拠がでれば、フェルゼン帝国からグラナティス共和国に打診がくるはずだ。養父は事情聴取で呼び出され、いずれ逮捕されるだろう。

そうなったら、一気に推進派は瓦解する。推進派が養父の計画に関わっていたと疑われ、自分たちも逮捕されたらたまらないと、我先に派閥から抜けるだろう。オースティンもすぐに抜けて、和平派に舵取《かじと》りを始めるというシナリオだ。

邪魔な養父がいなくなれば、番犬組織の解体もしやすくなる。そして、ゆくゆくはローズにも番犬を辞めてもらう予定だった。

ローズにとって、首輪付であることはアイデンティティだ。その仕事がなくなるのも、番犬組織が解体されるのも、彼女にはショックが大きい。そのショックを少しでも和らげてやりたいがために、「課題」なんてものをだした。外の世界に目を向けさせたかった。

だが、そんな悠長なこともしていられなくなった。

「父上は、和平派の仕業に見せかけて私を殺すつもりだ。もう、それは避けられない」

「ええ……承知しております」

オースティンが裏切っていたことに気づかれたのだ。

フェルゼン帝国で、エミリーを介してローズに渡していた伝言メモから足がついた。後に判明した、届かなかった一通だ。

養父もなにか感じるところがあったのだろう。念のために、オースティンの動きに監視をつけていたに違いない。

伝言メモは一度、エミリーの手元から盗まれ、また戻された。あのメモを読めば、オースティンが推進派を裏切って、ホフマン子爵を罠にはめたことがわかる。

子爵に戦争を唆したのは、推進派の養父だ。だから捕えたローズに、子爵は「和平派の番犬」かと聞いたのだろう。

「あれは私のミスだ……すまない」

「いいえ、私も伝言メモを黙認しました。危険だとわかっていて」

「お前が殊勝にすると気持ち悪いな」

苦笑し、「責任はとる」と言うと、アンヘルが珍しく心配そうな顔をした。

初めから、あのメモを渡すのが危険なのはわかっていた。指示なら口伝《くちづ》てでもいい。そうしなかったのは、会えなくて不安定になっているだろうローズが心配だったからだ。

直接会うのは危険だが、オースティンの直筆なら少しは不安も和らぐのではと思った。だが、中途半端な優しさは返って、ローズの心をかき乱しただけだった。

結果、ローズの怪我と、事前にこちらの動きを察知した養父の手下が、証拠隠滅に動いた。ホフマン子爵は養父に唆されたと証言しているらしいが、子爵邸から物的証拠はでていない。

たしかな証拠もなく、フェルゼン帝国がグラナティス共和国に養父の罪について打診することもないだろう。

当初の計画は完全に潰れ、代わりにオースティンの命が危うくなった。

「裏切り者は絶対に許さない人だ。暗殺される場に一緒にいれば、お前もただではすまない。他の番犬もな」

絵空事だと言われていたエリエゼルの在処《ありか》を特定し、速やかに手中に収めたオースティンを、養父は高く評価していた。

また戦争になれば、この新薬は高値で飛ぶように売れる。新薬を使って、各国の要人を動かすことも可能だろう。ロレンソ家が裏から世界を支配できるとオースティンが話したら、あっさりと当主の座を譲ってくれたほどだ。

自分と同じ考えなのが気に入ったのだろう。長年、養父に媚《こび》を売ってきた甲斐《かい》があったというものだ。

しかし、それだけの信頼を得て裏切ったからには、なにがなんでもオースティンを殺しにくる。誤魔化しはきかない。

「こうなると、ローズが怪我をしてくれてよかった。首輪付を辞めさせる口実にもなるし、父上からも狙われないだろう」

「ええ。健康なら、最初に殺すターゲットにされたでしょう。オースティン様を暗殺するのに目障りですからね」

「わかってるだろうが、次に目障りなのはお前だ。だが、お前は首にできないし、番犬組織を解体していく時に必要な人材だ。あと、ローズの後追い自殺防止にも……不本意だが死なれると困る」

ここからが新しい計画になる。

「向こうも、こっちが気づいているのを察知しているはずだ。下手に隙を作れば怪しまれる。お前はしばらく、私の傍を離れるな」

「もちろんでございます。ローズがいなくなったので、護衛の番犬も増やしましょう」

「ああ、それで時期を見て隙を作り、襲撃させよう。襲撃方法によっては、私も生き残れるかもしれない。そうなったら、偽装をよろしく頼む」

アンヘルがなにか言いたそうに、こちらをじっと見ている。なにを言いたいのかはわかるが、無視した。

襲撃された時に、生き残る作戦はなにも考えていない。作戦が思いつかないほど、八方塞がりというわけではないが、考えるのが面倒だった。

それより、自分が死んだほうがすべて丸く収まるのではないか。最近、そう考えるようになっていた。

「そうそう、私が死んだらこれを国に提出してくれ。私がホフマン子爵を唆した証拠だ」

机の隠し引き出しから小型の録音機を取り出し、再生して聞かせてやった。

子爵邸で騒動があった夜、ホフマン子爵とオースティンの密談が録音されている。推進派の代表として接触し、「養父から話は聞いています。私もお手伝いさせてほしい」といった戦争を唆す内容の会話をした。

「こんなものをいつの間に……」

「子爵邸から証拠がでなかった場合を想定して、用意したんだ。父上の名前もでている。これがあれば父上を逮捕できるし、推進派も潰せる。前当主と現当主、両方が罪に問われればロレンソ家自体の屋台骨も揺らぎそうだな。お前の希望通り、没落するかもしれないぞ」

想像したら面白くて、自然と笑い声がこぼれた。当初の作戦より、数段できがよくなっている。

やはり、下手に生き残ろうなんて考えるから作戦を失敗するのだ。初めからこうしておけば簡単だった。

それにローズの洗脳を完全に解くためにも、オースティンは死んだほうがいい。

「オースティン様……」

せっかくの好材料だというのに、アンヘルの表情は暗かった。もともと陰気な顔つきだが、そこにあせりのようなものが混じっている。

「何度も申し上げますが、絶対にあなたを死なせません。だから自棄にはならないでください」

「好きにしろ。助けられるなら、やってみればいい」

投げやりに言い、ずっと握りしめていた指を開く。手の中の鍵を、アンヘルに託そうか一瞬だけ迷い、やめた。

もう、ローズと繋がっているのはこれだけだ。首輪は、もし無理に外《はず》したとしても大丈夫なようにしてあるので、彼女の好きにさせよう。

オースティンは鍵を通したネックレスをつけ直した。ほっ、とため息がもれ、鍵の当たる胸のあたりに安堵《あんど》感が広がる。

今になって、やっとわかった。自分にとっては、この鍵が首輪だったのだと。

＊　　＊　　＊

「列車の下敷きになっててわからないが、さすがにこれは死んでるだろ」

「こっちに脚が落ちてるぜ。助けがくるまでに出血多量かショック死はまちがいない」

「それにしても、血が少なくないですか？」

「雨で流されたんじゃないか？」

さっきの男たちの声が遠くでする。ぴちゃぴちゃと、水を跳ねる足音。瓦礫《がれき》を打つ雨の音。そのうちすべてが遠ざかっていった。

不思議と痛みはなかった。もうすぐ死ぬからかもしれない。

なぜ、中途半端に意識が戻ってしまったのだろう。どうせなら、なにもわからないまま死にたかった。

しかも、なかなか意識だけが遠のかない。瞼《まぶた》を開くと、列車の瓦礫の隙間から暗い空が見えた。弱くなった雨粒が、放射状にゆっくりと落ちてくる。

最期に見る世界がこれなのか。なんだか虚しくなる。

勉強して、働いて、常に努力を続けてきた。

それなりに贅沢もした。美味しいものはたくさん食べた。美しいものに囲まれ、たくさんの人にかしずかれ、羨まれ、妬まれ、ほしいものはだいたい手に入った。

なのに、愛する人はいつも遠くにいってしまう。ずっと一緒にいられない。無理に一緒にいようとすれば、死なせてしまう危険があった。

他のものはなにもいらないのに。彼らを守るためには、自分が傍にいたら駄目なのだ。

守るために、自分は働き続けなくてはいけなかった。そのためだけに生きていた。

「もう、疲れたな……」

ひび割れた声が瓦礫に当たって、湿った冷たい空気に溶けていく。

心残りは、最後にローズを泣かせてしまったこと。あの子が傷つく言葉を選んで話すのは、自分に刃を振り下ろすのと同じだった。

「ローズ……愛してる……幸せに……」

願うのは、彼女の幸福だけ。そのためなら、なにもいらない。持てるものは、すべて悪魔に差し出した。命も、もうすぐ尽きる。

最期に、ローズの笑顔が見たかった。幸せに笑う彼女を、遠くからでいいから見守りたい。それだけで充分だというのに、思い出すのは涙でぐちゃぐちゃになった泣き顔だけ。

オースティンはそっと瞼を閉じ、信じたことのない神に、初めて祈った。

彼女がこれから歩む道が、なだらかでありますように。出会う人々の心が温かでありますように。目に映る世界が鮮やかで美しくありますように。すべてが彼女に優しくありますように。

オースティンのことは思い出となり、愛する人と幸せになれますように……。

第十章

予熱したオーブンの音を聞きながら、パイ生地を敷いたパイ皿に、林檎《りんご》の甘煮を入れる。その上にパイ生地で蓋をして、余った生地を丸めて伸ばし装飾した。そうして出来上がったものを、オーブンに入れた。

さっきからかけっぱなしのラジオでは、天気予報が始まった。そろそろ夕方のニュースが流れ出す頃だ。

ローズは淡々と作業をし、なるべくなにも考えないようにする。お菓子作りは、なにかを忘れて没頭するのにちょうどいい。この趣味を持っててよかった。

なにもしないでいると、あの日のことを思い出し、泣きだしそうになる。

オースティンの書斎を飛び出したローズは、気づいたらハインリヒの暮らすアパートメントにいた。泣きすぎて過呼吸を起こし、彼に介抱されて落ち着いた後、気を失ったらしい。

その翌日、ハインリヒのアパートメントに一晩泊まったローズのもとに、エミリーがやってきた。首輪付の任を解かれ、番犬でなくなったから、もうあの部屋は使えなくなったと、ローズの荷物を置いていった。

私物はほとんどなかったので、手持ちのトランク一つにすべてが収まっていた。それと、多額の退職金が振り込まれた通帳も渡された。新しい職場へは、気が向いたら顔を出せばいいという伝言つきで。

エミリーが帰った後、ローズはまた過呼吸を起こして倒れた。それからなし崩し的にハインリヒのアパートメントに居候している。

ローズは出ていくと言ったのだが、まだ心配だからいてくれとハインリヒに懇願された。その腕を振りほどくのも面倒で、なにもかもどうでもよくなっていた。

何日、泣いて暮らしていただろう。一生泣いていられると思うぐらい悲しかったのに、涙はいつしか枯れていた。

ハインリヒは、軍から帰ってきたら、いつも笑顔で話しかけてくれた。オースティンのことを、一言も悪く言わなかった。仕事で疲れているだろうに、ローズのために朝食と夕食を作ってくれた。食べなくてもなにも言わず、毎日いろいろな食べ物を買ってきた。これは食べられるか、好きかと聞いてくる。

泣いているだけなのが、だんだん申し訳なくなった。きっとローズ一人だったら、なにもせず餓死していた。別にそれでもいいのだけれど、そうなったらこの目の前の優しい人は悲しむのだろう。感じなくてもいい責任を感じるのだろう。

オースティンには捨てられたけれど、自分を必要としてくれる人がまだいるのだと思ったら、なぜか涙は引いていた。いつまで泣いていても状況は変わらないと、頭の冷静な部分でもわかっていたのだ。

それからローズは、ハインリヒがいない間、できる限りの家事をして暮らした。男の独り暮らしだったが、ハインリヒはけっこう綺麗《きれい》にしていた。バス、トイレ、キッチン、居間と寝室という間取りの中に、荷物はあまりなかった。国外追放になった時、私物はほとんど持ち出せなかったそうだ。もともと物に執着もなく、軍での暮らしに慣れていたので、こちらにきても荷物を増やさなかったという。

どこの軍でも、出兵などを想定して団体生活を一度はさせる。男女関係なく、身の回りのことができるのは当たり前で、家事全般は身についている。荷物も少量にまとめるのが得意になる。

ローズもそうだった。番犬と軍人はよく似ている。

そのおかげか、ハインリヒとの暮らしは順調だった。お互いなにも言わなくても、足りない部分を補い合うように動くので、家事は問題なく回っていった。

ローズが寝室を借り、ハインリヒは居間のソファをベッドにして生活している。休日になると、前みたいに一緒に映画や観劇を見に出かけるようにもなった。

ローズは泣きそうになると、お菓子作りをした。レシピは、すっかり憶えてしまったオースティンの母のものだが、黙々と手を動かしていると不思議と気持ちが落ち着いた。オースティンをふと思い出しても、作業の間は大丈夫だった。

そのお菓子を、なにも知らないハインリヒが嬉《うれ》しそうに食べてくれた。少し後ろめたかったが、お菓子作りはやめられなかった。

そんな生活が、もう二ヵ月。オースティンを想うとまだ涙がにじむけれど、泣きじゃくって過呼吸を起こすことはなくなっていた。

オースティンがいなくても、案外生きていける自分に愕然《がくぜん》とした。自分の中からなにかが抜けて体が軽くなったような、一つの価値観が壊れたような虚脱感だけがあった。

『それでは、今日のニュースはこれでお終いです』

ラジオのアナウンサーがそう告げると、軽快な音楽が流れ始めた。それと重なるように、オーブンのタイマーが鳴った。

いそいそとオーブンに駆け寄り、扉を開ける。甘い香りが、ふわっとローズを包む。アップルパイはいい焼き色と形で、今までで一番の出来だ。

「美味しそう……」

もしかしたら、レシピ通りに再現できたかもしれない。味が合格かはわからないけれど、「オースティン様に食べてもらいたい」と考えたところで頭を振った。

一瞬、ここがどこだか忘れそうになっていた。ハインリヒの家のキッチンだ。邸の厨房ではない。

もう、彼に気軽に会うことはできないのだ。

唇を嚙《か》み、鍋摑《なべつか》みを手にしたところで、ラジオの音楽が急に切り替わった。少しあせったアナウンサーの声がして、緊急ニュースだと言う。

『先ほど、ロレンソ家所有の客室車両が何者かによって爆破されたとの報が入りました。乗っていたのは……』

天板を引き出していた手を止め、まさかと思いながらラジオを振り返る。

『オースティン・レオ・ロレンソ。ロレンソ商会社長、男性。彼の行方は現在不明。車両は爆発後に炎上。現場からは男性の焼死体が一体見つかったとのことで、ロレンソ卿《きょう》ではないかと……』

手から、天板が滑り落ち大きな音をたてる。床にぶつかって潰れたアップルパイから、甘ったるい芳香が立ち上った。

なにかの間違いだ。聞き間違いかもしれない。

「嘘《うそ》……あり得ない。絶対、違う……！」

ローズはラジオに駆け寄り、チャンネルを変えていく。他のチャンネルで放送されていなければ、ただの聞き間違いだ。だが、何件かのチャンネルで同じ速報が流されていた。

「そんな……どうしてっ」

頭を掻《か》きむしり、居間を歩き回る。情報がほしい。けれど、ここにいても埒《らち》が明かないとすぐに気づいて、エプロン姿のままアパートメントを飛び出した。

タクシーを捕まえ、ロレンソ邸の正面玄関に着くと、既にたくさんの記者が門の前に群がっていた。

　ここから入るのは無理だ。使用人や番犬が出入りする裏門に回る。昔の癖でポケットを探りながら走っていて、ハッとした。裏門の鍵は、荷物を置きにきたエミリーに返していた。

「どうしよう……入れない」

　泣きそうになりながら、屋敷の長くて高い壁を見上げた。飛び越えられるが、警報が作動してしまう。いっそ壊すかと迷っていると、「ローズじゃん！」とユノに声をかけられた。

「ちょうどよかった。一緒にアンヘルのとこにいこう」

「でも、私はもう……」

「気にするな。番犬は引退しているが、ロレンソ製薬会社に籍がある。社長の安否を知る権利ぐらいあるだろ」

　ユノに手を引かれて裏門の通用口をくぐり、邸に入った。中では、使用人がばたばたと忙しく歩き回り、電話がひっきりなしに鳴っている。

「あの、オースティン様は本当に……」

「俺もまだ詳しいことは知らない。戻ってくる途中で聞いて。アンヘルが、オースティン様を連れて邸に戻ってくるらしいんだ」

　急に、正面玄関のほうが騒がしくなった。使用人たちが、一斉に移動する。メイドが玄関を開くと、ちょうど車が入ってきた。

「アンヘル！　オースティン様は？」

　ユノが使用人を押しのけ、飛び出していく。以前なら、ローズもそうしただろう。だが、足が動かない。

　車からアンヘルが降りてきた。いつも通りの気難しそうな顔が青ざめて、憔悴《しょうすい》している。それを見て、ユノも言葉がない。他の使用人たちも、しんっと静まり返る。

　アンヘルは無言で後部座席のドアを開けた。常なら、オースティンが鷹揚《おうよう》な態度で車から降りてくるはずだった。

　だが、そこには大きな長方形の木箱が静かに鎮座していた。

　アンヘルはその木箱を恭しく抱え、玄関に入ってきた。そして玄関ホールの真ん中までくると、この場にいる全員を振り返って言った。

「残念ながら、オースティン様は列車の爆発でお亡くなりになりました。客室車両は何者かに爆破された後、残っていた火薬と漏れた機械油に引火。車両の下敷きになっていたオースティン様のご遺体は燃え、本人か判別できないほどでした。そのご遺体はまだ警察にあります」

　検死などがあるからだと、アンヘルが説明するが、なにも頭に入ってこない。嘘だと思いたかった。

　他も同じ気持ちなのか、なにかの間違いだとつぶやく声も聞こえた。

「そして、こちらだけ返してもらえました。爆破された際に、吹き飛ばされた。オースティン様の膝から下の脚です」

そう言ってアンヘルが木箱を抱え直すと、ざわめきが静まり、みんなの視線がそこに集まった。

「嘘です……そんなの……」

気づくと、ローズはふらふらと前に歩み出ていた。集まっていた使用人たちも、ローズだとわかると憐れむような視線を向け道を開けた。

「アンヘル、なにかの冗談ですよね？　だって、そんなオースティン様が……番犬がついてるはずなのに、あり得ませんよね？」

笑おうとして失敗した唇から、震えた声がこぼれる。

「その焼死体だって、本当にオースティン様なんですか？　焼けてて誰だかわからないのでしょう？」

アンヘルの目の前まできた。彼は静かに首を振って木箱の蓋に手をかけた。

「そう思うなら、これを見てみなさい。ローズなら、これが誰の脚かわかるはずだ」

ゆっくりと蓋が開かれた。

白い布が敷かれた中に、成人男性の脚がある。布に劣らず真っ白で、無機質な物体に見える。切断面の血は既に乾き、黒く変色していた。

背後がざわめき、小さな悲鳴も上がる。

ローズの心臓が嫌なふうに脈打ち、呼吸が浅くなっていく。

違う。ちがう、ちがう、ちがうちがう！

絶対に違う！　オースティン様のはずがない！

頭の中で声が暴れる。ガンガンと何度も頭蓋を殴りつけ、喚《わめ》き散らし、悲鳴を上げる。

アンヘルが木箱を差し出し、「よく見なさい。触ってもかまわない」と言う。その言葉に導かれるように、脚に触れた。

硬さと冷たさに、息をのむ。

すぐに離そうとして、触れた指先の横に黒子《ほくろ》があるのに気づく。どくんっ、と心臓が鳴った。

この黒子を知っている。

視線をそらすと、つま先が目に飛び込んできた。真っ青になった、綺麗に切《き》り揃《そろ》えられた爪と形の整った指。けれど親指だけが少し反っている。

『この親指のせいで、靴下がすぐに駄目になるんだ』

そう苦笑しながら、オースティンが親指のところに穴が空いた靴下を捨てていた。そんな場面を、何度か見たことがある。反った親指も、何度も見た。

知っている。なにもかも。ずっと、一緒にいたのだ。

オースティンに抱かれるようになってからは、もっとだ。体の隅々まで記憶に刻んでいる。

だから見間違えるなんてあり得ない。でも、違う。間違っていてくれないと、嫌だ。なのにどうして、これはオースティン様の脚なのだろう？

　きっと、これは現実じゃない。

「ローズ、わかっただろう……」

　アンヘルの暗い声に、よろよろと後退る。頭が痛い。また、頭の中で声が暴れ、とうとう外に悲鳴となってあふれた。

「違いますっ……絶対に、違います！　オースティン様じゃありません！」

　キイキイと、錆びた金具が軋《きし》むように喚き、逃げ出した。警報が鳴るのもかまわずに壁を飛び越え、全速力で走る。走って走って、さっき見た現実から逃げ切れたら、すべてなかったことにしてほしい。お願いだから、と神に祈った。

　けれど、いくら走っても頭から、あの脚の記憶が消えてなくならない。それどころか、オースティンの脚であると、確信する材料ばかり記憶から這《は》い出てくる。

　ベッドでからめた脚の感触。肌触り。温度。筋肉の隆起。反った親指が当たるくすぐったさ。

　なにもかも憶えている。忘れられない。やっぱり無理だ。

　生きているから、耐えられたのだ。別々になっても、まだどこかで繋がっていると根拠もなく信じていられた。

　また会える。会うんだと、心の底で勝手に確信していた。だからお菓子作りをしていた。趣味じゃない。気を落ち着けるためでも、考えないようにするためでもない。

いつかオースティンに会う日のために、ただ準備していただけ。あれでお別れする気なんて、ローズには最初からなかった。

絶対に、またあの人の横に並ぶ。どんな手を使ってでもあの場所に戻るんだと、本当はそう強く決意していた。

なのに、どうして。なんで？

あれはなに？　あんなもの、望んでいない。

あふれた涙が視界をふさぐ。こみ上げてきた嗚咽《おえつ》に喉を震わすと、すぐ近くで車のクラクションが鳴った。

思わず避けると、転んだ。着地した足元が坂になっていて、そのままごろごろと転がり落ちた。

なにをやっているのだろう。あのまま車にひかれて死んでもよかったのに、反射的に動く体が憎らしい。

落ちた先は、街の中心を流れる川の畔《ほとり》だった。

倒れたまま川をぼんやりと見つめる。息が乱れて苦しかった。吐きそうだ。こんなに走ったのに、現実から逃げられなかった。

無意識に首元に手がいく。いつもの癖で、番犬を解雇されてからは余計にひどくなった。そういえば、結局これは取り上げられなかった。

ローズは愛おしむように首輪を撫《な》で、ふと思いついた。

「そうだ……これで、オースティン様のもとにいける」

この首輪には、致死量の毒が仕込まれている。無理に外そうとすると、装置が作動して内側の針が飛び出し、刺さって死ぬのだ。

敵に捕まり自害したほうがいい時に使う。それと、主人を裏切らないためにある仕組みだ。だから、首輪付は死ぬまで首輪を外すことができない。

ローズは暗い笑みを浮かべて起き上がり、迷うことなく乱暴に首輪を引っ張った。ガキン、と硬い金属音がして、飛び出した針が首に刺さる。ぬるり、と血が滴ってきた。

痛い幸福感に目を閉じ、その時がくるのを待つ。だが、いつまでたっても死が訪れない。

「どう、して……」

不安になって瞼《まぶた》を開くと、視線の先に黒い革靴があった。

「無駄だ。オースティン様の命令で、前回の定期メンテナンスの時に首輪の毒をすべて抜いた。他の首輪付も同様だ」

追いかけてきたのか、珍しく息を乱したアンヘルが立っていた。ローズを見下ろし、苦々しそうに眉間の皺を深くした。

「ローズ。オースティン様からの最後の命令だ」

命令という言葉に、体がびくっと反応する。体中、すべてが耳になったようにアンヘルの言葉を待った。

「死ぬな」

一瞬、オースティンの声と重なって聞こえた。すぐ傍に彼がいるのではないかと錯覚する。

「私に対する最後の命令は、ローズを絶対に死なせるな、だ」

「え……なぜ？」

アンヘルが膝を折り、ローズと視線を合わせた。今まで見たことのない、優しくて泣き出す寸前のような目をしていた。

「オースティン様は自分の身になにかあったら、お前が自殺するのではと心配していた。首輪付を解雇したが、ずっと気にかけていて、ローズが幸せに生きることだけを願っていた」

意味がわからなくて、首を傾げた。

オースティンはもうローズに興味なんてなかったはずだ。怪我をして、番犬としても働けなくなったから見捨てたのだ。

ローズの幸せを願っていただなんて信じられない。なのに、悲しみで胸が苦しくなるより前に、涙がぽろぽろとあふれてきた。

アンヘルの優しい嘘かもしれないし、本当かもしれない。ただ、どちらであっても嬉《うれ》しくて悲しくて、首輪を握ったままだった指から力が抜け落ちる。

ローズを縛る首輪はもう機能しない。命令だってきかなくていい。自由なのに、死ねない。

死んだら、オースティンの想いを裏切ることになる。アンヘルの言ったことが嘘になる。嫌だ。それは嫌だ。

嘘でもいいから、オースティンに幸せを願われる存在でいたい。生きていれば、それが本当になる気がした。

「私も、お前を死なせたくない。死なないでくれ……」

涙で声をかすれさせたアンヘルが、ローズを抱きしめる。その腕の温かさと、強さに嘘はなくて、あふれた涙はいつまでも止まらなかった。

＊

レオ・ロレンソは、車椅子で会議室の末席に連なった。珍しい顔の登場に、先に席についていた親族たちが好奇の視線を向けてくる。これから、親族会議が始まる。

この中には、政略結婚した本妻の子供たちの目もあった。もうほとんど関わりのなくなっていた父を見て、なにを思っているのだろうか。最愛のフローラが産んだ息子と比べると縁は薄かったが、けっして愛していなかったわけではない。もし、事故にあわなければ、違う関係が築けていただろう。

今日これからここで始まることを考え、静かに息を吐いた。

久しぶりに足を踏み入れたここは、昔となにも変わっていない。

重々しい樫《かし》の木の調度品。黒檀《こくたん》の肘掛け椅子と、親族代表がすべて座れる円卓。無駄にしぼられた照明は、物々しさを演出するためだ。

昨日は、息子オースティンの葬儀だった。兄のダニエルに奪われたので元息子ではあるが、今でも兄にあげたとは思っていない。少しの間、面倒を見させてやっただけだ。

息子の葬儀には、多くの参列者がやってきた。まだ若いロレンソ家当主の不審死ということもあり、記者たちもたくさん集まっていた。

何者かが仕掛けた爆弾による死だったため、警察の調べなどが長引き、葬儀をするまで二週間もかかった。ただ、ロレンソ家当主の葬儀ということもあり、準備に多く時間がとれたのは、使用人にとってはありがたかっただろう。

そして、自分にとっても好都合だった。

幸い、遺体がなかったので腐る心配もしなくてよかった。残された左足だけは、先に埋葬したそうだ。

参列者の中には、息子の元首輪付のローズもいた。息子の里帰りに付き添ってきていたので、幼い頃から見知っている。可愛い子だ。危ういぐらい息子に傾倒しているのが、端からでもわかった。

葬儀では、両脇をエミリーと黒髪の女性に支えられながらの参列だったが、思ったよりしゃんとしていた。後追い自殺をしかねないと心配していたが、なんとか思いとどまってくれたようだ。

黒髪の女性は、コーネリアというらしい。彼女があの新薬エリエゼルに関係していた女性だと、葬儀の途中でアンヘルが耳打ちしてくれた。その彼女の仕事を、ローズは今手伝っているそうだ。

なんでも、息子が死んですぐは不安定で、一人にしておけない状態だったらしい。最初はエミリーがつきっきりで、ローズをみていた。そのうち、そこに以前から知り合いのコーネリアが、生まれたばかりの我が子を連れて加わるようになった。

コーネリアは新薬エリエゼルで昔の怪我を直し、出産した後だった。生れたのは男の子で、随分とローズの気を紛らわせたという。

そして、ちょうど子育てで忙しくしていたコーネリアの仕事を、また手伝うことになったそうだ。

そう話してくれたアンヘルは、会議室の隅に影のようにたたずんでいる。彼は、これから起きることをどう思っているのだろうか。

あれも、難儀な運命に翻弄された男だ。自分より十歳ぐらい若いはずだが、昔から壮年のような雰囲気をまとっていた。逆に今は、年より若く見えるようになった。

兄の首輪付候補だったが、訓練中に大怪我を負って候補から外れた。その後、リハビリを経て番犬に復帰し、一時期兄に仕えていたが、あの大怪我は故意に負ったものだと思っている。

プライドの高い男なので、番犬を物のように扱う兄に絶対に仕えたくなかったのだろう。それも仕方がない。

アンヘルには、ロレンソの血が流れているのだから……。

慰み者にされることのある番犬は、稀《まれ》に妊娠する。相手の男はだいたいロレンソ家の人間だ。性別が逆で、ロレンソの女が妊娠したという話は聞いたことがない。

番犬の女性は普段、薬で妊娠しないようにしているが、失敗することもある。ほとんどは中絶されるか、過酷な任務中に流れてしまう。

だが、相手になったロレンソの人間が、戯れに産ませることがある。そうして生れた子は、養成所に入れられ番犬として育てられる。総じて優秀に成長するという。

アンヘルは、おそらく先々代の当主の種だ。目元がよく似ているし、耳の形などそっくりだ。

けれどこの事実を知っているのは、ごく一部の人間だ。養成所で引き取る時に対応した、古株の番犬ぐらいだろう。アンヘルも、自分の出自をたまたま知ったと言っていた。

このことでアンヘルが、なにをどう思ったかは知らない。ただ、番犬組織を解体しようと本気で思わせ、行動させるだけの原動力はあった。他にも、ロレンソ家に恨みを募らせる出来事があったに違いない。

ともかく、自分がその事実を知っているのは、息子が巻き込まれるずっと前から、アンヘルの野望に手を貸していたからだ。その途中で兄に殺されかけ、意識不明に陥ったのは不覚だったが、今となっては油断させるのにいい材料になった。

つらつらと昔の思い出に浸っていると、会議室の扉が開き、最後の出席者がやってきた。兄のダニエル・ロレンソだ。

「お待たせしてすまない。本日は急な集まりに出席してくれて、ありがとう」

沈痛な面持ちを作ってはいるが、目は爛々《らんらん》と輝いている。

裏切り者を始末でき、これからまた実権を握れると昂《たかぶ》っているのだろう。

ロレンソ家の当主は、親から子ではなく、現当主からの指名制で決まる。指名する前に当主が亡くなったら、遺言か前当主が再び指名することになっていた。

現当主のオースティンは若くして突然の死だったので、遺言はない。前当主の兄が、これから次期当主を発表する。

自分の都合のいいように使ってやろうと思い、当主の座を譲ったオースティンは、予想に反して言うことを聞かなかった。今度は、完全に自分の傀儡《かいらい》になる当主を選ぶ腹積もりらしい。

「この度のことはまことに痛ましく……」

兄の長口上が始まった。昔から変わってない。

欠伸を噛《か》み殺しながら、腕時計に目を落とす。二時半すぎだ。彼らが踏み込んでくるまで、もうしばらくかかるだろう。各部署の必要書類を集めるのに、今日の三時まで必要と聞いた。

長い演説が終わる頃にはやってくるだろうか。

昔から、野心家の兄とは馬が合わなかった。番犬を家畜のように扱う品性も解《げ》せないし、次期当主候補として比べられるのも迷惑だった。敵愾心《てきがいしん》も露に、なにかとからんでくる兄にも辟易《へきえき》していた。

そもそも、次期当主になろうという野心が自分にはなかったのだ。現状維持で満足だったし、今の暮らしが淡々と続くなら、誰が当主でもよかった。

成人後は、兄も弟の野心のなさを理解し、干渉してこなくなった。そしてお互いに適当な相手と政略結婚し、子供も生まれた。兄は次期当主の座が確実と言われるようになっていた。

自分は、仕事は順調で楽しかったが、妻とは初めから冷めきっていた。子供を作るだけの関係だった。

そんな中、フローラに出会った。

艶《あで》やかなプラチナブロンドに、澄んだ青い目。辺りの空気が一瞬にして澄み渡るような、美しい容姿。高い教養と、飽きさせない会話。さり気なくこちらの気持ちを察して動く彼女に、あっという間に恋に落ちた。

何度もかき口説き、信じようとしない彼女に愛を囁《ささや》き続けた。やっと想いが通じあった時には、どんなに嬉しかったことか。

だが、フローラとの愛には大きな障害があった。

彼女は番犬だったのだ。それも色仕掛けや性接待を専門とする番犬だ。自分に仕えるように配置換えさせてからは、そういう仕事はさせなかった。

そして彼女の妊娠が発覚すると、病死したことにして田舎に隠した。周囲には、旅先で出会った歌姫に惚れて囲っていると言った。

番犬を愛人にするまでは問題ない。ただの慰み者だと思われるだけだ。

だが、子供はまずい。番犬の子に、ロレンソ家当主になる権利が発生したとなっては、どんな反対をされるかわからない。最悪、取り上げられて、養成所に入られてしまう。

それだけはどうしても避けたかった。フローラも、これから生まれてくる子も、愛しかったからだ。

この時、妊娠したフローラを隠す手助けをしてくれたのがアンヘルだ。彼には多大な恩がある。

こうして、無事に生まれた息子はとても可愛らしく、なにがなんでも守ってやらなくてはと誓った。同時に、番犬組織に疑問を持ち、アンヘルから話を聞いた。内情は聞くに堪えないものだった。

フローラがそうやって育てられ、息子もそうなるかもしれないと想像するだけで胸が張り裂けそうで、アンヘルの野望に加担することにした。成功すれば、息子の出自が露呈する危険に怯えなくてもいい。

そのために兄と対決し、次期当主の座を奪い合った。結果は敗北し、生死の境を彷徨った。なんとか生き延びたのは、ずっと仕えてくれていた首輪付が、自分をかばって死んだからだ。彼もまた、秘密を知り、協力してくれていた。

「亡くなった我が息子は、とても優秀でたくさんの功績を残してくれました」

せっかく意識を飛ばして聞かないようにしていたのに、ふっと兄の声が耳に飛び込んできて腹が立った。お前の息子ではないと、怒鳴ってやりたい。

だが、息子――オースティンが、番犬の血を引くとも知らずに、当主の座を譲った兄は滑稽だった。真実を知ったら、どんな反応をするのか。

そう、オースティンはアンヘルと同じ立場の生まれだ。まるで光と影のような二人だった。

オースティンはこの事実を知らない。知っているのは、もう自分とアンヘルだけだろう。息子は事実を知ったところで揺らぐような性格をしていないが、別に知る必要はない。もう、ここへは戻ってこないのだから。

あの子には、ロレンソ家に関わらない人生を歩ませたかった。田舎でなるべく目立たず、そこそこ幸せに暮らしてほしいと願っていたのだが、利発すぎた。ロレンソ家から学力調査の連中がきた時は肝が冷えた。

兄の養子になってからは、社交で嗜《たしな》むようになったテニスでプロ級の腕前になり、番犬にも勝てるのだと里帰りの際に聞かされて、ひやひやした。本人に自覚はないが、オースティンは常人に比べて運動神経がよく、普通より頑丈なのだ。

子供の頃から鍛えたら、かなり優秀な番犬に育ったとアンヘルも言っていた。しかも、遺伝なのか多少の毒にも耐性があるらしい。フローラはよく毒味係もしていたのだ。

田舎育ちの息子は警戒心が薄く、番犬の目を盗んで外で買い食いしては毒殺されかけていたらしい。ロレンソの子息は、暗殺の危険から毒味なしで食べ物を口にしない。ましてや、屋台で買い食いもしないのだ。

毒を盛られた本人はというと、お腹も壊さないので、なにも気づいてないとアンヘルは言っていた。

「さて、そろそろ次期当主についてお話したいと思いますが……な、なんだ君たちは？」

兄の話が終盤にさしかかったところで、やっと彼らがやってきた。警察と軍だ。

ドアを荒々しく開き、厳《いか》つい男たちがぞろぞろと入ってきて、会議室を埋める。円卓についていた者たちに緊張が走り、ざわめく。

兄が椅子を蹴って立ち上がり、声を張り上げた。

「誰の許可を得てここに入ってきた！　警察も、軍も関係ない！　私を誰だと……」

「ダニエル・ロレンソ。貴様に逮捕状がでている。罪状は外患誘致罪だ」

書状を掲げ、厳しい声で言い放ったのは軍人だ。外患誘致罪は軍の管轄になる。

「はっ……なんのことだ？　私がそんなことをするわけがないだろう！　証拠でもあるのか！」

「証拠ならたっぷりとあります。あなたがフェルゼン帝国のホフマン子爵と共謀した通信記録、彼からの手紙など、ある人物から提出されています」

「ある人物？　誰だそいつは！」

「往生際が悪いぞ」

別の軍人が、証拠の手紙の一部を兄に突きつける。それを見て、兄は真っ青になった。

たしかに、子爵から兄に宛てたように読める内容だったのだ。

「知らないぞこんなもの！　私はハメられたのだ！」

可哀想に。その通りだ。

子爵とやり取りしていたのは、自分だ。「現当主の父」と名乗り、彼とやり取りしていた。実の父なので、嘘ではない。ただ、子爵は兄のダニエルと勘違いしていたようだが。

オースティンは最後まで、兄が子爵と共謀していると思っていたようだが、さすがに外患誘致罪に問われるような行為はしていなかった。捕まれば極刑しかないからだ。

兄が疑っていたのは、オースティンが自分をハメるために子爵と共謀しているのではないかということだった。ダニエルの使いとして子爵に会い、証拠をでっち上げようとしていると読んでいた。実際、その証拠作りをしていて、アンヘルは小型録音機を託されていた。

兄もオースティンも、子爵邸で証拠になるものがないか探していたようだが、手紙や記録は毎回処分するよう子爵にはきつく言った。大戦で活躍した猛者だけあって、そのへんはしっかりしていた。逆にこちらは、証拠を処分せずに保管しておいただけだ。非常に簡単だった。

これらの計画実行は、すべて一人でおこなった。田舎の邸でも、情報さえあればできることだ。情報は、翻訳の仕事でお世話になっている出版社に貰った。本だけでなく、新聞やゴシップ誌を抱える彼らは、そのへんの番犬より広く深い情報網を持っていた。

ただ、誰にも言わず兄を陥れる機会をうかがっていたせいで、息子に危険が及んでしまったことは後悔している。

「嘘だ……こんなっ、あり得ない！　オースティンだ！　あいつが私をハメたのだ！」

「この期に及んで、死んだ人間に罪をなすりつけるつもりか！　しかも、彼を殺したのは貴様だろう！」

そう怒鳴って前に出てきたのは、警察だ。彼も逮捕状を持っていた。罪状は殺人教唆。こちらは濡《ぬ》れ衣《ぎぬ》ではない、本当の罪だ。

「貴様が、殺人を依頼した者たちから証言がとれている」

「なんだって……そんなっ、奴らは……」

「番犬に、奴らの口を封じるよう命令したそうだな。命令された番犬が良心の呵責《かしゃく》から、彼らを殺さずに捕らえて連れてきてくれたんだよ」

ロレンソの人間の命令に背かない番犬が、良心の呵責とは皮肉だ。おちょくっているようにも聞こえる。良心の呵責で警察にいかれたら、ここにいる親族の半分以上が逮捕されることだろう。

完全に顔色をなくし、兄は椅子に力なく座った。他の親族も顔が強張《こわば》っている。番犬の裏切りに慄《おのの》いているのだろう。

この働きは、ユノだ。表向き、兄に仕えながらオースティンの内情を探る役目をしていた。本当のところは、兄の動きをオースティンに伝える二重スパイだ。

ユノもまた、アンヘルと同じ洗脳されていない番犬だった。番犬の仕事を天職と言い、楽しんでいる不思議な青年だ。

自分と息子の連絡役にもよくなってくれた。ユノは自身を介さずに、連絡ルートを作ってくれるので頼もしい。オパリ共和国では、ホテルの給仕が渡す新聞にメッセージを仕込めるようになっていて、息子に「兄がお前を疑っている。用心しなさい」と伝えた。あの頃既に、オースティンが遠戚を説得していないと、兄は気づいていた。

あれから息子は国に戻ってきて、兄との信用回復に努めていたが、予定より作戦を早める必要がでてフェルゼン帝国へ旅立った。その後は、あの顚末《てんまつ》である。

自分が、兄に成りすまして子爵とやり取りしていると、もう少し早く伝えられれば、事態は変わったかもしれない。ユノの助けで連絡できたのは、あの子が村に向かう列車に乗ってからだ。既に死ぬ覚悟を決め、護衛の番犬を追い払った後だった。

だが、息子は死んでよかったのかもしれない。あの子は今まで、人のために働きすぎた。もう、休ませてやらないといけない。

そして自分は、いまこそ親としての役目を果たす時だ。

「ダニエル・ロレンソ。本日付けで貴様を逮捕する」

手錠のかかる重い音が会議室に響き、兄は両脇を軍人に抱えられるようにして椅子から立たされ、ドアに引きずっていかれる。それと入れ違いのように、警察に案内されて眼鏡をかけた生真面目そうな男が入ってきた。

「こちらは、オースティン・ロレンソ卿が遺言を託した弁護士の方です」

警察が紹介し、弁護士という男が頭を下げると会議室がざわめいた。よろよろとドアに向かっていた兄も振り返った。連行する軍人も、気を使って足を止める。

弁護士は簡単に自己紹介すると、鞄《かばん》から遺言書を取り出した。

「こちらは、身の危険を感じていたロレンソ卿が、生前に書き残し私に託した遺言です。既に筆跡鑑定もすませ、本人のものと証明されています」

一つ咳払いをし、弁護士は遺言書を読み上げた。

「わたくしオースティン・レオ・ロレンソの名を持って、ロレンソ家の次期当主を指名する。わたくしの死後、次期当主を相続するのは、レオ・ロレンソである」

自分の名が読まれると同時に、一斉に視線が集まる。兄からは「そんな……あり得ない。そんなものはなかった」とつぶやく声が聞こえてきた。

そうだろう。あり得ないものだ。死後に書かれたものなのだから。

けれど偽物でもない。

兄は、オースティンの遺言書がないか徹底的に調べていた。自分に不利になることが書かれていたら握り潰すつもりだったが、なにもなくて安心していたのだ。驚きだろう。

「待てっ！　ハメたな！　ハメたのはお前かっ‼」

連れ出されそうになった兄が、こちらに向かって怒鳴る。やっとからくりに気づいたようだが遅い。

喚く兄から視線をそらし、いつの間にか傍に控えていたアンヘルから杖《つえ》をもらい、車椅子から立ち上がった。親族からどよめきが起こり、兄は声にならない悲鳴を上げて失神したようだ。

本当に息子はよく働き、よい仕事をしてくれた。

二年前から新薬エリエゼルを投与され、ここまで快復した。年相応の快復力しか望めないので、杖でゆっくり歩くのが限界らしいが、充分だ。この年になって歩けるようになるとは思わなかった。

損傷して機能が低下していた脳の一部分も快復したおかげで、これから始まる後始末も難なくこなせるだろう。もう、あの子らの人生を消耗しないですむ。ここまでくるのに、二十年以上かかってしまった。

杖をつきながら、時間をかけてたどり着いた当主の椅子に、レオ・ロレンソはしっかりと腰を下ろした。

＊

「お疲れ様でした」

アンヘルは邸の居間にやってきたレオに、紅茶をいれてだす。相変わらず杖なしでは歩けないレオだが、以前よりしっかりとした足取りで、日々精力的に仕事をこなしている。数年前まで寝たきりで、会話がなんとかできる程度だったのが嘘のようだ。

あの親族会議から半年がすぎ、ロレンソ家内部はいろいろと変わった。推進派はあっという間に弱体化し、今は和平派の方針に則《のっと》って新薬エリエゼルの扱いを決めているところだ。数年後には、国際的にこの新薬を厳正に管理する施設と団体を作るそうだ。

番犬組織の解体も、緩やかに始まっている。まず、養成所に今いる子供たちを番犬に育てることを禁じ、普通の養護施設へと移行した。現在、番犬をしている者には、自由に辞める権利を与え、命令であっても犯罪行為は絶対にしない。強要されたら警察に通報するよう、徹底させていっている。

そのうち、番犬組織ではなく警備会社として独立させ、ロレンソ家から切り離す予定らしい。そうすれば、番犬をする以外にない者たちも生活に困らないだろう。

首輪付に関してはすぐに廃止された。首輪は回収され、普通の番犬として仕えるようになった。ただ、他の番犬にくらべて強く洗脳されているので、今の主人が好きで離れたくないなら、好きにさせているのが現状だ。

「ご夕食はどうなさいますか？　お疲れでしたら、先にお風呂の用意をいたしますが」

二杯目の紅茶をいれてだすと、それを一口飲んでレオがぽろりとこぼすように言った。

「アンヘル、今まで本当にありがとう」

ティーカップを置き、レオは慈しみに満ちた目でこちらを見上げてきた。突然のことに
アンヘルは柄にもなく戸惑い、緊張した。

「あの子を……息子を支えてくれて、本当に感謝している。お前の助けがなかったら、あの子はどうなっていたかわからない」

「いいえ、私はレオ様から感謝されるようなことはしていません。むしろ恨まれるようなことしか……」

いいや、とレオが首を振った。

「お前が憎まれ役を買ってでてくれたおかげで、あの子は死なずにすんだ。他にもたくさん助けられた」

アンヘルはなにを言えばいいかわからず、視線を床に落とす。

オースティンを巻き込んだのは、悲願を達成するためでもあったが、降りかかるであろう火の粉から彼を保護する目的もあった。あのまま番犬もいない田舎に置いていたら、オースティンは暗殺される可能性があった。それだけ優秀だったのだ。

ロレンソ家の当主候補は、愛人の子でも優秀で、本人にその気があればなれる。他の候補者、候補者になれる子を育てている親からしたら、目障りで弱い存在だ。早々に芽を摘んでおこうと、誰かが動いたかもしれない。

だが、ダニエルと養子縁組したことにより、手が出しにくくなった。ロレンソ邸で育つことになったので、番犬が常に傍にいる環境だ。

「兄に養子縁組を勧めたのはお前なのだろう？　恩を売っておけば優秀な手駒になるとか、実子の発奮材料になるとか言ったそうじゃないか」

どこから聞いてきたのだろう。古株の番犬に可愛がられているユノあたりに違いない。

「いえ……私は、利用できるなと思って、実行しただけです」

しれっと返すが、レオはにやにやしながら続けた。

「ローズを息子の首輪付にしたのも、あの時、息子以外に上がっていたローズの相手が、小児性愛者の当主候補だったからだとも聞いたぞ。代わりにそいつには、筋骨隆々の男の番犬をあてがったそうだな」

お前も大概甘いなと言って笑うレオに、もうなにも言わないほうがいいと悟ったアンヘルは、三杯目の紅茶をいれることにした。

するとそれを手で制してレオが言った。

「ところで、お前はいつまでここにいるつもりだ？　仕えたい相手がいるなら、追いかけてもいいんだぞ」

第十一章

オースティンの葬儀から、もうすぐ一年がたつ。まだたまに、後を追いかけたくなる時があるけれど、その衝動は繰り返されるごとに小さくなっていった。

今、ローズは修理工の見習いとしてコーネリアのもとで働いている。住まいは、ヴァイオレット邸から徒歩十分くらいの場所にあるアパートメントだ。ハインリヒとの暮らしは、オースティンが死んだ日に終わった。

自殺を試みた川の畔から、ローズはアンヘルに連れられてロレンソ邸に戻った。壊れた首輪は回収され、邸でエミリーに見守られて暮らした。思いとどまったとはいえ、まだ衝動的に自殺をする可能性があったからだ。

エミリーや、遊びにくるコーネリアの目を盗んで、何度か死のうともした。でも、できなかった。

自殺を止めるために、追いかけてきてくれたアンヘル。つきっきりで世話を焼いてくれたエミリー。オースティンの死を知って、すぐに会いにきたコーネリアとシリウス。ローズの荷物を持って、お見舞いにきてくれたハインリヒ。仕事の合間に、励ましにきてくれるユノ。他にも、ローズを心配して様子を見にくる邸の使用人たち。

彼らを見ていたら、申し訳なくて自殺なんてできなくなった。

ローズを心配し、大切に思う人はたくさんいて、ローズも彼らが大切で好きだった。オースティン以外にも、愛する人がたくさんいたことに、やっと気づいた。

彼らを悲しませたくない。こんなに自分を心配してくれる人たちを裏切れない。

ローズは彼らにお礼を言い、オースティンの葬儀の後、邸をでた。彼との思い出がつまったこの邸で暮らすのはつらかったので、最初は仕事に誘ってくれたコーネリアの邸で厄介になった。

子育てで忙しいコーネリアの代わりに、たくさん仕事をした。お菓子作りと同じで、手と体を動かして作業に没頭していると、その間だけは悲しみから解放された。そのうち、いくつか仕事を任されるようになり、ひと月前からは独り暮らしを始めてみた。

少しだけ怖かった。一人で部屋にいたら、また死にたくなるのではないかと。でも、なにも起きなかった。

仕事をして帰ってきて、食事をして片付けをしたら、疲れてすぐ眠ってしまう。すっかり忘れていたが、修理工の仕事はけっこうハードだ。邸にいた時は使用人が家事をしてくれていたので、まだ余裕があった。

ぜんぜん気づいてなかった。たくさんの人に支えられて生きていたことに。きっと今まででもそうだったに違いない。

「ローズ、今日はもう上がっていいわよ」

息子を抱いたコーネリアが工房にやってきた。

「え、でもこれがまだ」

「急ぎじゃないからいいのよ。それより、今夜はハインリヒに会うんでしょ？　一度、家に帰って身支度したほうがいいわ。あなた油だらけよ」

くすくす笑われ、手鏡を見せられる。顔に油汚れがついていた。

「デートなんでしょ。今夜は冷えるし、外であんまり待たせたら可哀想よ」

ローズは礼を言って仕事を上がり、急いで自宅へ帰って身支度をした。待ち合わせにいくと、ハインリヒが待っている。半年前から、休日や仕事後にまた会うようになっていた。

彼とは、まだ恋人同士ではない。でも、友達よりもっと近い、微妙な関係になっていた。

「お待たせしました」

公園の時計塔の前。待ち合わせする人がまばらにいた。

ガス灯の光に照らされたハインリヒの表情が硬い。いつもなら穏やかに笑い返して、すぐに歩き出すのに、今日はその場から動かなかった。

「ハインリヒ、どうかしたんですか？」

「えっと……ローズ、その……」

ハインリヒはなにかを言いかけて口ごもり、苦しげに眉根を寄せて唇を噛《か》んだ。目を閉じ、息を吐き、また言いよどむ。けれどすぐに、なにか決意したように目を開き、一枚のメモをローズに差し出した。

「もう、なんなのよあの男。流した涙を返してほしいわ。死んだと思ったら本当は生きてて、今は外国にいるだなんて。ローズのこと、なんだと思ってるのよ」

「まったくコーネリアの言うとおりよ。オースティン様ったら、なに考えてるのかしら？　私たちはともかく、ローズには安否ぐらい伝えてほしいわ」

「エミリーもそう思うわよね。あんなに泣かせておいて。しかも、ロレンソ氏の居場所を突き止めたのって、ハインリヒなんでしょ。あんな男、追いかけないで、ハインリヒにしときなさい！　今ならまだ間に合うわよ」

「そうね。ハインリヒさんって、誠実でいい人だと思うわ」

港まで見送りにきてくれたのに、放っておくと延々とオースティンの愚痴を言いそうなコーネリアとエミリーに、ローズは苦笑した。

ハインリヒは半年ぐらい前に、偶然、オースティンらしき男性が乗った車を見たそうだ。運転手はアンヘルに似ていたという。その車の男性は、公園のベンチに座るローズをじっと見つめていた。そしてハインリヒが買ったアイスを持って、ローズのいるベンチに戻るといなくなっていた。

それがずっと心に引っかかっていたハインリヒは、人伝《ひとづて》にアンヘルが番犬を辞めて外国に移住すると聞き、まさかと思ったそうだ。すぐにアンヘルに面会を申し込み、公園で見た車のことを問い詰めて聞き出した。

やはりあれはオースティンで、あの列車爆破事件は本当だが、焼死体などは偽装だったと話してくれた。ただ、ローズが見せられた左足は本物で、列車が爆破された時に吹き飛ばされたという。

「二人とも、心配してくれて、ありがとうございます。でも、オースティン様は私のためになると思って、あえて会わなかったんだと思います」

「ローズのためってなに？　生きてるって教えることだと思うわよ、私は」

コーネリアが腕を組んで不服そうに息を吐く。

「一年前の私は、オースティン様が死んだら自殺するような人間でした。そこに迷いはなくて、当然のことだと思ってました」

ローズが後追いしないよう見守っててくれた二人は、神妙な顔つきで黙り込んだ。

「オースティン様は、そんな私が重かったんだと思います。たくさんの責務を抱えて仕事をして、番犬たちが死なないように任務の計画を立てて。私には想像できない重圧です。一番近くにいたのに、そんなオースティン様の気持ちをくむこともできず、ただ寄りかかるばかりだった自分が、今は恥ずかしいです」

オースティンがいなくなり、やっと周囲がきちんと見えるようになってわかったことがたくさんある。なんのために「課題」がだされたのかも。

いろんな素敵なものを、オースティンはローズに見せたかったのだ。

「誰かの命を預かるのはとても大変で、緊張の連続だったはずです」

視線を二人から外し、一緒にきた執事に遊んでもらっているコーネリアの息子を見る。

仕事を手伝うかたわら、コーネリアの子育てを間近で見ていて感じた。子供はいつ死ぬかわからない生き物だ。すぐ病気になるし、危ないことをする。その上、体が小さくて、一人では生きていけない。

「なのにその預かった命が、自分のためなら死んで当たり前とか、後追い自殺するとか、悲しいじゃないですか。なんのために守っているんだろうって、虚しくなったと思うんです」

アキレス腱は、とっくに完治していた。あの診断書が嘘《うそ》だとわかったのは、オースティンの葬儀の後だ。

あんな芝居を打ってまでローズを遠ざけたのは、死なせたくなかったからだ。それだけ大切にされていると、わかっていなかった。

「そうね、私もあの子に自分のために死んでなんてほしくないわ。私が死んでも幸せに生きてほしい……ロレンソ氏って捻くれ者で、でもあなたのことを誰よりも考えていたのね」

「オースティン様は、昔からローズのことになると目の色が変わってたわ。それにしても、さすがよね。あれだけの爆破で生き残るなんて」

「運がいいのね。殺しても死ななそうなのに死ぬなんて、おかしいと思ったのよ」

結局、またオースティンの悪口になってしまったが、二人は笑顔でローズを送り出してくれた。

乗り込んだ客船のデッキから、二人に向かって笑顔で手を振る。

これから向かう国に、オースティンが絶対にいるかはわからない。でも、生きているとわかっただけで充分だ。必ず彼のもとにたどり着いてみせる。

そして今度こそ、オースティンと並んで歩いていける女性になりたい。

＊

「なあ、ハインリヒ。これで、いいのか？」

「いいんです。まだ割と傷は浅いんで」

護衛船のデッキから、ローズが乗っているだろう客船を見下ろす。隣には上官のシリウスがいた。

「浅いと言いつつ、これからあの客船を守りながら海を渡る護衛船に乗るって、未練だらけじゃないか？　しかも、部下のお前がこの船に乗りたいって我儘《わがまま》言うから、俺まで乗らなきゃいけなくなって、コーネリアと息子に会えない……」

「シリウス大佐、よく考えてから喋るように奥様に注意されたりしないんですか？」

「一応、俺、上官なんだけど？」

あの客船は、これからユンムという東の国に向かう。途中、海賊がでる海域を航行するので、同じ方向に用のある軍艦が、護衛船として先導することになっている。ユンム近くの安全な海域まできたら、別れる予定だ。

「わかんないんだよね。先輩はローズから逃げたわけじゃん、ならハインリヒが奪ってもよかったのに、なんで身を引くのかな？」

「ロレンソ卿《きょう》は、逃げたわけではないと思います」

デッキの手摺《てすり》に寄りかかり溜め息をつく。

ローズに、オースティンの居所を教えた日、本当は三度目の告白をする予定だった。それで、彼を追いかけるか、自分と一緒になるか選んでもらおうと考えていた。

なのに、ローズの顔を見たら、自分の告白より前にオースティンの所在が書かれたメモを渡していた。そして喜び、泣く顔を見て、これでよかったのだと思った。

だって、もう……告白する前から負けると確信してしまった。自分の気持ちが敗北していたのだ。

本当はローズが修理工見習いをする工房の女主人が、上官シリウスの妻だと知り、さらにシリウスがオースティンの後輩だと知った時から敗北が見えていた。少し調べただけで、確たる証拠はでなかったが、ハインリヒがここに配属されたのはオースティンの差し金だとわかった。

たぶん、フェルゼン帝国で極刑にならず、国外追放になり、運良くグラナティス共和国に移住できたのも彼のおかげだ。そこまで手を掛けてもらえたのも、ローズがハインリヒを友人として好いてくれていたからだろう。気づいたら、友人以上の関係に進めなくなっていた。ローズの心を自分に向かわせる自信も萎えた。

オースティンという男は、軽薄そうに見えて、本質は愛する人にひたすら愛を与え続ける男なのだろう。

きっとローズがほしがるものだけでなく、彼女に必要だと思うもの、彼女のためになると思うものを、天から降り注ぐ恵みの雨のごとく与え続けるのだ。見返りは、ローズが幸せに生きて成長することで、オースティンを好きにならなくてもいいと思っている。

もし、自分がローズの成長を阻害する存在なら、自身を殺してしまえるほど愛しているのだ。

勝てるわけがない。ハインリヒなんて、彼が降らせる雨粒の一つでしかないのだから。

「先輩が、逃げたんじゃないならなんだ?」

「ちょっと移動しただけです。追いかければすぐ捕まりますよ」

意味がわからないと言う上官を無視して、客船のデッキにローズがいないか探す。

雨粒でしかない自分にできるのは、彼女を無事に彼のもとへ送り届けることだけだ。それで充分だと、ハインリヒは微笑んだ。

＊

「上手ですね」

お腹が空いたので料理をしていると、唐突に背後から声をかけられる。オースティンは手にしていた包丁を落としそうになった。

「突然あらわれるな！　驚くだろう！」

「申し訳ございません。気配を消していたつもりはないのですが」

察知できない自分に対する嫌味かと顔をしかめ、料理を再開する。

家事は割と得意だった。田舎にいた頃よく手伝いをしていたし、今よりものがなく不便な時代だったので、道具の揃ったここでの生活は快適だった。

母は、父からの仕送りの大半を慈善事業などに寄付してしまうので、メイドは家に一人だけ。当たり前のように母はメイドと台所に立っていたし、オースティンも村の子たちと同じように、家仕事を手伝っていた。

久々にやってできるかと心配だったが、子供の頃に憶えたことは、体が忘れていなかった。やはり自分の根は庶民だなと思う。

「なにかお手伝いしましょうか？」

「結構だ。お前の作ったものなんて食べられるか。それより、そこの洗濯物でも干しておいてくれ」

外の小さなテラスに続く、掃き出し窓の前に置いたカゴを指差す。さっき洗濯機から取り出したものだ。

「オースティン様、そろそろ使用人を雇ってはいかがですか？」

朝からどこにでかけていたのか。脱いだ上着と鞄をソファに置いたアンヘルが、洗濯物の山を見下ろして言う。

「経済的には問題ないのに、なぜこんな不便な生活をしているのですか？」

「別にたいして不便じゃないだろ。この家はそんな広くないし、私もお前もたいした荷物がない。街も近いから買い物にも困らないし、私は今無職だから家事をするぐらいの暇もある。だいたい便利な蒸気機械が揃《そろ》ってるんだ。男の独り暮らしならこれで充分だろ。お前が押しかけてくるのは想定外だったんだし、文句があるなら出てけ」

一気にそう言うと、切り終わった具材を鍋に放り込んだ。

ここユンム国にきてから、オースティンは独り暮らしと怠惰な生活を満喫していた。アンヘルの手配で、新しい名前の旅券やここでの市民権は既に揃っていたおかげで、初めから生活には困らなかった。

言葉も話すだけならできたので、この国に渡る船の中で、簡単な読み書きは習得しておいた。バオユ国が近いせいか、文化や言語も似通っていて、生活や常識、言葉を習得するのにあまり苦はなかった。

ユンム国にきてからは暇にあかせて、ユンム語の本を手当たり次第に読んだ。ここの国民は識字率が高く、娯楽本を読む文化が根付いているせいか、面白くて読みやすい本が巷《ちまた》にあふれていた。

何日も家から出ずに読みふけったりもして、久々にだらけた生活ができて楽しかった。引きこもって読書するのが趣味だったのを思い出した。ローズに趣味を探せと言っておきながら、オースティンはもう数十年、趣味を楽しむ時間がない生活をしていたのだ。

それに気づいた途端、心底働きたくないと思った。

そこに押しかけてきたのがアンヘルだ。父レオが心配しているので、様子を見にきたと言って、三ヵ月前から住み着いた。追い出そうにも、腕力で敵《かな》わないのであきらめている。

「文句はありませんよ。ただ、いつまでこんな生活を続けるのかと心配で。完全に世捨て人ですよね？」

「うるさい。働かないからな」

アンヘルが鞄から書類封筒をだすのを見て、頬が引きつった。

「政府の仕事です。外国人の意見を知りたいという方がいて、オースティン様のことをお話ししたら興味を持ってくださいました。相談役になってくれないかとおっしゃっています」

「言っとくが、私は今働いてはいないが、お金は増やし続けている。このまま無職でも、一生遊んで暮らせるんだ。放《ほ》っといてくれ」

グラナティス共和国を出る時、ひと財産持ってでてきた。その一部を、ここで運用している。

最東端の国ユンムは、大戦で敗戦した。だが、もともと先進国だったので、戦勝国の管理のもと急速に復興していった。発展めざましく、好景気が続いている。これからもっと大きな好景気がやってくるはずなので、安いうちに土地やら株やら買い込んだのだ。

既に、運用益で暮らせている。持ってきた財産が目減りするどころか、増えていた。ロレンソ家当主だった頃にも、この国に目をつけていて、それなりに投資している。その時に、こっそり買っておいたのがこの洋館だ。使い道は考えていなかったが、これから発展する可能性の高い地域なので、値上がりしたら商業利用するか売ろうと考えていた。

まさかここに住んで、第二の人生を送るとは思わなかったが。

「もう働きたくない気持ちもわかりますが、あなたはここでは人脈がありません」

「だから働けと？　面倒な人間関係が増えてこんがらがるのは、もうたくさんだ！」

オースティンはもともと社交的ではない。仕事だと思うと割り切って人付き合いができたが、本当は一人の時間を大切にしたいタイプだ。それなのにロレンソ家ときたら、使用人は多いし、番犬はそのへんをうろうろしているし、アンヘルとローズに限っては私的な空間にずかずか入ってくる。それを当然だと思って疑わない。

だからここでの最初の一人暮らしは天国のようだった。たまにふと、ローズを想って寂しくなったり、心配になったりはした。けれど、彼女の笑顔を思い出すと安心できた。

国を出る前に、こっそり様子を見にいった。ハインリヒと一緒に笑っていた。オースティンが見たことのない笑顔で、楽しそうに、年相応の自然な表情をしていた。感情を押し殺し続けて無表情になり、演技でしか笑わなくなった女の子は、もうどこにもいなかった。

やっぱり自分の存在は不要だったなと、切なく痛む胸に苦笑して、その場を後にした。

「ですがオースティン様、いくら現金があっても、なにかあった時に窮地に陥るかもしれません。しかも外国人です。面倒ごとに巻き込まれた場合に備えて、仕事をして人脈を作っておくことは必要ですよ」

「もう、面倒ごとに巻き込まれて死んでもかまわん。守るものもないしな」

「爆破されても死ななかったのに、なにを言っているんですか？」

「は？　誰のせいで死ねなかったと思ってるんだ？」

別に死にたくもないが、あの爆破で生き残ったのはアンヘルの差し金だった。

「お前な、死ななければなにして……いたっ！」

サラダにする野菜を切りながらアンヘルをにらみつけたら、誤って指を切ってしまった。だが、切った指を見ると血は出ていなくて、傷もすっと消えていく。

「やはりまだ薬が抜け切ってないようですね」

青くなって指を見ていると、アンヘルが横にやってきてのぞく。

「保険として、内緒で食事や飲み物に混ぜておいてよかったです。爆破される寸前に、大量に飲んだのも功を奏したのでしょう。私が駆けつけた時には、血が止まっていたので失血死が避けられました」

「そんなものを、断りもなしに飲ませて……」

「言ったら飲まなかったでしょう。新薬エリエゼルを」

食事の味がおかしくなった頃だ。あれは、精神的なものではなく、薬の副作用で味覚が壊れたのだ。

新薬エリエゼルは基本、注射などで患部に直接投与するものだ。経口投与では効果がないと思われていたが、長期間投与すると体全体に薬が回って、効果が持続する期間は怪我をしてもすぐ治るらしい。その臨床試験を、まさか自分の体でやられているとは思わなかった。

おかげで、あの爆破から無事に生還し、簡単な手術と休息だけでたちまち治った。吹き飛んだ左足はもとには戻らなかったが、機械義肢を装着している。拒絶反応もなく、リハビリも容易だったのは薬のおかげだろう。普通に走ったりもできる。

「恐ろしい薬だ。国際的に管理されることになってよかった。グラナティスだけで独占していたら、いずれ争いの種になっただろうな」

「そうですね。これを軍事利用されたら、どんなことになるか。想像するだけで恐ろしいことです」

そう話しているうちにパンが焼け、スープもできた。

「ともかく、私は働かないからな。勝手に仕事をとってくるな」

オースティンは自分のぶんだけ皿によそい、遅い朝食をとった。

働かないと言ったが、アンヘルが今朝持ってきた仕事の書類に、オースティンは目を通していた。寝室に置いた机に向かい、忌々しさに顔を歪める。

本当はやりたくないが、オースティンが放り出したことで迷惑する人間がいたら後味が悪い。それをわかってて仕事を持ってくるアンヘルは、やはりは悪魔だ。列車の瓦礫《がれき》を押しのけ、「絶対に死なせないと言ったでしょう」と言って現れたのを見た時は、心臓が止まるかと思った。悪魔と契約なんてするものではない。

「たくっ、あいつがこの仕事をして人脈作りすればいいんじゃないか？　勝手に住み着いてるんだから、それぐらいしろ」

よく考えたら、外国にきて数ヵ月で政府関係者と知り合いになり仕事を持ってくるなんて、アンヘルはオースティンより社交性があるのではないか。あの陰気な顔で、どうやって営業しているのか。

ぶつぶつ文句を言いながら仕事をしていると、背後でドアが開く音がした。アンヘルだろう。お茶でも頼もうかと思って振り返った途端、体になにかが巻きついて、ベッドの上にぐいんっ、と引っぱられた。回転する視界と体に、いったいなにが起きたのかわからない。目を見開くと、寝室の天井とローズの顔があった。

「え……なぜ、ここに？」

動揺して声が震えた。オースティンの腰に跨《また》がっているローズは、怒っているのかこちらをにらみ下ろしている。

「アンヘルは？」

「アンヘルなら、出かけました。今日は帰らないそうです。オースティン様のことは、好きにしていいと言われました」

「私が、好きにされるのか……」

これはどういう状況なんだ。ローズがここにやってきたのは、大方アンヘルの仕業だろう。だいたいアンヘルのせいにしておけば間違いない。

「今さら、なにしにきたんだ？　ハインリヒは……」

「友達です！　ハインリヒは友達以上にはなりませんでした。駄目でした……誰のせいだと思ってるんですか！　オースティン様がぜんぶ悪いんですよ！」

怒鳴りつけてきたローズにびっくりした。首輪付を解雇した時も怒鳴られ抵抗されたが、あの時と状況は違う。今の彼女は明確な怒りをオースティンに向けていた。

こんなのは初めてで、なんというか嬉《うれ》しかった。やっと自分に、本当の意味で関心が向いたのだと。

「なんで生きてるって教えてくれなかったんですか！　いろんな理由があったと思うし、私が不甲斐《ふがい》ないから仕方ないのもわかってます。私がオースティン様の負担になってたことも、あのままじゃ駄目だって心配してくれてたことも……私、ちゃんと理解できるようになりました！」

にらみつける目線がきつくなる。だが、泣き出す寸前の目をしてて、可愛いだけだった。

「もう、私は一人で生きていけます。オースティン様が死んでも、後を追ったりなんてしませんん……」

ローズの目の下が赤くなり、くすんだ緑色の目が涙で揺れる。

「だけど、やっぱりオースティン様がいないと嫌なんです。あなたの傍にいたい。あなたが好きです……」

なにか続けようと数回口をぱくぱくさせた後、ローズは顔をくしゃりと歪め、大きくしゃくり上げた。肩を丸め、顔を手で覆って嗚咽《おえつ》する。指の間から漏れた涙が、ぽたぽたとオースティンの頰を打った。

抱きしめたい。思いっきり強く抱いて、甘やかしてやりたい。

自ら離れておきながら、こうしてローズを目の前にすると、いろんな決心が一気に揺らいで瓦解していく。彼女のためになるなら、また面倒臭い人間関係に巻きこまれてもいいし、働いてもいいかなと思い始めるのだから、どうしようもない。

たぶん、ローズのためにする苦労は苦ではない。ただただ幸せなだけだ。

グラナティス共和国にいた間のことだって、死にかけたが幸福だった。

「……ローズ、これをほどいてくれないか？」

彼女の放った鋼線が体に巻きついて動けなかった。痛くはないが、もどかしい。

だが、ローズは少しむくれて首を振った。

「嫌です。だって、逃げるかもしれないじゃないですか」

「逃げないから……逃げても捕まえられるだろう。君のほうが足が早い」

ここまで距離がつまっていたら、実力行使ができるローズには勝てない。もう命令もきかないのだ。

ローズは少しだけ迷ってから鋼線をほどいてくれたが、オースティンが逃げないよう腰に跨ったままだ。やっぱり信じられないと言う。死んだふりが、相当トラウマだったようだ。

だが、手だけでも自由になってよかった。跨っているせいで裾の乱れたスカートの中に手を入れる。太ももの弱い部分を撫《な》でると、ローズから可愛らしい悲鳴が上がり、背筋がふにゃりと曲がる。こうなるとオースティンでも簡単に、ローズの体を操れる。

腕を強く引っ張り、胸の中に抱き寄せた。

「オースティン様……？」

約一年ぶりに感じるローズの体温と重み、それと鼻先をくすぐる髪の香り。愛しさと懐かしさで胸がいっぱいになり、想いがあふれた。

「ローズ、愛してる。ずっと好きだった」

戸惑うようにローズが腕の中でみじろぎ、体を固くした。

「今まで、言いたくても言えなかった。あの関係で告白しても、ローズはＯＫしかしないだろ。そんな従わせるみたいな告白はしたくなかったんだ」

だが、今なら大丈夫だ。オースティンを鋼線で拘束してなじるまでになった。前なら、

緊急時でもない限り、こんな横暴はしなかっただろう。

雑に扱われて嬉しいというのも変だが、やっと対等になれたのだと実感した。

「好きだ。わけがわからないぐらい好きだ。愛してる」

あんまりにも長い間、本心を言えずにいたせいで、気持ちを表現する言葉が見つからない。積み重なった好きと愛してるしか言えなくて、馬鹿みたいにその二語を繰り返していたら、ローズがか細い声で言った。

「私だって好きです……でも」

「でも？」

なにが続くのだろうと少し不安になる。けれど返ってきたのは、可愛い嫉妬だった。

「私、綺麗《きれい》じゃありません。今までオースティン様がお付き合いしてきたような方たちには、敵《かな》いません」

見下ろすと、拗《す》ねた顔をしていた。ますます可愛い。

「ローズは綺麗だよ。私にはローズが誰よりも美しくて可愛く見える」

「それはオースティン様の目がおかしいんです」

「目がおかしくなるほど、ローズを愛しているんだよ」

口下手なローズは、反論が思いつかなくて真っ赤になって黙り込む。

「好きだよ。追いかけてきてくれて、ありがとう。私も、やっぱりローズがいないと駄目だ。ローズに傍にいてほしい」

ぎゅっと抱きしめ、赤く染まった耳に唇を寄せた。

「ずっと傍にいてくれないか？」

「はい。もう離れませんから」

ローズが強くしがみついてくる。ぴったりと密着され、お互いの体温が混じり合う。自然と視線がからまり、唇が重なった。

柔らかくて甘いローズの唇に、すぐに夢中になる。貪り、舌をからめ、何度も味わう。どうしてこれを、手放せるなんて思ったのだろう。少し触れただけで、こんなにも愛しさがあふれて溺れてしまう相手を。

抱き合って口づけながらお互いの服を脱がせ、離れていた時を埋めるように肌を合わせた。ローズを体の下に組み敷く。白いシーツに赤い髪が煽情《せんじょう》的に広がり、オースティンの衝動をあおった。

溺れるように、白い肌に顔を埋め、吸いついて赤い痕を散らしていく。乳房を揉《も》みしだき、上がる甘い声を楽しみながら、硬くなった乳首をくわえて舌先で転がす。くちゅくちゅと音がするぐらい舐《な》め回すと、ローズから「もうやめて」と泣き声が上がった。そう言われてやめられるわけもなく、執拗にいじり回し、抵抗する弱々しい腕を押さえつける。

「あっ、あ……！　いやぁ、そこばっかり……ンッ！」

舐められすぎた乳首は腫れたように朱色が濃くなっている。敏感になりすぎて痛いのかもしれない。少し舐めただけで悶《もだ》えるローズが愛しい。

割って入っていた脚の間も、触れてもいないのに濡《ぬ》れている。びくびく震える脚に誘われるように、腰骨に口づけ、股の間に顔を埋めた。逃げようとする腰を抱え、蜜に濡れた襞《ひだ》にそって舌を這《は》わせる。真ん中で赤く尖《とが》った肉芽を甘嚙《あまが》みして、舌先で執拗にこねくり回す。

「ひゃっ、やぁ……ん！　だめ、だめ……ですっ。もう……！」

びくんっ、と大きく腰が跳ねる。舌を差し込んでいた蜜口が痙攣《けいれん》し、甘い蜜をあふれさせた。達したのだろう。

久しぶりなので、いくのが早い。オースティンも我慢できなくて、既に昂《たかぶ》っていたモノを蜜口に押しつけた。達した余韻で痙攣する蜜口が、切っ先に吸いついてすぼむ。

「あ……やだ……っ」

浅ましい反応が恥ずかしいのか、ローズが頬を染め顔をそらす。その仕草だけで、オースティンの熱がさらに硬くなる。

もう衝動を抑えられない。すぼむ蜜口を強引に割って、一気に突き入れる。

「ひっ、あぁぁっ！　いやあぁっ、まって……！」

急に最奥まで押し入ってきた塊に、ローズが身をよじって悲鳴を上げる。待つなんてできなくて、オースティンは激しく腰を揺らし、中を容赦なくえぐった。

「うっ、んっ、あぁぁ……！　や、だめぇ……そんな、強くしないで……ひっ、ンッ！」

そう言われて、やめられるわけがない。口では嫌がりながらも腰はくねり、顔は快感に染まってオースティンをあおっている。

めちゃくちゃに抱き潰して、溺れさせてやりたい。その欲求のままに動きを早くし、ローズの弱い場所を攻め立てた。

昂りにからみつく中を堪能しながら、かき回すように中をえぐる。ぎりぎりまで引き抜き、すぼまって縋《すが》る蜜口を強引に開いて突き入れる。震える膝を抱え込んで最奥まで埋めてやると、ローズが快楽に泣きながら「もう、無理」と懇願した。

「あっあぁあっ……ひっ……！　オースティン、さま……ッ！」

濡れた声に誘われるまま、強く中を突く。久しぶりで、オースティンも限界が近い。ローズが愛しすぎて我慢がきかなかった。

「やぁあ、ああぁ……ンッ！　あぁ……あッ！」

ひときわ高い嬌声《きょうせい》が響き、ローズの体がのけ反る。蜜口がオースティンのモノをきつく締めつけ、達した。中が激しく痙攣しからみつく。その動きに導かれて、オースティンの欲望も弾け、びくびくと余韻に震える中にすべてを吐きだす。

「ローズ……ローズ、愛してる」

昂った気持ちのまま、肩で息をつく彼女に覆いかぶさってキスを降らせる。すぐにまた熱が戻ってくるのがわかった。一度で足りるわけがない。

乱れた息がまだ整わないローズの唇を荒々しく奪い、繋《つな》がったままの腰を動かした。ローズが苦し気に抵抗するが、そのまま強引にことを進めた。止まらなかった。

「いやぁ、オースティン……さまっ……ンッ」

すぎた快楽がつらいのか、背中にローズの爪が刺さる。その痛みの心地良さにも興奮し、彼女が意識をなくすまでその体に溺れた。

＊

翌日、オースティンと、ユンム国の役所にきていた。ローズも移住することになったからだ。

必要な書類は、昨日のうちにアンヘルが用意してくれていた。

「えっと……お二人とも同じ姓とお住まいですが、続柄はどうしますか？」

窓口に二人揃って呼び出されると、着物を着た女性係員からそう聞かれた。ユンム語は、ここにくる客船の中で、ユンム人を見つけて教えてもらったので、だいたいなにを聞かれているのかわかった。

「姓が、オースティン様と同じなのですか？」

「ああ……アンヘルが、新しい戸籍を作る時に勝手にな」

オースティンが歯切れ悪く言いながら、旅券を見せてくれた。オースティン・ベネディクトとなっていた。

「えっと、ご兄妹《きょうだい》とかですか？」

どうするのだろう。オースティンを見上げると、少し困ったように顎をかいた後に言った。

「妻です。配偶者でお願いします」

たしかこの国では、結婚すると同じ姓になると聞いた。

これって……どういうこと？　聞き間違い？

呆然《ぼうぜん》として、その後の係員とオースティンのやり取りは聞いていなかった。手続きが終わり、手を引かれて外に出てもまだ、混乱していた。

「どうした、ローズ？」

「え……あの、さっきの……」

なんて聞けばいいかわからなくて、もごもごしていると、オースティンが足を止めてさらっと返してきた。

「結婚した。嫌か？」

かあぁっ、と急速に顔が熱くなる。

嫌じゃない。首をぶんぶんと横に振ると、オースティンがほっとしたように息を吐いて、微笑んだ。こちらが恥ずかしくなるほど、愛しげに目を細めるので、見ていられなくて視線をそらした。

「このまま指輪でも買いにいこう」

頷《うなず》くと、オースティンが歩き出す。その後をふわふわした気分でついていきながら、ふと、昔のことを思い出していた。

首輪付になったばかりの頃だ。オースティンに、妹にならないかと誘われて断ったことがある。戯れの言葉で、きっと本気ではなかったのだろう。けれど、その誘いにローズは泣きたいほどショックを受けていた。

番犬だから嫌だとか言って断った記憶がある。でも、あれは嘘だ。

本当は妹なんて嫌だった。妹になってしまったら、オースティンを好きでいられなくなると思ったのだ。

好きだった。あの頃から、そういう意味で好きだったのだ。

なんで忘れてしまったのだろう。任務とか忠誠とか主従とか、間にある関係を理解していくうちに、どの「好き」だったかわからなくなってしまった。どの関係でも、オースティンを好きなことにかわりなかったからだ。

けれど、最初の「好き」は明らかにそれだった。

「オースティン様。最後の課題、やっととけましたよ」

不思議そうな顔をして、オースティンが振り返る。もう、課題をだしていたことなんて、忘れてしまっているのだろう。

はにかみながら、課題の答えを口にした。今までずっと、誰に「恋」をしていたかを。

あとがき

こんにちは、青砥あかです。

今回のお話は、前回ムーンドロップスレーベルで書いた『29歳独身レディが、年下軍人から結婚をゴリ押しされて困ってます。』のスピンオフになります。前回の本を読んでなくても、だいたいわかるお話にしているので、楽しんでいただけたら嬉しいです。

舞台は前回の話から三年後。すべての騒動の発端となった秘薬エリエゼルが臨床試験中で、この新薬を巡ってのロレンソ家の内部のごたごたを描きつつ、当主のオースティンと護衛のローズの恋が話の中心です。陰謀関係は添え物ぐらいな感じで書いているので、前回のようなミステリやサスペンス要素は薄いかと思います。ただまあ、ドンパチはしてます。

育ちのせいで価値観がおかしいローズと、軽薄に見せかけて実は真面目なオースティンの恋模様を楽しんでもらえたらなと思って書きました。

それから執事のアンヘル。彼がどうしてこんなことをしたかについて、ページ数が足りなかったんで書ききれてませんが、彼の出自からいろいろ想像してもらえるとありがたいです。アンヘルについて書きだすと話が主軸からズレるし、恨み節が炸裂してTLでさえなくなる。数行にまとめて書いてしまうと動機が軽くなりすぎるような気がしたので、あえて省きました。彼なりに、オースティンにたいする思いの変化や抱えているもの、拗《こじ》らせたものなどがいろいろあります。

たぶん、オースティンにとってアンヘルは父親以上に父親の役割をしてくれた相手ではないかと思います。どちらかというと拗れた父子関係ですが。

アンヘルは自分ができなかったことをオースティンにしてもらいたいという思いや夢、嫉妬、自責など様々な感情に悩まされながら一緒に時を過ごし、最後はもうオースティンも自由にしてやりたいという気持ちから行動しています。

オースティンも、ローズの人生しか抱え込みたくないと思いつつ、アンヘルのことも気にかけてます。憎まれ口を叩くのは、恨み半分、甘え半分です。つらい少年期に思いっきり八つ当たりをして、それを受け止めてくれた（巻きこんだから当然なのだが）アンヘルに、それなりに愛着と信頼を持ってます。なにも聞いてないけれど、ロレンソ家の養子になったことで自分や実の両親が守られたことも、アンヘルが憎まれ役になってくれたことも理解しています。

オースティンはなんだかんだ情が深いです。最後、移住先に押しかけてきたアンヘルの、老後の面倒みなきゃなぐらいは考えています。そこにローズも加わって、三人で外国で幸せに暮らしていくことでしょう。その後について、もう少し書きたかったなぁと思います。

それでは、ここまで読んでくださり、ありがとうございました。

二〇一九年三月

青砥あか

愛しています！幸せにします！
だから結婚してください!!!!!!!!……
タフなエリート海軍士官
×
意地っ張りな女性発明家
新薬をめぐる陰謀から愛しい人を守って、
心も体も手に入れたい!?

溺愛コンチェルト　御曹司は花嫁を束縛する
著：鳴海 澪／画：弓槻みあ
あなたの言葉に溺れたい 恋愛小説家と淫らな読書会
著：高田ちさき／画：花本八満
イケメン兄弟から迫られていますがなんら問題ありません。
著：兎山もなか／画：ＳＨＡＢＯＮ
償いは蜜の味　Ｓ系パイロットの淫らなおしおき
著：御堂志生／画：小島ちな
あなたのシンデレラ 若社長の強引なエスコート
著：水城のあ／画：羽柴みず
ワケあり物件契約中 ～カリスマ占い師と不機嫌な恋人
著：真坂たま／画：紅月りと。
結婚が破談になったら、課長と子作りすることになりました!?
著：青砥あか／画：逆月酒乱
楽園で恋をする ホテル御曹司の甘い求愛
著：栗谷あずみ／画：上原た壱
小鳩君ドット迷惑　押しかけ同居人は人気俳優!?
著：冬野まゆ／画：ヤミ香
恋愛遺伝子欠乏症 特効薬は御曹司!?
著：ひらび久美／画：蜂不二子
編集さん（←元カノ）に謀られまして 禁欲作家の恋と欲望
著：兎山もなか／画：赤羽チカ
恋文ラビリンス 担当編集は初恋の彼!?
著：高田ちさき／画：花本八満
強引執着溺愛ダーリン あきらめの悪い御曹司
著：日野さつき／画：もなか知弘
極道と夜の乙女 初めては淫らな契り
著：青砥あか／画：炎かりよ
恋舞台 Ｓで鬼畜な御曹司
著：春奈真実／画：如月奏
純情欲望スイートマニュアル　処女と野獣の社内恋愛
著：天ヶ森雀／画：木下ネリ
年下王子に甘い服従　Ｔｏｋｙｏ王子
著：御堂志生／画：うさ銀太郎
赤い靴のシンデレラ　身代わり花嫁の恋
著：鳴海 澪／画：弓槻みあ
地味に、目立たず、恋してる。幼なじみとナイショの恋愛事情
著：ひより／画：ただまなみ

★著者・イラストレーターへのファンレターやプレゼントにつきまして★
著者・イラストレーターへのファンレターやプレゼントは、下記の住所にお送りください。いただいたお手紙やプレゼントは、できるだけ早く著作者にお送りしておりますが、状況によって時間が掛かる場合があります。生ものや賞味期限の短い食べ物をご送付いただきますとお届けできない場合がございますので、何卒ご理解ください。

送り先
〒160-0004　東京都新宿区四谷3-14-1　UUR四谷三丁目ビル2階
(株) パブリッシングリンク
ムーンドロップス 編集部
○○（著者・イラストレーターのお名前）様

愛玩調教
過保護すぎる飼い主の淫靡な企み

２０１９年４月１７日　初版第一刷発行

著……青砥あか
画……天路ゆうつづ
編集……株式会社パブリッシングリンク
ブックデザイン……百足屋ユウコ＋マツシタサキ（ムシカゴグラフィクス）
本文ＤＴＰ……ＩＤＲ

発行人……後藤明信
発行……株式会社竹書房
〒102-0072　東京都千代田区飯田橋２－７－３
電話　03-3264-1576（代表）
03-3234-6208（編集）
http://www.takeshobo.co.jp
印刷・製本……中央精版印刷株式会社

ISBN978-4-8019-1840-5　C0193
Printed in JAPAN